U0585947

不埋沒一本好書，不錯過一個愛書人

七樓書店

[美]马克·吐温 等 著　钟姗 吴兰 等 译

文学大师笔下的猫

一只猫的生活与哲学观

SPM 南方出版传媒 广东人民出版社

·广州·

图书在版编目（CIP）数据

一只猫的生活与哲学观 ／（美）马克·吐温等著；吴兰等译 . — 广州：广东人民出版社，2020.1

ISBN 978-7-218-13879-4

Ⅰ．①一… Ⅱ．①马… ②吴… Ⅲ．①故事—作品集—世界 Ⅳ．① I14

中国版本图书馆 CIP 数据核字（2019）第 222862 号

Yi Zhi Mao De Shenghuo Yu Zhexueguan
一只猫的生活与哲学观

[美] 马克·吐温 等 著 钟姗 吴兰 等 译 版权所有 翻印必究

出 版 人：肖风华

出版监制：黄 平 高 高
选题策划：七楼书店
责任编辑：刘 宇 马妮璐
责任技编：周 杰 易志华
封面设计：周伟伟

出版发行：广东人民出版社
地　　址：广东省广州市海珠区新港西路 204 号 2 号楼（邮政编码：510300）
电　　话：(020) 85716809（总编室）
传　　真：(020) 85716872
网　　址：http://www.gdpph.com
印　　刷：天津旭丰源印刷有限公司
开　　本：880mm×1230mm　1/32
印　　张：9.75　字　数：207 千
版　　次：2020 年 1 月第 1 版
印　　次：2020 年 1 月第 1 次印刷
定　　价：58.00 元

如发现印装质量问题，影响阅读，请与出版社（020 – 85716849）联系调换。
售书热线：（020）85716826

序（史航）

这不是一本爱猫者的圣经，真不是。这也不是一本喵星人的赞美诗。

况且，我也怀疑，喵星人对来自人类的赞美有几分在意。对它们来说，一切乖乖折现（换成罐头），才是甜嘴人类该做的事情吧。

人类对猫的感情，自古都是剃头挑子一头热，然而人类又是那么一种生物，你不让他肩膀上有这么个挑子，怕也不行。

硬要往脸上贴金一点说吧，人类与猫的关系，最佳最佳，也就是十分冷淡存知己吧，而猫咪们只想找个向阳的、松软的、趴着不累、扭头不费劲的地方，自管自呼噜着，一曲微茫度此生罢了。

那么，这本书是什么书？

这是一个来宾都戴着猫咪面具的化装舞会，或者主题班会吧？

人类历史上有那么些身闲嘴欠善弄笔杆的家伙，日积月累，积累出这么一本编排我们猫主子的黑材料合集。

如果交到猫署猫局猫科审查，喵大人一定会用地道的北京口音喝问一句：

你们到底是说我的事儿呢？还是拿我说事儿呢？！

从巴尔扎克、爱伦·坡、马克·吐温到萩原朔太郎，应该都是面面相觑，不敢回应。

巴尔扎克在《一只英国猫的苦难》里写着——

猫咪最大的特权，就是可以不动声色地优雅离开，而且永远没人知道你是在哪里上厕所。这样你就能始终以最美的一面示人，所有人都会把你当成天使。以后再有类似的需要，先看向窗外，做出想出去散步的表情，然后你就可以跑去小树林或者排水沟解决啦。

看看，这字里行间是多么不怀好意。猫族的矜持被那个法国佬刻画得这么细致，以后，人家每次望向窗外，不就是昭告天下，我们高贵的肚子里，已经蓄积了一些便便？

更不用说他还透露了我们猫族偷偷成立了一个爱鼠协会——"这是他们为了国家的荣誉而建立的一个禁欲组织。"

那么，一旦我们想纵欲，还得先宣布解散协会？这不让我们看着跟人类一样善变！

华纳在《卡尔文》里写着——

就我所知，能令他恐惧的只有一件事物，那就是水管工。这当然事出有因。只要有水管工在，他就死活都不会进屋，我们连哄带骗都不管用。他当然不是和我们一样被水管工开出的账单吓到，在从前那些不为人知的岁月里，他们一定给他制造了些可怕的经历。

害怕账单，这是人类的通病，而对于猫族——"我们唯一要怕的，就是怕这个字。"

你们人类，就不要妄想拖猫族下水了。

猫族，从来都是宇宙的债主。

总之，这里收入的故事，归根结底都是人类对人类的剖析鉴定或者涂鸦勾勒，你可以读到的，就是人类身上残存的鼠气、羊气、狗气、猪气……我还能再列举八次。

是的，十二生肖这个被我们不假思索接受的概念，说明我们与其他动物就是沆瀣一气的。

唯有猫，高傲高贵高冷的猫，它们根本不允许被纳入十二生肖之类，它们是俯视我们的，不肯代表我们或者被我们代表。

所以，如果您真的斗胆买下了这本书，家里又碰巧养着猫，请费点事儿包个书皮，或者放在它根本找不到的地方。

若有读者从这本书里读到了时光的祝福，岁月的成全，生命的牵绊，回忆的温馨……

OK，你是侥幸中了一次万里挑一的大奖。偷着乐吧。

2019年8月16日

原序[1]

在散文尤其是诗歌中，猫的形象一贯备受青睐。但我们必须承认，猫在小说作品中的出现频率却远比不上狗。站在小说家的立场，要解释这种显而易见的专断偏好相当容易。狗是喜欢群居的动物，很通人性，心理活动有时也几乎和人类一样。狗常常表现得十分像人，将一只狗放进人的故事要相对轻松一些，因为它们时常能用人类化的性格特征带动情节发展。

但安德鲁·朗格[2]说得好，文学创作不能光图方便省事儿。"狗胸襟坦荡，依照强加在它们身上那越堆越多的奇闻逸事来做事，一定已让它们感到极为厌烦。写这些趣事并不是为

1　本篇是英文原版序言。美国作家卡尔·范维克滕（Carl Van Vechten，1880—1964）非常喜欢猫，他选编的短篇小说集《屋顶上的猫大人：13个猫故事》（*Lords of the Housetops: Thirteen Cat Tales*，1921）广受读者喜爱。本次翻译出版在原选十三篇的基础上，删去《王后的猫》一篇，增加了《一只猫的生活与哲学观》《猫咪来信》《猫町》与《猫和老鼠》四篇。篇目虽与《屋顶上的猫大人》不尽相同，选编初衷仍然一致。——编注

2　安德鲁·朗格（Andrew Lang，1844—1912）英国著名诗人、小说家及文学评论家。——译注

了颂扬狗，而是要挽救某些人的自尊心。他们需要树立一个偶像，就把狗扭曲成完全符合人类社会习俗的样子供奉在自家神坛上。人们要求狗必须分清家里来的哪些是亲戚，而哪些只是朋友；它一听到《天佑女王》[1]就得摇尾巴；木柴一次要叼五根回来，若是羊骨头那就得叼七根；但凡级别高于二表亲的家庭成员过世，它都要哀号致意；它要会寄信，并且懂得检查邮票有没有贴够。最后也最难以容忍的一点是，如果猫不开心了，它还必须去安慰。"在如今的小说中，大多数狗都被塑造得千篇一律的感性，它既是占卜师通灵时那盘踞在灵应牌上方的游魂，又是从战场归来、一腔热血想要重振家园的士兵。

反观猫的个性，却独立、自由而优雅。猫健壮、足智多谋、气质高贵，并且有强烈的自尊。猫科动物这些鲜明的性格特征，与人类没有什么共通之处。现实生活中，猫既不会去解救溺水的婴儿，也不会祷告，所以小说要是这么写就显得荒诞无稽了，因为猫有猫的德行。在我看来，猫的这些性格比其他任何动物都要强得多。但有一个事实我们必须正视：若想在小说里恰如其分地塑造猫的形象，作家对这炉火旁的斯芬克斯非但要足够熟悉，更必须怀有深深的爱意。但即便做到了上述两点，小说家在创作时仍有不少困难，作家设计的场景，要能让猫与人的心理活动互相交汇才行。古埃及人就很可能是写猫故事的行家，也许他们还真写过不少，有时我会猜想，在古亚历山大城那场臭名昭著的大屠杀中，是否也有一座供奉猫儿的神庙惨遭毁坏呢？许多以猫为主角的民间传说与童话故事，虽然

---

1 《天佑女王》（*God Save the Queen*）：英国国歌。——译注

文笔肤浅潦草，但都基本刻画出了猫儿的特点。然而，现代文坛的小说或短篇故事，却几乎没有公允地对待过这些神秘可爱的小动物。

不过总的说来，我这次选出的故事都还经得起考验。写猫的故事其实不少，除了一两篇漏网之作外，这里集结了我所知道最好的猫咪故事。一些作品由于主题重复没能入选，我坚持每个故事都应有独一无二的特色。弗里曼夫人的《猫》用微妙的隐喻处理了故事的主题，《蓝色妖姬》中的猫儿向我们展示了它猎杀毒蛇的实用才干。《精神入侵》成功地运用了猫儿身上的那股令人深信不疑的超自然力量，爱伦·坡则将猫咪塑造成了惩罚恶行的复仇者。《祖特》为猫咪那股不知从何而来、老喜欢挪窝的不安分劲儿提供了一个迷人的舞台。布思·塔金顿的《吉卜赛》对城市里一只独立自在、无所依傍的流浪猫做了一番出色的描写。我得在这里声明一句，吉卜赛的故事并没有在小说结尾板上钉钉，它其实是塔金顿《彭罗德与萨姆》中的一个章节。不必担心，吉卜赛当然没有淹死，也永远不会淹死。如果还对吉卜赛的其他故事感兴趣，你可以把这本小说找来看看。

马克·吐温的幽默猫咪小品[1]则是凭着三个理由入选：首

1　凡是为诗文编著过选集的人都知道，这并不是份容易的差事。马克·吐温的出版商起初并不愿意授权于我。在这里，我希望可以向克拉拉·克莱门斯·加布里洛维斯克夫人和艾伯特·贝格罗·佩因先生表示感谢，谢谢他们为我做出了卓有成效的努力，而且我确信，本书的读者们也会同我一样心怀感激的。——原注

先，这故事着实令人发笑；其次，我们的克莱门斯[1]先生对猫儿怀有非一般的喜爱，这本猫故事里若没有一点先生的笔墨，未免有失恭敬；第三，《迪克·贝克的猫》赞扬了猫咪一个极其重要的性格特性：它们从不会在一个坑里跌倒两次。这里还有一则趣闻，西奥多·罗斯福十分钟爱这篇短文，以致将白宫里的一只猫取名叫了"石英汤姆"。

托马斯·A.让维耶讲述的这个故事，向我们展示了一只受宠的猫咪能够何其多才多艺。[2]奥尔登先生的小说则是同类故事中的一个典型，它表现了孤独的人类如何在动物身上寻找慰藉。[3]主题与之相似的故事其实还有很多，但大多数情况下的动物主角都由狗来扮演。赫德逊先生的《一只友好的老鼠》则更近于事实而非虚构，我挑选这篇小说，一是它令人愉悦，二是因为，在所有描绘猫咪和天敌交好的故事里，这是仅有的一篇好文章——尽管这种友善关系在现实中十分常见。华纳先生的《卡尔文》同样不是虚构作品，它与皮埃尔·洛堤的《两只猫的生活》并列，堪称世上最棒的猫咪传记，因此我实在不能将其放过。

即使再粗心的读者都会注意到，我们剩下的这篇《一只英国猫的苦难》当然远不止一个猫咪故事那么简单。巴尔扎克表面在写一只猫，实际却是将那"英国式的体面"尽情嘲弄了一番。今日的美国人在阅读这篇小说时，实在不必取笑我们的

1　萨缪尔·兰亨·克莱门斯是马克·吐温的本名。——译注

2　即本书《朱力格太太的猫》一篇。——译注

3　即本书《蒙迪的朋友》一篇。——译注

英国朋友，因为其中的讽刺对我们同样适用。我是在为自己的"猫科大部头"《屋舍中的老虎》准备材料时与这篇小说邂逅的，它可把我乐坏了。但令我震惊的是，我竟找不到它的任何英文译作。故事原来的法文题目叫*Peines de cœur d'une chatte anglaise*[1]，最初收纳在一本名为《动物的公共与私人生活》[2]的讽刺故事集中。该文集由黑策尔于1846年在巴黎出版，其中亦包括了乔治·桑、阿尔弗雷德·德·缪塞等作家的作品。这部合集问世的主要目的，是给格兰维尔所作的一系列精美绝伦的图画配文，而格兰维尔就是一个能在作品中将动物与人类的性格特点完美配合的天才。1877年，这部小说集由J.汤普森译成英文后在伦敦出版。不过，纵使巴尔扎克的名号能为此书增光不少，出于显而易见的原因，《一只英国猫的苦难》并未呈现在译作之列，如此辛辣的讽刺在维多利亚时期的英国几乎没有容身之地，而即便在法国，人们也无法轻易读到这篇故事。除了最初的这本讽刺故事集外，我只在巴尔扎克的一部著作中发现了《一只英国猫的苦难》的踪迹，那就是卡尔芒-莱维出版社1879年的《巴尔扎克全集》，英国猫的故事被埋藏在第21卷的《杂著》里了。

所以此刻，我便没有任何理由不将这篇小说译成英文，奉献给我的读者。即便此文并非为了呈现猫的生活场景而作，但

---

1 法文书名，即《一只英国猫的苦难》。——译注

2 《动物的公共与私人生活》：法文原名为*Scènes de la vie privée et publique des animaux*，英译版译为*Public and Private Life of Animals*。——译注

其中的描述总的说来也足够符合事实，更何况故事本身也相当有趣。应当说明的是，英文版的开篇和结尾均是依照《动物的公共与私人生活》中的法文所译，并且我还要补充一点，我在翻译时略掉了其中一两个小段，以迎合所谓的"美国口味"。

卡尔·范维克滕

1920年4月6日于纽约

猫有猫的德行

Contents 目　录

猫（局部）　斯泰因勒

布面油画　58cm×58cm　1910年　日内瓦普蒂帕莱现代美术馆藏

一只英国猫的苦难

【法】巴尔扎克

钟姗 译

奥诺雷·德·巴尔扎克（Honoré de Balzac，1799—1850），法国现实主义文学代表人物之一，被称为"现代法国小说之父"。

卡尔·范维克滕曾提到，本文选自1846年出版的一本名为《动物的公共与私人生活》的讽刺故事集，美国作家卡尔·范维克滕在编选猫故事集《屋顶上的猫大人》时，亲自将之译作英文并录入其中。

当你们召开第一届会议的消息传到伦敦时，哦，法国的动物朋友们，你们不知道我们这些"动物革命"的支持者有多兴奋。以我个人有限的生活经验，我已能举出太多动物优于人类的事例来，只是出于英国猫谨慎的个性，我一直在等待恰当的时机，将我的故事公之于众，好令世人得知，那些虚伪的英国规矩是如何苦苦折磨着我可怜的小灵魂的。有两次，熟识的老鼠们曾带我去过柯尔本家[1]（我保证，自你们庄严的议会通过那部法案后，我绝没有再动老鼠兄弟们一根毫毛）。在那里，

---

1 柯尔本：指英国出版商亨利·柯尔本（1784—1855）。——译注

我看到很多老妇人，辨不出年纪的老处女，甚至年轻的已婚女人，都在埋头捉笔修订校样。我不禁自问，既然已经自带了爪子这一书写工具，我为什么不能也写点东西呢？女人总是言不由衷，尤其是写作的女人。而一只猫，一只经历过英国式背弃的猫，她的笔下是不会遮掩的，她的坦率，或许正可以讲出这些女士们没说出口的话来。我期许自己能做猫中的英奇博尔德夫人[1]，也恳请你们关注我真诚的努力。哦，法国的朋友们，猫家族中最高贵的名门就出现在你们之中——穿靴子的猫[2]，永恒的广告界传奇，多少男人都在模仿他，却至今还没人为他竖一座纪念碑。

　　我出生在喵伯瑞小镇附近，猫郡的一个教区牧师家里。我母亲的多产使得她的猫宝宝都难逃被处理掉的厄运。英国猫的纵欲高产（不加控制的话，其制造的小猫很可能会占据整个地球），你们知道，目前还找不到原因。公猫、母猫们都坚称这是出于纯洁的爱恋，但总有人很不中听地说，这是因为英国猫们平日的生活"得体"得太无聊，这件事就成了他们仅有的消遣。甚至还有人神秘兮兮地说这其中隐藏的其实是政治经济的大问题，和大英帝国对印度统治有关。这些话题就不是我的猫爪所能及的了，还是留给《爱丁堡评论》[3]来关注吧。我之所

1　英奇博尔德夫人：指英国女作家、演员伊丽莎白·英奇博尔德（1753—
　　1821）。——译注

2　法国故事《穿靴子的猫》（*Le Chat Potté*）中，猫最后获封为勋爵。——
　　译注

3　《爱丁堡评论》（*Edinburgh Review*）：英国19世纪影响力广泛的杂
　　志，创刊于1802年。——译注

以没有和其他兄弟姐妹一起被淹死，完全多亏有一身通体雪白的皮毛。主人还给我起了"美人"这样的名字。唉！不过牧师要养老婆，还有十一个女儿，实在养不起我了。一位老夫人发现我对牧师的《圣经》情有独钟，因为我总卧在那上面睡觉——其实我并无宗教信仰，只因那是屋子里唯一干净的地方而已。但老夫人相信，我应该是动物中通灵性的那种，就像巴兰的驴子一样[1]。于是她把我带回了家，那时我刚两个月大。这位新主人会在外广派请帖，邀请大家来参加晚上的"圣经茶会"，还给我解释夏娃的后裔们那种种危险的特性。她会喋喋不休地宣讲"人的自尊自爱""人活在世上应尽的义务"，等等。这种教化方式非常有效——为了不再听她的布道，有一位听众直接自尽殉教了。

一天早晨，我，这个可怜的小小自然之子，惊喜地发现猫碗里是一碗奶油，上面蒙着层酥皮。我用爪子轻轻磕碎酥皮，舔起奶油来。可能是吃得太开心了，也或许是我还幼小、不能很好地控制自己的身体，我忽然一阵尿急，便在打过蜡的光滑木地板上尿了起来。看到这情景，老夫人对我的"天性放荡"和"缺乏家教"大为震惊，她将我一把拎过，用桦条狠狠抽了一顿，还说如果不能把我培养成一位真正的淑女，她就不要我了。

---

1 圣经记载，巴兰骑驴子去诅咒以色列人，上帝派天使挡住他的路，驴子给天使让路，巴兰却打毛驴。后上帝使驴子开口讲话，并让天使现身，巴兰才明白。——译注

"请允许我给你好好上一堂礼仪课。"老夫人说，"你要明白，美人小姐，英国猫要懂得秘密地隐藏任何有违礼节的生理需求，绝不会当众做出不体面的事情。你也听辛普森博士牧师讲过吧，上帝给万物都定下了规矩。你什么时候见过地球自己行为不端的？宁肯死上一千次，也不能暴露自己的欲望：在这压抑之中，便是圣人的美德。猫咪最大的特权，就是可以不动声色地优雅离开，而且永远没人知道你是在哪里上厕所。这样你就能始终以最美的一面示人，所有人都会把你当成天使。以后再有类似的需要，先看向窗外，做出想出去散步的表情，然后你就可以跑去小树林或者排水沟解决啦。"

作为一只单纯、正直的猫，我觉得这实在很虚伪，但我那时还太小啊！

"那么等我到了排水沟呢？"我疑惑地望着主人。

"等你独自一个，周围保证没有其他人看见时，美人，你就可以暂时牺牲一部分的优雅迷人了，反正在公众眼中你的形象已经足够好了。我们英国人在这一点上的完美无人能比。人每天该操心的，无非就是自己的形象吧。反正这尘世间，哎呀，整个都是虚假。"

我承认这番话听上去很不舒服，但鉴于刚刚挨过抽打，我最好还是去接受，对于一只英国猫来说，外表的体面就是一切。从那时起，我渐渐习惯把喜欢吃的东西藏到床底下。再没有人看见过我吃饭、喝水，或是上厕所。人们都赞我是"猫中的珍宝"。

我也由此见识了那些被称为"专家"的蠢物。在主人的博士朋友和其他朋友中，有一个叫"辛普森"的笨蛋。他是个有钱地主的儿子，什么都不干，净等着父亲的遗产。无论什么样的动物行为，他都能用宗教原理去解释。有天晚上，他碰巧看到我正在舔碟子里的牛奶，立马将我的主人大大恭维了一番，夸我教养良好，只因为我是从碟子边沿舔起，渐渐朝向中心。

"瞧瞧，"他说，"有了圣灵指引，一切都变得多么完美——美人已经懂得什么是永恒了，她在用喝牛奶时舔出的圆环表达呢。"

在这里我不得不说，苍天在上，我这样喝只是因为猫们都不喜欢把毛沾湿而已啊，但我们的行为常常就要被这些专家歪曲，他们与其说是想要发现动物的灵性，不如说只是急着表现自己有多聪明吧。

当女士们先生们争相把我抱起，用手抚过我雪白的背，看那光滑皮毛上打出丝丝火星时，主人就会骄傲地说："抱着美人，你绝不用担心衣服突然被弄脏——她可是我精心培养的小淑女！"每个人都说我是天使，我吃的也都是精食细脍，可是说实话，我感觉乏味极了。我听说隔壁的一只年轻母猫和公猫私奔了。"公猫"，这个词让我心中一阵说不出的烦闷，怎么也没法消解。客人的夸赞，主人的自得，都没让我好受些。

"美人非常纯洁，她就是个小天使。"老夫人说道，"她长得这么漂亮，自己却全然不觉。她从不去注意别人，这就是贵族教育培养出的气质。即便她偶尔看人，也绝对是矜持淡漠的表情。这一点，现在的年轻姑娘们都做不到啊。你不呼唤她，她绝不过来，更不会亲热地扑到你身上去。没人能看见她进食的样子。拜伦勋爵[1]那样的浪荡子一定会爱上她的。她就像一个真正的英国女人，喜好喝茶，端正大方地坐着听圣经讲解，从不会以恶意去猜度别人，谁都可以在她面前畅所欲言。她心地单纯，不慕虚荣，对珠宝完全不感兴趣。送她一枚戒指，她也不会在乎。并且她丝毫不想去模仿她猫科同类中的捕猎者们，做出什么粗野的事来。她喜欢自己的家，可以安安静静地一直待在屋子里，有时你都会觉得，她是不是伯明翰或曼彻斯特造的机械猫呢。这真是教育的最优秀成果。"

那些绅士们和老夫人口中的"教育"，无非是学会掩饰天然本能而已，当他们把我们完全扭曲之后，就会说，教育成功了。一天晚上，我的主人请来宾中的一位年轻小姐唱首歌。当她坐在钢琴旁开始唱时，我立刻听出，这是我小时候听过的一首爱尔兰民谣。我忽然也很想放声歌唱，于是跟着她一起唱了几句。结果她的演唱大受好评，我却被主人在头上拍了几巴掌。我被这极端的不公惹恼了，几步跑去顶楼散心。哦，我爱这乡村风光，多美好的夜晚！我终于领略屋顶的猫咪世界了。公猫们对着自己的爱人唱小夜曲，这些悦耳的寂寞旋律让我为主人强加在我身上的虚伪深感羞愧。很快，其他猫发现了我，顿时警觉起来。一只毛发蓬乱的公猫朝我走来，他有一副漂亮的胡子，身材也不错。他凑近看了看我，转头对同伴们说："还只是个孩子！"听到他这轻视的话，我在屋顶瓦片上矫捷地跳了几下，展示我独有的灵活身姿，好让他们知道，我不是个孩子了。但这些表现都是白费工夫。"什么时候，才有人也

1　拜伦勋爵：指诗人拜伦。——译注

来给我唱情歌呢？"我问自己。那些骄傲自负的公猫们，他们的小夜曲，是人类的歌声无法匹敌的。这一切对我产生了很大震动，之后，我也不由得常常坐在楼梯上，哼几句自创的小曲。很快，发生了一件大事，彻底结束了我懵懂的时光。主人的侄女带我去伦敦了。她是一个有钱的女继承人，很喜爱我，经常亲吻我，相当热情地抚摸我。她让我很舒服，我渐渐开始依赖她了，一改猫族的作风。我们变得形影不离，我也得以一窥伦敦那个繁华的世界。正是在那里，我了解了英国习俗的乖僻无理，甚至连动物都难逃其魔爪。我也见识了拜伦曾经痛骂的那些伪善言辞，我和他一样，都是这些东西的受害者，可我却连真正的纵情享乐都还没有过呢。

　　阿拉贝拉，我的新主人，同很多年轻的英国女孩一样，不知道自己到底想嫁一个什么样的男人。在挑选丈夫上的绝对自由快把这些姑娘们逼疯了。尤其当她们想起，英国习俗可不鼓励夫妻间在婚后有什么亲昵的交流。我做梦也没想到，连伦敦的猫都学会了这套严肃，而我居然会成为无情的英国法律的受害者，站上那个讨厌的伦敦民事律师公会的被告席。在伦敦，每个遇到阿拉贝拉的小伙子都被她迷住了，每个人在最开始，也都以为自己一定会娶到这个美丽的女孩。然而每当临近谈婚论嫁的关头，阿拉贝拉总能找到理由分手，我都觉得她有点过分了。"我怎么能嫁给一个罗圈腿呢！绝不！""那个小伙子的问题是，他是个朝天鼻。"男人们在我眼里都是一个样，所以着实无法理解她这种只根据外表差异来做的选择。

　　有一天，一位年迈的英国贵族看见了我，对我的主人说：

"您有一只跟您一样漂亮的猫。她白皙，娇嫩，她该找个丈夫了。我下回带我家那只英俊的安哥拉猫过来吧。"

三天后，老贵族带来了伦敦贵族公猫中最出色的一只，帕夫。他披着一身纯净的黑毛，两颗眼珠一绿一黄，精光四射，满是冷酷和傲慢的神色。他光滑的尾巴上带着一圈圈黄色的花纹，在地毯上扫来扫去。他或许是出身于奥地利的皇族，因为你瞧，他长着那颜色呢[1]。他举手投足都是一副见过大世面的样子，端方严肃。如果有外人在场，他肯定连搔一下头都不肯。帕夫还在欧洲大陆游历过。一句话，他实在是太优秀了，据说英女王都曾经爱抚过他。作为一个天真简单的小傻瓜，我扑过去拍拍他的脖子，想逗他一起玩，他冷静地拒绝了，因为周围正有人看着我们。我后来才发现，这位贵族的年龄和在餐桌上的良好食欲似乎给了他很大的压力，当然这在英国应该叫作德高望"重"。他的块头尽管受人类喜爱，但对于他自己来说，却已经影响行动了。这才是他不回应我可爱邀约的真实原因。他冷冷地蹲坐着，抖抖胡子，时而看着我，时而闭目养神。在英国猫的社交圈里，对我这种出身于穷牧师家的猫来说，帕夫是我能逮到的最富有的公猫了。他有两个贴身男仆，吃饭用的都是中国瓷器，而且只喝红茶。他乘坐专属马车在海德公园散心，还参加过议院会议。

我的主人留下了他。在我不知情的情况下，整个伦敦的猫科家族都已获悉，来自猫郡的美人小姐，嫁给了有奥地利皇室

1　1804至1867年，奥地利帝国由哈布斯堡家族统治，其旗帜为黑黄两色。——译注

条纹的帕夫先生。晚上，街上传来一阵音乐声。我丈夫陪伴着我走下楼来，他走得很慢，当然这只是出于他优雅的品位。我们见到了一群猫贵族，他们来恭贺我们新婚，并邀请我加入他们的爱鼠协会。无非是关于逮"耗子"的事情，他们解释说。这个粗词被他们频频提及，我有点惊讶。最后，他们概括道，这是他们为了国家的荣誉而建立的一个禁欲组织。几天后，我丈夫和我一起出席了在艾尔马克俱乐部[1]屋顶举办的聚会，一只灰猫就此话题进行了更深入的阐述。听众们不断喝彩："说得太好了！"在演讲中，灰猫举证说，圣保罗在写关于仁慈的篇章时[2]，心中想的就是英国猫的美德。尤其当大英帝国的船只可以横跨大洋从地球这端跑到那端时，我们有义务在全世界传播"善待鼠类"的理念。事实上，英国猫们已经在用"建立良好卫生习惯"来大力推行不捕鼠的精神了。解剖老鼠会发现，他们的器官和猫的几乎没有区别。而且一个族群压迫另一个，也有违动物律法，这可是比人类律法更强大的法则。"他们是我们的兄弟。"灰猫继续说，他生动地描绘出了一幅可怜的老鼠挣扎于猫爪下的悲惨画面，那情形如此令人心碎，我忍不住都流下泪来。

见我被这番演讲打动，帕夫大人向我坦陈，其实这样宣传是因为英国正打算积极开展出口老鼠的贸易：如果猫们都不再

1　艾尔马克俱乐部：1765至1871年间，伦敦上流社会的高级俱乐部。——译注

2　圣保罗为基督教先驱，他的著述是构成《圣经·新约》的一个重要组成部分。——译注

吃老鼠，那么出产老鼠将会成为英国的第一大支柱产业。英国式道德的背后，总是藏有实际的利益。而道德和生意结成的盟友，才是英国人唯一真正信赖的交情。

帕夫是如此高深莫测的政治家，看来不太可能会成为一个令人满意的丈夫了。

一只乡下来的猫提出，他在欧洲大陆，尤其是巴黎的城墙边，看到天主教徒们每天都在用公猫献祭。立刻有别的猫大喊着"我要提问"，想打断他的发言，但他还是继续说出可怕的话来，说那些英勇就义的猫们是被当作兔子的替代品杀害的。他把这种欺骗和野蛮归结于法国人对真正的英国国教的无知：国教规定，撒谎是绝对不允许的，除非是在内政、外交和内阁之中。

众猫都把他当作好管闲事的偏激分子。

"我们在这里关心的是英国猫的利益，可不是那些欧陆猫！"一只脾气火爆的托利党公猫吼道。

帕夫已经昏昏欲睡了。就在与会各方吵翻天时，一只法国驻英大使馆的年轻公猫来到了我面前。他的口音泄露了自己的国籍，他用那法式发音给我说了一大段可爱的话："亲爱的美人，我肯定自然之神将永不能再造出另一只像你这般完美的猫。与你细腻丝滑的皮毛相比，波斯和印度的开什米尔羊绒简直就跟骆驼毛一样粗硬。你身上散发的幽香，凝聚着天使的喜悦，我在塔列郎王子的沙龙中就嗅到了，因此才一路跟来了这个愚蠢的聚会。你眼中的火焰能够点亮黑夜，你漂亮的耳朵如果再肯倾听我的恳切心声，那就更是完美无缺。整个英国，没有一朵玫瑰像你可爱小嘴旁的粉色那么娇嫩。渔人们就算潜到霍尔木兹海峡的海底，也找不到像你的牙齿般晶莹的珍珠。你的面庞，精致文雅，是帝国之最。阿尔卑斯山上的积雪在你如天人降临的身体面前，也不复洁白。啊！这样的乳白只有你们城市的雾霭可以相比。你的玉足轻柔优雅地支撑着身子，那造物神奇的顶峰，而你的尾巴，居然又超越了身体的美丽，悄悄透露着你心跳的节奏。是的！这全世界最精巧、最恰到好处的一道弧线！还有那无猫能及的轻灵步态。来吧，离开那个老傻瓜帕夫，你看他活像个在上议院打瞌睡的议员。他还是个把自己出卖给辉格党[1]的浑蛋。在孟加拉旅居太久，他已经丧失一切能取悦母猫的本事了。"

　　装出完全没有看他的样子，我巧妙地打量了一下这只迷人的法国公猫。他看上去是个潇洒的小坏蛋，和英国猫一点都不一样。他那轻松自得的举止和他抖耳朵的动作都表明，他一定是个无忧无虑的快乐单身汉。我承认，英国猫的道貌岸然和利益至上已经让我非常厌倦了。他们所谓的礼貌尤其显得可笑。眼前这只不修边幅的公猫身上满溢的自然气息令我耳目一新，他跟我在伦敦见过的所有猫都太不同了。我迄今为止的生活都是按部就班，甚至连往后的日子也完全可以预见，这只特别的法国猫，让我不禁开始期待一种不确定的新生活。之前的生命太索然无味了，我为何不可以和这个奇妙的家伙一起生活在屋顶上呢。他来自一个善于自我安慰的国家，那里的人们编出歌

1　辉格党（Whig Party）是美国杰克森式民主时代的一个政党，前身是国家共和党，拥护国会立法权高于总统内阁的执行权，赞同现代化与经济发展纲领。——译注

谣来取笑那位曾多次战胜他们的最伟大的英国将军[1]：

> 马尔博罗去打仗，
>
> 咚咚咚，咚咚咚，咚咚咚咚。[2]

　　然而我叫醒了我丈夫，告诉他时间已晚，我们该回去了。我表现得好似压根没听到法国猫适才那番表白，我脸上明显的漠然让布里斯克僵住了。他惊讶地愣在原地，没想到自己这样帅气的求爱者也会吃闭门羹。之后我才了解，通常对他来说，勾引绝大多数母猫都是轻而易举的事情。我从余光偷偷瞄他，只见他用急促的步子跑来跳去，一跃到对面街道的屋顶，又立刻跃回来，一副着急失望的样子。一位真正的英国绅士可不会这样不矜持地暴露自己心底的感受。

　　又过了几天，我丈夫和我回到了他的主人、那位老公爵家富丽堂皇的宅邸。我也坐上了他以前的专属马车，在海德公园转了一圈。我们的菜单成日都是鸡骨、鱼骨、奶油、牛奶和巧克力。尽管这些食物热量很高，我名义上的丈夫却始终还是那么冷淡。连在与我相处的时候，他都"礼貌"万分。每天晚上从七点起，他就在惠斯特牌桌旁，枕着他主人的腿开始睡觉了。这让我实难开心起来，身体日渐消瘦。更糟的是，有一次

1　指英国军事家、政治家约翰·丘吉尔（1650—1722），第一代马尔博罗公爵，温斯顿·丘吉尔的直系先祖。他曾在西班牙王位继承战中大败法军。——译注

2　指法国经典民谣《马尔博罗去打仗》，歌词基于当时盛传的约翰·丘吉尔已战死的谣言。——译注

帕夫喝纯鲱鱼油（这就是英国猫的波尔多红酒）时，我也喝了点，结果搞得肠胃严重不适。主人小姐请来一名在巴黎进修多年后来毕业于爱丁堡大学的医生给我看病。诊断了我的病症后，医生向主人保证，他第二天就能给我治好。隔天再来，他从兜里掏出一件法国造的工具。一看到那东西，我就全身寒战：这是一个白色的金属圆筒，最顶端是一根细细的小管。医生信心十足地把它拿给两位主人看，那两人却一下红了脸，烦躁起来，小声念叨着英国人是多么的自尊自重：比方说，旧时英格兰的天主教徒对这件伤风败俗的法国工具所持的坚拒态度，比他们对圣经的虔诚还要知名呢。公爵又加上一句，在巴黎，法国人居然无耻地让这东西出现在了国家剧院上演的莫里哀喜剧中[1]，而在伦敦，连看门人都羞于说出口它的名字。

"给她吃点甘汞[2]好了。"

"那会杀死她的，大人！"医生吃惊地叫道。

"法国人爱怎么做就自己做去吧，"公爵说，"你我都不能肯定，这丢人的东西用了后会不会有效。而我能肯定的是，正经的英国医生只会用传统的英国法子来治疗他的病人。"

于是，这位本想一展宏图的医生，从此被逐出了伦敦的上流社会。他们又请来另一个医生，他问了我一些关于帕夫的很不得体的问题，最后告诉我，真正英国式的良药就是：上帝和

---

1 指莫里哀的代表剧作《无病呻吟》，其中有给病人灌肠的情节。——译注

2 甘汞：在古时曾被用作泻药。——译注

应有的鱼水之欢！

　　一天晚上，我听到街上传来那只法国公猫的歌声。想着不会有人瞧见，我顺着烟囱，爬上了屋顶。"雨槽这边！"我轻唤道。这一下回应简直给他插上了翅膀，只一眨眼，他就奔到了我身边。而且你能相信吗，不过叫了他一声，他居然立刻就开始占我的便宜："来我怀里吧。"他竟敢这样和一只并不熟悉、身份显赫的母猫说话。我冷冷注视着他，准备给他个教训——我严肃地告诉他我是禁欲协会的。

　　"先生，我明白，"我对他说，"从你的口音，从你讲话的随意都能看出，你跟现在那些天主教徒猫们一样，纵情享乐，游戏世间，然后相信只要忏悔就可以洗清一切罪过。但是在英国，我们有另一套道德标准。我们必须永远是体面的，哪怕是在欢娱时。"

　　年轻的法国猫被这英国式的圣洁宣言震撼了，他认真听我说着，我甚至觉得很有希望把他转化成一个新教徒。他虔诚地告诉我，他可以为我做任何事，只要我允许他爱我。我望着他说不出话来，他那双非常清澈漂亮的眼睛正如星星一样闪光，照亮了黑夜。我的默许令他狂喜，他大喊道："我亲爱的米妮特！"

　　"这又是谁？"我问。法国猫真是太喜欢随便给人起名字了。

　　布里斯克解释说，在欧洲，每个男人在表达爱意的时候都会把对方称作"我的小米妮特"，连国王本人对他女儿也是这么叫。而那些最漂亮的年轻贵妇，则会把自己的丈夫叫作"我的小猫咪"，哪怕她并不爱他。还说如果我想让他高兴，就把他叫作"我的小男人"！[1]说完，他无限温柔地抬起爪子，我突然紧张得不行，拧身逃掉了，留布里斯克在背后欣喜若狂，独自在屋顶唱开了《统治吧，不列颠！》[2]。直到第二天，我耳朵里还回响着他那可爱的声音。

"啊，亲爱的美人，你也陷入热恋了吧？"主人小姐说。她看到我安静慵懒地平躺在地毯上，一副沉浸在如诗回忆中的样子。

女人的敏锐吓了我一跳。我立起身子，轻蹭她的腿，用我甜美女低音最深沉的和弦喵喵叫着撒娇。

当主人轻轻给我在头上抓痒，而我则温柔回望她的时候，邦德街上发生了一件对我往后的命运贻害无穷的事情。

帕夫的侄子帕克，他的法定继承人，当时正住在皇家近卫骑兵团的营房里。他跑去找了我亲爱的布里斯克。狡猾的帕克队长先是恭维这个小傻瓜，祝贺他赢得了我的芳心，并说全英国最迷人的公猫们都曾遭受过我的拒绝。于是布里斯克这个愚蠢的法国家伙就虚荣地回答说，能得到我的关注他很高兴，但他对净跟他讲禁欲、圣经的母猫有点害怕呢。

"哦！"帕克说，"这么说，她的确跟你讲话了？"

亲爱的法国猫布里斯克就这样掉入了英国手腕的陷阱。他后来更是犯下了另一项不可饶恕的罪行，从而彻底激怒了全英格兰教养良好的猫家庭。这个小白痴真是太不诚实了，他明明

1　本段中的三个称呼原著均为法语。——译注
2　《统治吧，不列颠！》：英国皇家海军军歌，也是英国的第二国歌。——译注

在海德公园向我躬身行礼，还假装跟我熟识的样子上来攀谈。可是我冷漠地直视前方，没有看他一眼。车夫看到这只法国猫骚扰我，狠狠用鞭子抽了他几下。布里斯克被打得皮开肉绽，不过还能动弹。他毫无怨尤地承受了鞭打，继续如痴如醉地望着我。我彻底被他迷住了。我爱他那种欣然受罚的姿态，就好像他的眼中只有我。我的出现带给他的快乐，甚至强大到能战胜猫咪最易在危险面前开溜的本能。他不知道，虽然我表面上无动于衷，但心里快要被思念和心疼折磨死了。就是从那刻起，我决心与他私奔了。当晚，在屋顶上，我颤抖地靠进了他的臂弯。

"亲爱的，"我问他，"你有足够的财产赔付老帕夫的精神损失吗？"

"除了这胡子、四爪和尾巴外，我并无其他财产。"法国猫笑道，尾巴骄傲地在檐沟上扫来扫去。

"没有任何财产！"我叫起来，"这么说你只是个冒险家了，我的天哪！"

"我喜欢冒险。"他温柔地对我说，"关于你刚才提到的赔偿，在法国，我们习惯靠一场决斗来解决类似纷争。法国猫的资产是他的爪子，而不是金子。"

"可怜的国家，"我说，"它为什么会派这样一只一穷二白的猫到自己的驻外使馆呢？"

"这很简单，"布里斯克回答，"我们的新政府也不喜欢钱——至少是不喜欢自己的员工有钱。才智出众才是最重要的。"

亲爱的布里斯克说得这么轻巧，我开始担心他或许太自以为是了。

"没有物质基础的恋爱是不可能的。"我说,"亲爱的,如果你还要忙着到处找吃的,就没法专心爱我了。"

为了打消我的疑虑,这位迷人的法国骑士告诉我,他其实是穿靴子的猫的直系后裔。并且他说,花钱的方式只有一种,可借钱的方式有九十九种呢。好吧,除掉别的废话,简单来说,他懂音乐,可以通过授课来赚钱。事实上,他给我唱过一首法国家喻户晓的情歌,曲调很伤感:在那月光下[1]……

被他的话所打动,我答应布里斯克,一旦他能给自己的妻子一个稳定舒适的家,我就会跟着他远走高飞。就在这时,帕克出现了,背后还带着一群猫。

"啊,糟了!"我大叫一声。

第二天,伦敦民事律师公会开始审理这桩私通案。帕夫是个聋子,他的侄子们趁机兴风作浪。在他们的引导下,帕夫说到了在夜间,我曾讨好地叫他"我的小男人"!这是对我最严重的指控,因为我无法解释自己是从哪里学会了这种调情的法国话。法官似乎不自觉地就对我抱有偏见,他已经年老昏聩,竟全盘相信了这起对我的低劣算计。而一些本该替我讲话的小猫们,却在庭上发誓作证说,帕夫是那么爱他的小天使,一刻都离不开她,美人小姐是他的宝贝,是他眼中欢乐的来源!我的亲生母亲也来到了伦敦,但她既不见我,也不跟我讲话。她只说,一只英国猫绝不该做出任何惹人怀疑的事来,是我令她

---

1 此句为《在月光下》(*Au Clair de la Lune*)的歌词,《在月光下》是法国广为传唱的歌曲之一,起源于18世纪,起初为情歌,后成为一首经典儿歌。——译注

到晚年还要受此折辱。最后，是仆人们的集体背叛。我清楚看到了英国人是如何变得失去理性。当涉及所谓的"私通"时，旧日情分立马烟消云散。母亲不再是母亲，保姆甚至想把给你喂过的奶都要回去。所有猫都在街上鼓噪长嚎。而这其中最无耻之事，是我那在自己年轻时连英女王[1]的纯洁都相信的老律师，在收取了帕克队长的贿赂后，故意不好好辩护，想害我输掉官司。我把一切都向他坦白了，他还跟我保证，法庭不会对一只猫上鞭刑的。为了证明清白，我告诉他，我连"私通"这个词是什么意思都不知道。他跟我说，这个罪名起得准确极了，因为在犯这个罪的时候，的确顾不上再"公开沟通"什么了。律师不力的情况下，我只得站出来自我辩护。

"法官大人，"我说，"我是一只真正的英国猫，我是清白的。如果我被冤枉的话，世人将会如何评说英格兰古老的正义……"

没等我艰难地说完，我的声音已被底下的嗡嗡声盖过。旁听的民众完全被今早《猫咪纪事报》上的报道和帕克那一边撒播的谣言洗脑了。

"她现在都开始质疑诞生了陪审团制度的英格兰的正义了！"有人喊道。

"法官大人，她是想告诉您，"恶劣的对方律师说，"她和一只法国猫一起去屋顶，是为了帮助他建立国教信仰。而实情是，她是去那里学'我的小男人'这样的法国甜言蜜语，去

1　此处指伊丽莎白一世（1533—1603），都铎王朝的最后一位君主。她终生未嫁，被称为"童贞女王"。——译注

聆听罗马天主教教义，去看怎么能给我们英格兰的传统和法制抹黑！"

这种蠢话永远都能煽起英国听众的狂热，人们对帕克的律师的这番话，报以热烈的掌声。就这样，在二十六个月大的时候，我被判有罪，尽管我甚至可以验身以证我对"公猫"这个词的真正含义都还并未了解。但是我已经明白，我之所以会遭受这一切，就跟为何要把阿尔比恩[1]叫作老英格兰是同一个道理。

自那以后，我一直郁郁寡欢，深深地怀疑喵生，这倒不是因为我离婚了，而是因为我失去了亲爱的布里斯克——帕克担心他会来报仇，带着一群暴徒将他打死了。现在，再没有什么比听人称赞英国猫忠诚厚道更令我怒火中烧的了。

所以，你瞧，法国的动物朋友，我们和人越走越近，也把他们身上的恶习越学越多。让我们回归自然生活吧，在那里我们只需遵循本能过活，不会再有人用规矩来批判你的本性。我正在着手写作一篇论文，探讨对工人阶级动物的剥削问题，主旨在于使他们今后能够主动拒绝再当转叉狗[2]，拒绝再被套上马具去拉车，以此来保护自己不被庞大的上层阶级所欺压。尽管我们猫类常被诟病笔迹潦草，但我相信马蒂诺小姐[3]也不会鄙薄我的努力。你们懂的，在欧洲，文学是所有反抗不道德婚

1　阿尔比恩是最早对大不列颠岛的古称。——译注

2　转叉狗：旧时用于在踏车上走步以带动烤肉叉旋转的狗。——译注

3　马蒂诺小姐：指英国社会学家哈丽亚特·马蒂诺（1802—1876），常被认为是首位女性社会学家。——译注

姻专制的猫儿的避难所，他们反对僵死制度的压迫，渴望过自然的生活。我还没有告诉你们，尽管布里斯克的尸体背部有那么长一道伤口，虚伪无耻的验尸官还是宣称，他是服砒霜自尽的。就好像这样一只快乐、轻浮的年轻公猫会去思考喵生并得出这么严肃的领悟一样，就好像这个刚赢得我的爱情的幸运儿居然会如此生无所恋一样！但法医最后的确拿出了一个，用马氏试砷法[1]检测出毒药残留的盘子。

1　马氏试砷法：法医常用于鉴定砒霜中毒的方法。——译注

著名的"黑猫"酒吧　提奥非尔·亚历山德尔·斯坦伦

彩色石印海报　61.2cm×38.1cm　1896年

黑 猫

【美】埃德加·爱伦·坡

吴兰 译

埃德加·爱伦·坡（Edgar Allan Poe，1809—1849），美国小说家、诗人、文学评论家。爱伦·坡以他神秘、暗黑的故事著称于世，并被奉为侦探小说的开山鼻祖。

《黑猫》是爱伦·坡的黑暗故事之一，作家利用了猫在世人眼中诡异与神秘的形象，借第一人称叙事者之口，将猫塑造成一个具有灵异力量并且心思缜密的复仇者。《黑猫》与其说是一个动物故事，更像一篇对于精神病人与犯罪心理的分析研究，而这正是爱伦·坡钟爱的事情。

我将用最朴素的语言讲述一个最为荒唐的故事。我不指望也不恳求有人相信它，只有疯子才会期待别人相信那些自己都无法接受的事情。但我没有发疯，并且确信这不是梦。然而明天我就将死去，今日我必须让灵魂解脱。我的目的，不过是想用简单明了的语言，将一连串家务琐事原原本本地讲述给这个世界。这些家事造成的后果吓怕了我、折磨过我，并最终将我毁灭。但我不会解释。它们给我的只有恐怖，但对于其他许多人，其中的怪诞或许多过恐怖。或许以后能有人将我的幻觉还原为真实，但他的头脑必须比我更镇定、更有逻辑，也没我那么容易一惊一乍。唯有如此，他才能从我这段满是畏怯的叙述中，发觉一切都只是稀松平常的因果报应罢了。

从小我就是个充满爱心的温顺之人，我内心柔软得太过明显，甚至成为伙伴们的笑柄。我特别喜欢动物，宠爱我的父母便让我养了各式各样的宠物。大部分时候我都和动物待在一起，喂养和爱抚它们是我最开心的事情。这种特别的性情和我一同成长，待我成年之后，动物依旧是最令我快乐的事物之一。对那些真心喜欢忠诚又聪明的狗的人，我不需费力解释，就能向他们说清饲养动物带给了我何等的欢欣和多大的满足。对于一个常常见识到人类之间的友谊与忠诚是多么浅薄和微不足道的人来说，动物的无私精神和自我奉献之爱，自然很容易虏获其心。

我结婚很早，妻子和我性情相像，这让我十分欣喜。她发现我特别喜欢宠物，便竭力去寻找那些最为可爱的动物。我们家里养了鸟、金鱼、兔子，还有一条不错的狗、一只小猴子，外加一只猫。

猫个头儿很大，十分漂亮。它通体漆黑，并且聪明得不得了。说起它这聪明劲儿，我那迷信得不是一点半点的妻子常常提起古人的话，说所有的黑猫都是女巫假扮的。她当然没有当真，我也是恰好想到了才在这里写上一句。

普鲁托——也就是这只猫——由我亲自喂养，它是我最中意的宠物和玩伴。我在家的时候，无论走到什么地方它都会跟着，我甚至很难阻止它跟着我上街。

这样的友谊维持了许多年，而其间我的脾性发生了巨大的变化——都是酗酒惹的祸（我都羞于承认）。我一天天变得越发情绪化和易怒，越来越不顾及他人的感受。我开始对妻子口出恶言，后来竟暴力相向。宠物们当然也察觉到我性情的变化，我不仅不再照看它们，甚至还开始虐待它们。但对普鲁托，我依然保持了足够的尊重，并且尽量克制自己的恶行。其他动物就没那么幸运了。在兔子、猴子，甚至那条狗面前，我都没有丝毫顾忌。不管偶然还是刻意，只要它们在我跟前出现，我都会将它们虐待一番。我的病在蚕食我——还有什么病比得上酒精！最后，即便是已经老迈并因此变得有些暴躁的普鲁托，也成了我坏脾性的受害者。

　　一天夜里，我醉醺醺地从城里一家酒馆回到家，忽然觉着猫在躲我。我将它捉了来。普鲁托被我的暴戾吓到了，轻轻在我手上咬了一口。恶魔般的狂暴瞬间附到了我身上——我已不是我了，原本的灵魂似乎立刻逃离了身体，每根神经都被杜松子酒催生的出离的凶残所控制。我从马甲口袋里掏出一把折叠刀，打开它，然后一把掐住这可怜东西的喉咙，仔仔细细将它的一只眼珠子从眼窝里剜了出来！即便是此刻，当我写下这桩暴行时，我仍然羞愧得面红耳赤，周身都在燃烧，在剧烈发抖。

　　第二天早晨我恢复了理智，睡眠使我褪去了昨夜放纵时的狂怒，我为自己的所作所为生出了半是恐惧半是悔恨的罪恶感来。但那感觉极其脆弱与模糊，我的灵魂仍旧冥顽不灵。我再次在放纵中沉沦，很快，所有记忆都淹没在酒精里了。

　　猫也渐渐复原了。那没了眼珠子的眼窝看起来着实吓人，但它似乎已经不再受罪。它照旧在房子里游荡，但只要我一靠近，它就会极其害怕地逃开——这也在意料之中。我还有些良心，它不加掩饰的厌恶一开始让我有些悲伤，毕竟从前它是那么喜欢我。但这种感觉很快就被恼怒所取代。接着，就如同迈入了万劫不复的终极毁灭一样，我的心变态了。这种心理不曾在哲学中得到讨论，然而，我虽不敢说自己真有灵魂，却能够确信，变态一定是人类心底最原始的冲动之一，是一种操纵人类本性的我们不可或缺的初级官能或情绪。谁不曾上百次地做下毫无来由的恶行或蠢事，仅仅是因为知其不可为，所以偏要为之？谁不对违背法律有着永恒的欲望，置我们最清醒的判断于不顾，只是因为心中觉得"非得如此"？我最终被变态的心理压倒了。正是灵魂中这隐晦的欲念激怒了灵魂自身，让暴力回归天性，使得人类为了恶而作恶；也正是它逼迫着我继续犯错，将一只无辜的生灵伤害到了极致。一天早晨，冷血的我将绳索套上猫的脖子，在树枝上吊死了。我淌着泪吊死了它，心中是最悲苦的自责。吊死它是因为我知道它曾爱我，因为我知道自己对它的伤害毫无来由；吊死它是因为我知道自己正在犯下滔天的罪过，它会伤害我不死的灵魂——如果真有灵魂那回事的话——让我无法安生。即便在最慈悲和最可畏的上帝那里，即使仁慈无尽头，也无法将我宽宥。就在犯下这桩暴行的当晚，我被救火的呼喊声吵醒了。床幔已经燃起来，整座房子都泛着火光。费了很大工夫，我和妻子还有一个仆人才从火场中逃出来。一切都毁了。我在尘世间的所有财富都被大火吞噬，我陷入了绝望。

我还没有懦弱到想在火灾与我的暴行之间寻找因果关系，我只是在描述一串事实，并且不想漏掉其中的任一环节。火灾的第二天，我回到那废墟看了看。除了一面隔墙，房子全垮了。这墙并不厚，差不多刚好在屋子正中，顶着我的床头。我觉得是由于最近才抹过一次墙灰的缘故，墙面十分有效地抵挡住了烈火的侵袭。墙边围了一大群人，其中许多人似乎都在激动并仔细地查看什么。"怪了！""真特别！"他们诸如此类的话让我好奇起来。我走到近前，发现那白色墙面上赫然印着一只巨大的猫的形状，好像一尊浅浅的浮雕，样子和普鲁托真是无与伦比地相像，脖子上还缠着一根绳索。

起初，我被这幅灵异的景象吓坏了——除了"灵异"还能是什么？但最终，理智的思考使我镇定下来。我记得猫是被吊死在与房子毗邻的花园里，而火警把很多人招进了花园，一定是谁剪断了树上的绳子，然后朝着打开的窗户一把将它扔进了房间——大概是想叫醒我吧。这受害于我暴虐之下的小东西，在其他墙壁倒下时被压进了新近涂抹的墙灰里。石灰、烈火，连同这尸骸中散发出的氨气，一同创造了眼前这幅肖像画。

于理我接受了这样的解释，于情我却过不了自己良心那一关。刚刚这惊人的一幕仍然深深地撼动了我，我难免浮想联翩。一连几个月，猫的游魂都在我脑中挥之不去。这段日子里，我又有了一种似是而非的情感，像是悔恨，却不是悔恨。我甚至开始惋惜失去了它，并且开始在我时常光顾的那些下流地方里搜寻一只和它同类的宠物。我想找一只和它相像的动物，好填补它留下的空缺。

一天晚上，我正半昏半醒地坐在一家恶名昭著的酒馆里，突然注意到了一个黑色的家伙。它立在一只装有杜松子酒或朗姆酒的大桶上面——这是房子里最大的物件。我已经定定地往那里看了好几分钟，现在想来真是奇怪，我怎么没有早点儿发现它呢？我走到跟前，用手碰了碰它。那是只黑猫——一只和普鲁托差不多的非常大的黑猫。除了一个地方之外，它长得和普鲁托像极了：普鲁托全身都是黑的，没有一丝白毛，但这只猫的整片胸前是一大块不甚清晰的白斑。

我的手刚一碰到它，猫就立刻站了起来。它一边大声打着呼噜，一边磨蹭我的手。对于我的出现它显然很高兴。就是它了！我马上找到老板想买下它，可老板却说这猫不是他的，他不认识，也从没见过。

我继续轻轻抚摸它。当我准备回家时，这动物明显想跟我一起走。我应允了，路上还不时俯下身拍拍它。它一到新家就马上适应下来，也立即成为我妻子的最爱之物。

至于我——我很快就发现自己开始讨厌它。这和我期待的恰恰相反，但是——我不知道为什么会这样——它对我显而易见的喜欢反而令我觉得恶心厌烦。慢慢地，这些恶心厌烦的情绪发展成了仇恨的痛苦。我刻意避开它。一丝特别的羞耻感，加上对从前恶行的记忆，使得我并没有去虐待它。好几周过去了，我都没有打过它或是对它暴力相向。但渐渐——非常缓慢地——我对它生出了一种无法言喻的厌恶，就像躲避瘟疫一样躲避着它那张丑陋的面孔。

有一件事无疑加深了我对它的憎恶。在我带它回家的第二天早晨，我才发现它和普鲁托一样，少了一只眼睛。然而这只会让我妻子对它更加疼爱。我早已说过，我妻子有一颗博大的爱心，这曾经也是我个性中最与众不同之处，是我过去最为单纯的快乐源泉。

虽然我厌恶它，这只猫却越来越喜欢我。它用一种读者们绝不会理解的方式步步紧跟着我。不管什么时候，只要我坐下，它就会蜷在我椅子下面，或者干脆跳到我膝头，十分讨厌地在我身上磨来蹭去。我一站起来，它就会跟着我。它就走在我两脚之间的空隙里，这种跟法很容易就能把我绊倒。再不然，它就用那又长又锋利的爪子抓住我的衣服，再往上爬到我胸口。这种时候，虽然我十分想要一拳弄死它，但还是克制住了。部分是因为对从前罪过的记忆，但主要——就让我赶紧承认了吧——是因为我非常害怕它。

确切来说，我并不是害怕某种实在的邪恶力量，但我也不知还能怎么形容。我几乎羞于承认——是的，就连此刻身陷囹圄，我依然羞于承认——这世间最荒诞的妄想是怎样加剧了我的恐惧与惊惶的。我妻子曾不止一次提醒我注意猫胸前那片白色的毛斑。之前提到过，这斑纹也是它和被我谋杀的普鲁托之间唯一看得出的差别。读者们应该记得，这片白斑虽然不小，却不很显眼。但慢得几乎是难以察觉地（而且很长一段时间内我都告诉自己这只是幻觉），它终于显现出了清楚的轮廓——我不敢说出图案的样子。从此我更加厌恶它，也更加怕它——要是我有胆子，早就把它除掉了。那图案何其丑陋，属于一个极为恐怖的东西——绞架！那是用来处罚恐怖和罪恶，骇人又令人悲伤的机器！是痛苦和死亡的机器！

现在的我着实成了所有不幸之人中最不幸的那一个。一只没有头脑的野兽，居然给我——一个人类，一个按照至高上帝的形象创造出的人类——带来了这么多无法承受的苦难！啊！无论白天还是黑夜，我再得不到片刻安宁！白天，这动物寸步不离地跟着我；夜晚，我每个钟头都会从充满恐惧的睡梦中惊醒，然后竟发现这东西正在朝我脸上吐热气！它还那么沉地压在我身上！这是真实的、怎样都无法醒来的噩梦——我心尖上永远的重压！

在如此大的压力和折磨下，我心中仅存的一点善良也消失了。我脑中只剩下些最黑暗邪恶的念头。从前我的那些不悦情绪，现在发展成了对一切事物和一切人类的憎恨。从前，我不受控制的狂怒会经常毫无来由地突然发作，而现在我已经放任了自己。每当这时，唉！我那毫无怨言的妻子也就成为最平常也最为隐忍的受害者。

贫穷的窘境迫使我们搬进了一栋旧楼房。一天，妻子因为些家务事陪我下到了地窖里。那只猫也莽莽撞撞地跟着我们走下陡峭的楼梯，差一点儿把我撞翻。这可把我气疯了。我抡起一把斧子，狂怒中忘记了那曾阻止我的幼稚恐惧，对准它要挥下去。这一斧若能如我所愿，它必死无疑。但妻子伸手将我拦下了。然而这一拦却更激怒了我，我真正发了狂。我从她手中抽出手臂，一斧子砍进了她的脑袋。她当场就倒下死了，哼都没有哼一声。

丑恶的谋杀已经做下，接着我便要绞尽脑汁想办法藏尸。我知道自己不能冒着被邻居发现的风险把尸体从屋里搬出去，白天和晚上都不行。我想了很多法子，考虑过把尸体切成小块儿，然后用火烧掉，也想过就在地窖里挖个坑，直接把她埋了。把她扔进院子里的水井大概也是可以的，再不然就把她包进盒子里，假装是和平常一样买了什么，然后请个搬运工把她弄出去。最后，我想到一个更妙的点子：把尸体填进地窖的墙里——就像书里的中世纪僧侣那样，把杀掉的人砌成墙壁。

地窖实在非常适合我的计划。墙壁修得很松，最近才在面上粗糙地涂了一层石灰，因为空气潮湿，还没有完全晾干。而且，其中一面墙凸出了一块儿，那应该是个废掉的烟囱或者壁炉。之前的人把空当砌平了，让它看起来和其他的墙壁没什么两样。我确信自己可以轻易地把表面的砖头拆开，将尸体塞进去，再把墙填平。一切都和之前一样，没人能看出有什么可疑的。

实际与我预想的分毫不差。我用一根撬棍轻而易举地卸下了砖头，再小心翼翼地将尸体推进去，让它靠着里面的那堵墙。我尽量把尸体贴紧墙的内壁，让它保持在那个位置，然后没怎么费力地，就把一切都还了原。我十分谨慎地弄来了砌砖用的灰浆、沙子和头发[1]，搅拌出了一种和原先毫无二致的墙腻子，再十分仔细地将它们刷了上去。一切停当过后我非常满意。墙面上完全看不出曾被撬开的痕迹，地上的垃圾也被我用最细致的方法收拾干净了。我用胜利的目光看了看四周，然后对自己说："总算没白辛苦一场。"

接下来我便要寻找这一切悲剧的罪魁祸首——我终于有勇气干掉它了。要是我当时就能找到它，它早就没命了。但这狡猾的动物似乎察觉到了我先前的暴怒，于是想避阵子风头。我无法描述，更没有想到，在这讨厌的东西消失以后我是多么快乐和轻松。晚上它也没有出现。自打它来到家里，我第一夜能睡得如此平静与酣熟。哈，就算谋杀的负罪也剥夺不了我睡眠的快乐！

1　传统的西方工匠认为，将毛发与石灰混合可以增加石灰的强度和韧性。——译注

第二天、第三天过去了，我的仇家仍然没有出现。我终于能像个自由人一样呼吸，那怪物已经永远被我吓跑了！我再也不用怕它，我快活得像个神仙！犯下的罪行只隐隐地搅扰了我一下。已经有人来问我的妻子哪儿去了，但我都成功地应付了过去。他们甚至还搜查过一次，不过当然是一无所获。我觉得自己的安全已经无虞。

命案第四天，一队警察毫无预兆地来到我家，又将房子仔细地搜了一番。我当然不会慌张，他们怎想得到我的藏尸之处呢？警官要求我在他们搜查时陪在旁边，每个犄角旮旯他们都看过了。最后，不知是第三还是第四次，他们又下到了地窖。我眼皮都没眨一下，心就像个熟睡中的清白之人一样镇定地跳着。我在地窖中气定神闲地来回踱步，双臂交叉在胸前，把里面走了个遍。警察们终于疑虑全消，准备离开了。我实在压不住心中那股高兴劲儿，急着想说句耀武扬威的话，好让他们加倍相信我的清白。

"先生们，"我终于在警察们走上楼梯时开了口，"我真高兴能消除了你们的怀疑。我祝你们身体健康，并附上我微薄的敬意。顺便说一句，先生们，这——这是座修得极好的房子。"我太急迫地想要说点话，却几乎不知道嘴里冒出的是什么，"在我看来是座修得超级棒的房子。这些墙壁——您是要走了吗，先生？——这些墙壁都砌得相当结实。"我沉浸在虚张声势的疯狂快感里，故意使劲儿用手上的藤杖往一块砖上敲了敲，那背后就立着我爱妻的尸首。但上帝啊！请你保护我免遭恶魔的戕害吧！敲击墙壁的回音落下没多久，这墙坟中竟然传出了声音！那是一阵哭声，起初就像个正在啜泣的孩子一样，含混不清，断断续续，接着很快上扬，成为一阵长而响亮并且连绵不断的尖叫声。这声音如此怪异，绝不是从人类口中发出的——是嚎叫，是尖厉的恸鸣。这声音一半是恐怖，一半是胜利，只有地狱里才有这样的声音——地狱中的灵魂有的因罪孽而痛苦，而有的因受罚而欢愉，只有两种人同时扯开喉咙才能发出这样的声音。

我认为自己最好别再开腔。我有点儿晕，踉踉跄跄地走向了对面那堵墙。一时间，楼梯上的那队人马吓呆了。他们愣了一阵，而下一刻，我便看见十几条粗壮的胳膊同时扒拉着这堵墙。墙被生生拆倒了，一具尸体直愣愣地矗在了警探们面前，已经极度腐烂，凝满血迹。尸体的头上蹲着那只丑陋的畜生，它血红的口张得老大，一只独眼正在向外喷射火焰。是它引诱我杀死了妻子，是它报信将我送上了绞架！我竟将它也砌进了墙壁！

夏·栏杆上的猫　斯泰因勒

一只猫的生活与哲学观

【法】丹纳

莫昕 译

伊波利特·阿道尔夫·丹纳（Hippolyte Adolphe Taine，1828—1893），法国著名的文艺理论家和史学家，历史文化学派的奠基者和领袖人物，被称为"批评家心目中的拿破仑"，主要文论著作有《拉·封丹及寓言诗》《英国文学史》《评论集》《评论续集》《评论后集》《意大利游记》《艺术哲学》等。关于哲学和历史，丹纳也多有著述，他的艺术哲学对19世纪的文艺研究产生了深远的影响。

"我研究哲学家和猫。猫的智慧无与伦比"。作为杰出的文艺批评家、哲学家，这个故事以猫的视角来看待世界，猫儿的思考奇妙而幽默，发人深省。

一

我出生在一个堆满干草的谷仓深处的一只木桶里。光线照在我紧闭的双眼上，因此头八天，所有东西在我看来都是粉红色的。

到了第八天，情况好了一些。我睁开眼睛，看到漆黑的阴影上倾泻下一大片光亮，尘埃和飞虫在其中舞蹈。干草又香又暖，蜘蛛悬在屋瓦下静眠，小虫子"嗡嗡"叫着。这一切都那么美好，让我有了勇气。这一片白晃晃的光亮，经一道金色光柱连到了屋顶，其中有亮晶晶的小飞虫在旋转，我想要碰碰这亮光。然而我像团烂泥般滚了下来，眼睛火辣辣地疼，腰也擦伤了。我透不过气来，一直咳嗽到了天黑。

二

等我的双腿长结实了，我就出了门，很快便和一只鹅交上了朋友。那是个值得敬重的家伙，因为她的肚子总是暖暖的，我缩在她的肚子下面，一边听着她的哲学演说，这深深地影响了我。她说，这农场家院就是个联盟共和国，人是最勤劳的，所以被选为首领；狗虽然好动不安分，却当上了护卫。我在那亲爱朋友的肚子下面流下了感动的泪水。

一天早上，愣头愣脑的厨子走了过来，手里捧着一些大麦。鹅伸过头去，厨子抓住了鹅的脖子，抽出一把大刀。我叔叔是个警醒的哲学家，跑了过来，开始劝诫正乱喊乱叫的鹅。他说："亲爱的妹妹，吃了你的肉，农场主就能变得更聪明，能更好地看护我们；吃了你的骨头，狗们就能更有力气保护你们。"他说完这番话，鹅不作声了，因为她的头已经被砍了下来，脖子上血流如注。我叔叔跑过去，衔着鹅头飞快地离开了；而我怯生生地走到血泊边，想都没想就伸出舌头舔了舔，味道好极了。我跑到厨房，想看看还能不能再搞一点。

三

我叔叔是只深谙世事的老猫，非常老，他教给了我世界通史。

万事初始之时，他刚出生，主人离世，子女送葬；仆佣们载歌载舞，牲畜们得解放。喧嚣与骚乱，一只羽毛美丽的火鸡被同伴们啄光了毛。晚上，一只白鼬潜入，吸干了四分之三的斗鸡们脖子上的血，他们当然再也不能叫了。家院里的场面十分精彩，狗们不时地吞吃着鸭子，马群欢快地踢断了狗背；至于我叔叔，他"嘎巴嘎巴"地嚼吃了六只小鸡，他说，那真是一段美好时光。

人们回来的那晚，鞭打惩罚开始了。我叔叔挨了一鞭，被扯下了一撮毛。狗们被紧紧拴了起来，他们悔恨地哀号着，舔着新主人的手。马儿们又披上马鞍，虔心于自己的职守。被保护起来的家禽们，感恩地"咯咯"叫着。只不过，再过六个月，等禽蛋批发商经过，她们就有五十只会被宰杀。至于我那已故的好友曾所属的鹅群，则拍打着翅膀，说一切都恢复了秩序，齐声赞美农场主是救世主。

四

我叔叔虽有些闷闷不乐，却也承认，情况比以前有所改善。他说，我们最早的祖先十分野蛮，到现在森林里还有和我们祖先一样的野猫，抓不到什么田鼠或山鼠了，更常吃到的是枪子儿。还有一些野猫干瘦干瘦的，掉光了毛，在水沟里跑来跑去，发现已经抓不到什么老鼠了。而我们，享受着尘世间最高级的欢乐，在厨房里谄媚地摇着尾巴，"咕噜咕噜"地发出乞怜的低叫，舔着空盘子，每天最多也不过挨十来个巴掌。

五

音乐是一门来自天堂的艺术，毫无疑问，我们的族类有此天赋。音乐来自于我们的肺腑深处，人类对此了如指掌，他们制作小提琴就是想要效仿我们，想要模仿我们的肚腹。

有两样东西给我们的天籁之音带来灵感——群星和爱情。人类啊，拙劣的模仿者，可笑地拥挤在地下室里，乱蹦乱跳，以为能和我们相比。而我们要在屋顶的最高处，在深夜的星辉下，当全身毛发战栗，我们才能呼出这神圣之曲。他们嫉妒得发狂，诅咒我们，朝我们扔石头。他们气得要命，我们肃穆的低嚎，有穿透力的高叫，华丽的狂呼，随性所发的幻想曲，能平复最叛逆的猫的灵魂，这一切，他们平淡无味的声音永远无法企及。我们轻颤着发出这些声音，达到高潮时，群星战栗，月色发白。

青春多么美好，那些神圣的梦想真让人难忘！我也曾爱过，也曾用我的男低音咏唱着转调，在屋顶上奔跑。我的一个表妹被我的歌声打动，两个月后生了六只粉白相间的小猫仔。我冲过去，想吃掉他们。我是他们的父亲，这是我的权力。谁能想得到，我的表妹，我的妻子，我想与之共享这顿美餐的人，竟然扑到了我脸上。这野蛮的行径激怒了我，我当场就掐断了她的脖子，然后我就狼吞虎咽地吞下了这一窝猫仔。这些倒霉的小东西一点用都没有，连他们的爹都喂不饱，他们的小肉肉让我的肚子难受了三天。

我对这些激情感到了厌倦，于是放弃了音乐，回到了厨房里。

六

我真怀念那完美的幸福时光，我想我在这里得到了很多重要的经验。

当然了也包括天气炎热的时候，就在池边打个盹儿。一股香味儿从发酵的厩肥那儿飘过来，一根根干草在阳光下闪亮。火鸡们多情地转动着眼睛，任由红色的肉冠搭在喙上。母鸡们在草堆里翻刨着，大肚子贴在地面上吸取着热量。池塘波光粼粼，昆虫们聚在一起乱挤乱爬，在水面上掀起了很多泡沫。小虫子们在白墙上青色的坑坑洼洼处聚集着，使那些凹陷处的颜色更显得发暗。眼睛半闭着，恍然如梦，无所思，也无所求。

到了冬天，蜷坐在厨房的炉火边就是极乐。火舌舐舐着木柴，"噼啪"声中火星飞溅，木柴上的小枝条断开、卷曲，黑烟盘旋，顺着黑烟囱飞上天空。此时，铁扦子旋转着，传来和谐悦耳、令人心安的嘀嗒声。铁扦子上的鸡肉烤成焦褐色，亮晶晶的，好看极了。烤化了的油脂使鸡肉的颜色变得温润柔和。美妙的香味传来，挑逗着嗅觉。舌头不由自主地舐着嘴唇。鼻子深吸着油脂散发出的美味。眼睛欣喜若狂地望着上苍，等着厨子打开炉子，拿出鸡肉，把属于你的那块分给你。

正吃食的，心花怒放；吃饱了的，心满意足；那些躺着在消化的，就更是称心如意了。而余下的，则再也不空虚和躁动难安。最幸福不过的，就是那肚满肠肥、暖洋洋地蜷成一团的，觉着肚子里无比地受用，身上的皮都欢喜得要开出花来。一阵精妙难言的痒酥酥的感觉穿透身体，轻轻撩拨着每一个地方。体表体内的每一处神经都十分享受。毫无疑问，如智者所言，如若这世界是一个有福的神灵，那这大地就是一个巨大无比的肚子，永世无歇地在阳光下烘烤着圆圆的肚皮，消化着在里面的生灵。

七

沉思让我的思绪发散开去。凭借着有效的方法、可靠的推测和长久的专注，我已经参透了一些自然界的秘密。

狗这种畜生奇形怪状、脾性多变，永远让人觉得像个怪物，其出生成长完全不符合任何规律。事实上，尽管他们安静的时候看起来很正常，可是怎么解释他们为什么总是忙碌好动、蹿来蹿去，甚至在他们吃饱喝足、无忧无虑的时候，尽管这么做毫无理由，也绝无必要。就算灵巧、优雅、谨慎的美德放之四海而皆准，可这样一种总是粗鲁唐突、乱吠乱叫的疯子，怎么能容许他们往人身上扑？人们又是手挡脚踢又是不予理睬，他们还追前逐后。造物主最宠爱的杰作是我们猫族，可为什么这种畜生会对我们恨之入骨，把我们撞翻而自己毫发无损，并不想吃我们的肉却要撞断我们的骨头？

这些矛盾现象证明了狗是遭天谴的一族。毫无疑问，他们的身体里停驻着有罪而被惩罚的灵魂。他们在遭受这些苦难，这就是为什么他们总是焦躁不安。而他们自己却不明白原因，这就是为什么他们会四处搞破坏，为什么会被痛打，为什么一天四分之三的时间都被拴住。他们憎恨美好善良的事物，这就是为什么他们想把我们掐死。

八

渐渐地，我的头脑冲破了成长过程中禁锢我们的那些偏见，我的眼前出现了光明，我能够自己思考了。就这样，我找到了万物的真正缘由。

我们最早的祖先（还有那些野猫们也这样认为）说，天空是一个很高很高的阁楼，屋顶严严实实，太阳永不刺眼。我姑姑说，在那阁楼里有一大群肥老鼠，太肥了，行动起来费劲得很，而且吃掉得越多，他们就来得越多。

很显然，这都是那些穷鬼们的看法，他们从没吃过老鼠，也没法想象漂亮的厨房是什么样子。况且阁楼是木头颜色的或灰色的，而天空是蓝色的，这就完全让人迷惑不解了。

事实上，他们还引用了一个精妙的理论来支持他们的看法。他们说："很显然，天空是用麦管或面粉做的一个阁楼，因为天上经常都会出现金黄色的云朵，就像扬麦子时出现的烟尘；或者白色的云朵，就像和面时扬起的面灰。"

可我告诉他们，云朵不可能是由一片片的谷物或一团团的面粉构成的，因为云朵落下来，就变成了雨水。

而其他一些稍有点文化的猫就声称说，烤炉就是神灵，它是美好万物之源，永不停息地转动着，永远燃着熊熊烈火却不会被烧毁，只要盯着它看就能进入极乐。

在我看来，他们说得不对，因为他们是从远处透过窗户来看的，那样看烤炉坐落在那宛如落日余晖般色彩斑斓、闪耀生辉、充满诗意的烟雾之中。至于我，我整日里就坐在它旁边，我知道人们会清洗它、修补它，把它擦干净。从心灵和胃的那些纯真朴实的幻想中获取知识，已经让我迷失了。

我们必须要开阔思维，才能接触到更丰富的理念，才能有更可靠的手段进行思考和推理。自然界无处不以其本相出现，一花一世界，一鸟一天堂。所有这些动物来自何处？来自一个蛋，这大地就是一个裂开的巨蛋。

这山谷就是一个看得见的世界，如果你好好看看它的形状和边界，你就会相信我说的确实无疑。它就像一个蛋一样呈凹形，与天空相连的锋利边缘是锯齿形的，尖尖的，白色的，就像是裂开的蛋壳。

一块块蛋白和蛋黄凝固紧实，就构成了那些石块、这些房屋，还有整片坚实的土地。有些部分保持柔软，构成了人们耕种的土层；还有的在水里流动，形成了池塘和河流，每到春天，又有了新的成分在其中流淌。

至于太阳，没人会怀疑它的作用。它就是一个巨大的红色火把，在那蛋的上方来回移动，用文火柔和地烘烤。人们特意把蛋打开，就是为了能更好地受热；厨子就常常这样做。整个世界就是巨大的一摊炒鸡蛋。

聪明睿智如我，我对这自然、对人类、对任何个体，都没有更多的问题了，也许除了对烤炉里的几个小小美餐还有些疑问。我只需沉浸在我的聪慧之中，因为我的完美已经到了极致。在我之前，没有哪只猫曾如我般参透这些奥秘。

冬·垫子上的猫　斯泰因勒

卡尔文

【美】查尔斯·杜德利·华纳

吴兰 译

查尔斯·杜德利·华纳（Charles Dudley Warner，1829—1900），美国散文家，小说家，与马克·吐温是至交好友，两人合著的《镀金时代》或许是他如今最为人知的作品。华纳在19至20世纪初的美国负有盛名，1870年出版的散文集《我的花园夏日》（*My Summer in a Garden*）为他赢得了广泛声誉，书中记录了1870年夏天作家在哈特福德的弯角农场的生活，当时，作家与马克·吐温以及哈里特·伊丽莎白·比彻·斯托比邻而居，卡尔文便是他在弯角农场时家养的猫咪，华纳十分宠爱这只猫咪，《卡尔文》于1880年被华纳增补在了《我的花园夏日》书末，这本书的许多章节中早有卡尔文的踪迹，这篇纪念散文的副标题为"聊以纪念本书中出现过的一个伙伴"，作家在接下来的题注中说道："他的朋友将此篇小文附在这里，希望卑微尘世中这一曲榜样性的清笛，能对世界有所裨益。"

卡尔文死了。这一生于他已经够长，对我们却太过短暂。他虽没什么了不起的经历，但他是那么有个性，他的品质亦相当值得我们学习。我因此应了那些与他相识之人的嘱托，作下这篇短文，追忆他的生平。

没人知道他的出身与家世，就连他的年龄也纯是我们猜的。尽管他体内流着马耳他的血液，我却有理由相信他生来就是只美国猫——这点他一定也不会否认。我在八年前从斯托夫人[1]手里接过了他，但她也不清楚他有几岁、从哪儿来。那一天，他毫无预兆地走进了夫人的房子，如同这家庭的一位故交，马上把那里当作了自己的家。他还颇有些文艺品位，似乎是先站在门口询问过这里是否住着《汤姆叔叔的小屋》作者，搞清楚了之后才决定留下的。这当然只是想象，我们对他的过去一无所知。不过，无论从前他住在哪里，恐怕都听说过《汤姆叔叔的小屋》吧。他遇见斯托夫人时已经长足了个头，也有了一定的年纪，他再没在往后的日子里增加过老态。他身上似乎没有岁月的痕迹，全心享受着成熟的快乐，让人觉得他已找到了永远年轻的秘诀。我们很难相信他会衰老，亦无法想象他经历过的幼稚、青春。他身上有一种神秘的永恒。

几年之后，斯托夫人开始到佛罗里达过冬，卡尔文就搬进了我家。他马上就适应了我家的生活，并且获得了一个人人认可的地位。我这样讲，是因为但凡知道他的客人总会问起他，亲人的来信也常有给他的消息。尽管身材最小，他却是最显眼的。

这与他的品貌有很大关系。他有皇家血脉，气质十分高贵；长得高大，却没有同为贵胄的安哥拉家族那粗臃的肥胖

1　这里指的是哈里特·伊丽莎白·比彻·斯托，《汤姆叔叔的小屋》的作者，华纳居住在弯角农场时的邻居之一。——译注

感；虽然强壮，但比例十分精致，动作优雅得犹如一只年轻的豹子。所有老式的门闩他都能打开，当他站起来开门时，你就会发觉他到底是有多高。他在火炉前的地毯上伸起懒腰的时候，那拉长的身子真是长得过了头——事实也的确如此。他背上披覆着我见过最为柔亮的毛皮，是那种安静的马耳他蓝色，而从喉咙直到足尖的胸腹部是一片极为纯净、光滑如貂的白色皮毛。他比任何人都讲究整洁，精致的脑袋颇有些贵族气质，小小的耳朵生得十分整齐，鼻孔里有一抹微微的粉红，面孔极为漂亮，神情里透出无与伦比的聪慧——若不是考虑到他的机警和睿智，我真想将他的相貌称作甜美了。

他性格十分活泼，但考虑到他猫如其名的尊严与持重，要恰如其分地描述这一点并不容易。我们对他的家族一无所知，所以"卡尔文"是他仅有的教名。一旦放松起来，他可以全心全意地投入玩耍。他喜欢玩弄毛线球，喜欢在女主人梳妆时扑赶散落的丝带。要是身边没有更好的玩物，他就开心地追自己的尾巴跑。任何时候他都能自娱自乐，而且并不把小孩子放在眼里——兴许是因为某些不能释怀的旧事吧。他没有一丁点坏习惯，秉性堪称完美。我从没见他真正动气，虽然我曾经看到他在自己的草坪上冲一只靠近的陌生猫咪把炸毛的尾巴竖得老高。他不喜欢猫，毫不掩饰地嫌恶它们的狡诈与背信——他可跟它们不是一伙的。夜晚时分，外面的猫儿们偶尔会乌拉拉地凑在屋外的灌木丛中热闹一场。每当这时，卡尔文总会要求我们替他把门打开。接着外面会响起一阵忙乱的冲撞声，然后"扑哧"一下，聚会便散了。之后卡尔文便安静地回到屋中，又在火炉前坐下。他虽没表现出丝毫的愤怒，但绝不会放任这种事情在周围发生，他有着很罕见的宽宏大量的品质。尽管笃知自己的权利，也特别执着地去争取，但他从没在受到挫折时闹过情绪，只会继续坚持，直到达成目的。他对饮食的要求就是一个例子。食物于他，就如同辞书之于学者，"但求最好"。他和所有人一样清楚家里有哪些食物，只要有火鸡吃，他绝不拿牛肉将就，而要是能吃上牡蛎，就算眼前放着火鸡他也会固执地等下去。但他绝非粗鄙的贪食者，如果看到我在吃面包，他也是会毫不勉强地接受面包的。他的进餐习惯十分考究。他从不用刀，却会拿爪子把餐叉拉下来，像成人一样优雅地将食物送进嘴里。如非迫不得已，他总是坚持在饭厅里进餐，绝不会在厨房吃饭。除非家里来了生人，他可以非常耐心地等下去。客人的造访给了他机会，他当然要缠着他们，希望他们不要理会家中的规矩，能喂给他些新鲜美味。有人曾说，他在挑选铺到地上的餐布时看上了一份著名的教会刊物。但这话出自一名圣公会教徒之口，而就我所知，他对宗教没有任何偏好，只是不太喜欢和天主教徒打交道罢了。仆人在他眼里是家庭的组成部分，所以他对他们非常和善，也因此时常走进厨房围着炉灶转转，一旦厨房有他人造访，他就会马上起身开门走到客厅去。他从不介意客厅里有多么拥挤，总乐于与那些地位相当的人做伴，因为那里才是他的圈子。卡尔文喜欢有人陪他，但却想要有所挑选。我深深相信，他对朋友有着贵族式的挑剔，绝不像大多数人那样只凭一腔热血维持友谊。

在他的同类之中，卡尔文聪明得着实惊人。他有一套自己的方法来表达意愿甚至情感，很多事情他都能自己做成。当他想一个人待着的时候，就会到家里的一间偏屋去。屋里的火炉上有一扇气门，他懂得将门打开调高温度，却从不会关门——就如同他从不在进屋之后将房门带上一样。除了开口说话，他几乎无所不能，有时你甚至能从他聪慧的面容中读出一丝悲伤的渴望——他是想要开口的。我并不想过度夸赞他的品性，但若真要说出个最不同寻常的，那就非他对自然的喜爱莫属了。他可以一连几个钟头伫立在矮窗之前，注视着外面的深谷和美丽的树木，风景中最细弱的波动都逃不过他的眼睛。他最喜欢陪我一起在花园里散步，一同聆听鸟的鸣叫，呼吸新鲜泥土的味道，享受阳光的美妙。他会像只狗儿一样蹦跶在我身后、在草皮上打滚儿——诸如此类表达喜悦的方法他有上百种。他会在我工作时坐下看我，要不就盯着下面的打字机，耳朵却一直留意樱桃树上鸟儿的叽喳。风暴来临时，他一定会坐在窗前，入迷地注视落下的雨雪，目光也跟着雨点或雪片起起落落。冬天的暴风雪总令他兴奋不已。我觉得他对鸟儿着实喜欢，但就我所知，一般他一天只捉一只回来。他不像有些狩猎者是为了杀戮而杀戮，而是同开化的人类一样，杀生只出自必要的需求。栗子树上的那些飞鼠和他十分相熟——太熟了，因为每个夏夜他几乎都会带一只回来，差点把飞鼠们逼到绝境。他是极佳的猎手，若非是节制的心态抵消掉了他的破坏欲，他可是会把猎物赶尽杀绝的类型。他身上几乎没有低等动物的残暴野性，而且我觉得，他虽明白自己的职责，却并不喜欢大老鼠。初来乍到的那几个月里，他向鼠群展开了一场轰轰烈烈的攻势，以至于后来单凭他住在这里，老鼠就不敢踏上门来。对于那些小耗子他却有些兴趣，但他总认为这游戏太琐碎，不值得当回事儿。我曾看见他拿只小耗子逗弄了一个钟头，到头来却拿出皇家的大气将它放走了。在"享受生活"这件事上，他的表现可与这贪婪的时代形成了鲜明对照。

到底说不说他对友情的忠实，还有他内心重感情的一面呢？我有些犹豫，因为我知道他是不太屑于谈论这些的。我们对彼此非常了解，但从不拿这做文章。我只需唤他名字、打个响指，他就会过来。晚上我回到家，他几乎都会守在门边等我。他会站起来悠闲地沿着走道溜溜，做出一副只是与我偶遇的样子——他非常羞于表达自己的情感。当我把门打开，他也从不会像一般猫咪那样一溜儿冲进去，而是表现得懒洋洋、磨磨蹭蹭，就如同他本没有进屋的想法，只是愿意屈就一下似的。但事实是，他知道晚餐已经备好，得赶紧进去吃了，赴晚餐他总是很准时。夏天我们外出的时候，晚饭偶尔会提前，但在外面游荡的卡尔文对此并不知情，等他回来的时候已经太迟了。但第二天他绝不会犯同样的错误。有一件事情他从没有做过：他永远记得自己的尊严，从没有在进出家门的时候着过急。就算他赶着出门，门也给他打开了，他还是一副从从容容的模样。我仿佛现在就能看见他站在门槛上，漫不经心地望着天空，似乎在思考是否该带上把雨伞。直到又要关上的门差点儿夹住他的尾巴，他才会真正迈出去呢。

比起那些感情外露的人，他的友谊更加经久。我们曾经离开过两年，然而回来的时候依然受到了卡尔文十分欣喜的欢迎。他表达欢愉的方式并不狂热，而很宁静。他总有一种能力，教我们感受到归家的喜悦。对友情的忠实使他充满魅力。他虽喜欢人类陪伴，但绝不以宠物自居，不愿被过分照看，也一刻都不会伏在别人膝头上。他总能从这样的亲昵关系中抽身而出，举止庄重又心平气和。如果一段友谊中必须含有抚慰的成分，他会选择主动慰藉他人。他常常坐在那里望着我，然后被一种微妙的情绪所激动，过来拽拽我的衣襟和袖子，当如愿地用鼻子蹭到我的脸颊之后，就会心满意足地走开。他习惯早上到书房来，一连几个小时安静地坐在我身旁，要不就趴在桌上，看我的笔尖在纸页上飞奔。他只会偶尔甩甩尾巴撩撩吸墨纸，然后就在墨水瓶旁边的纸堆里睡着了。极偶尔的时候，他会伏在我肩头看我写作。他对写作总有些兴趣，老想自己拿起笔来研究个通透。

对待朋友他总是有所保留，就好像他曾说过："我们应该尊重彼此的人格，别把友谊搞得太复杂。"他和爱默生一样，意识到友情可能退化成为平庸琐屑的相互依赖。"朋友之间为什么非要建立这种轻率而鲁莽的私人关系呢？""不要老是抓抓扯扯的。"但我并不愿夸大他的疏离感，还有他对自我以及非我之神圣的敏锐意识，因为这并不公平。也许有人不会相信，但我还是要提提那件被时常说起的事情。每到夜里，卡尔文都爱花上一段时间在屋外凝视夜的美丽。然后无论冬夏，他都会从花房的屋顶钻进我们卧室的窗户，来到我的床脚边睡觉。他就是喜欢这样进屋，要是我们要求他走楼梯和门，他就绝不会再来了。他有着格兰特将军[1]的固执，但这只是个小问题。他每天早上梳洗整齐过后，都会下楼和家里人一起吃早餐。但当女主人不在家时——也只有这种时候——卡尔文会在闹铃敲响后来到我的床头，望着我的脸，伸出他的小爪子。我

1　格兰特将军：南北战争之时的北军名将，以脾气执拗著称。——译注

一起床，他就跟着"帮"我穿衣，还用各种温柔的方式表达他的关心，就好像在说："我知道她走了，但我还在这儿呢。"这是他极为少见的温存时刻。

他也有自己的局限之处。不论多么热爱自然，他对艺术却没有丁点概念。有一次，别人送他了一座弗雷米耶[1]的铜质猫头雕塑。雕塑非常富有表现力，精美得无与伦比。他目不转睛地盯着我放在地上的铜像，十分谨慎地匍匐向它靠近，但当他用鼻子碰了碰以后，却发现那不是个活物。他感到上了当，立刻就扭头走掉，再也没有多看一眼。总的说来，他的一生不仅有所成就，也很幸福。就我所知，能令他恐惧的只有一件事物，那就是水管工。这当然事出有因。只要有水管工在，他就死活都不会进屋，我们连哄带骗都不管用。他当然不是和我们一样被水管工开出的账单吓到，在从前那些不为人知的岁月里，他们一定给他制造了些可怕的经历。水管工是他的魔魇。我丝毫不怀疑，任何的水管工，在他看来都注定是要找麻烦的。

说起他的价值时，我才发现自己从未想过用世俗的标准去估量他。我知道，现在无论谁过世了，问问他价值几何已是约定俗成的惯例，报上的讣告要是缺了这一环，无论怎样都不算完整。我们曾不经意听到家里的水管工们说："听这家里的人讲，就算拿出一百块他也不会卖他。"我当然不必声明自己从未说过这样的话，卡尔文是绝不能用钱来交换的。

1　埃马纽埃尔·弗雷米耶（Emmanuel Frémiet），法国著名雕塑家，代表作品有巴黎的圣女贞德像和苏伊士的斐迪南·德·莱塞普像。——译注

当我往前回溯，卡尔文的一生在我眼中实属幸运，因为他生活得自然，而且自在，饿了就吃，困了就睡，对自己的存在非常满意——无论是自己的脚趾头尖儿，还是那动作慢得出奇却充满表现力的尾巴梢儿，他都喜爱无比。闲逛园中和漫步林间都令他愉悦，他也爱躺在绿地上，纵情沉迷于夏日的甜美。你从不能怨他太闲，但他确实知道休养生息的秘诀。在诗人笔下，他小小的一生就像一场梦。这固然美丽，却不足以形容他的幸福——他这辈子睡了可不止一觉呐。他从不认为睡眠是有违良心的事情。事实上他习惯很好，也懂得知足常乐。我现在能想象他走进书房，在我椅子边坐下，优美地将尾巴盘在脚边，然后抬头望着我，英俊的脸庞上充满了无法言说的幸福感。我常觉得他受困于无法开口的苦恼，但又正是因为不能说话，使他蔑视了低等动物那些含糊不清的叫嚷——粗鄙的喵叫与长嚎有失他的身份。当他为了某件十分重要的事情想引起我们的注意，或是为了提出什么要求时，会突然发出一声清晰的呼喊，但他永远不发牢骚。他能不带一点儿嘟哝地在紧闭的窗前等上几个钟头；窗子打开以后，他也从不会故意不耐烦地一头冲进去。虽然说不出话，也不肯使用老天赋予猫族的那些令人不快的音色，但他会用自己非常擅长的轻柔鸣声，表达这怡人的周遭带给他的无限幸福。他的身体里一定有一架充满了各色音栓的乐器。他当然能够演奏出斯卡拉蒂的《小猫赋格曲》，对此我毫不怀疑。

究竟他的死是由于年老，还是因为年轻时患上了某种病症，我们不得而知，因为他走得那样安静，就如同来时一样神秘。我只知道，他在最美好的时候出现在我们面前，而过了一段时间，他就像功德达成的罗恩格林一样离开了[1]。他一生清白，得病之后没什么值得悔恨的事情。我想，再也没有一种病痛能够包含这样多的尊严、温存，以及对天命的顺从了。他的病是慢慢发起来的，最初的表现是倦怠和食欲退化。他开始更加中意从气扇中散发出的火炉的温暖，而不是柴堆里蹦出的火星——这也是一个令人警觉的征兆。不管经受过怎样的苦痛，他始终都沉默隐忍，只担心自己的病会给他人带来不安。我们用时令中最好的食物引诱他，但很快，他就完全不能进食了。往后的两个星期他都几乎不吃不喝，就算偶尔试着吃一点点，也明显只是为了我们开心。邻居们建议给喂他些猫薄荷，而我只是再一次确信了邻居的建议永远无用——他闻都没有闻一下。我们请到一个业余医生照顾他，但他的专业在于医治心灵，所以根本不起什么作用。卡尔文欣然接受了我们的全部努力，但他知道为时已晚，一切已经没有必要。他不是坐着就是躺着，日复一日，几乎一动不动，但却从没有表现出痛苦之人那些令人不悦的粗陋和扭曲之态。他最喜欢待在花房旁边的一块士麦那小毯上，那上面有一块地方阳光最是明亮，而且还能听到喷泉的水流声。看到我们来关心他、探望他，他总是打着呼噜接受我们的好意。听到我唤他名字，他会抬起头，用脸上的表情说："我都知道，老朋友，但已经没有用啦。"在所有探病的访客面前，他做出了如何在病痛中保持镇定和耐性的榜样。

1　罗恩格林：瓦格纳歌剧中的圣杯骑士，为解救公主下落凡间，然而在
　　即将与公主成婚之时，由于公主的猜忌不得不重返天国。——译注

我在他最后的日子里离开了家，但每天都有明信片向我通告他日益恶化的病情。我再没在他活着的时候见过他。一个晴朗的早晨，他从那块毯子上站起来，走到花房里——那时他已经相当瘦了——从容地转了一圈。他看过了每一株与他相识的植物，然后来到餐厅，爬上了窗台。他望着窗外那片已是深棕色的干枯田地，站了良久。接着，他走到或许装载了他生命中最快乐时光的花园。看过最后一眼之后，他转身走开了。他回到毯子上那块明亮的地方，然后安静地死去了。

说卡尔文的死讯震动了所有邻里并不算夸张。他的朋友们接连赶来探望——因为个性太出众，人人都知道他。我们都觉得他不喜欢浮夸的玩意儿，所以葬礼上没有那些无聊的感伤花样。约翰是葬礼执行人，他用一只蜡烛盒给卡尔文装殓，在我看来是足够得体了。但其中不可避免地或许还是有些欠考虑之处，因为我听说他在厨房里议论，说这是他参加过"最干瘪的葬礼"。但人人都喜欢卡尔文，人人都给予他了应得的尊重。他和贝莎相交颇深，她十分懂得他。她过去常说自己有时会怕他，因为他看她的眼神太有灵性，她从来都不确定他是否真只是一只猫。

等我回到家，他们已将卡尔文放到了楼上一间屋子的桌上，紧靠着一扇打开的窗。那是个二月，卡尔文安息在一只蜡烛盒子里，盒子的边缘摆着常青树的枝叶，脑袋旁边立着一只插着花朵的酒杯。他的头埋进了臂弯，这是他烤火时最喜欢的姿势，就如同他正窝在自己柔软美丽的皮毛中享受睡眠一样。谁看到都禁不住叫道："就像是睡着了！"至于我，我什么都没有说。约翰将他埋在了两棵并生的山楂树下——一棵白的，一颗粉的，卡尔文喜欢躺在这里听夏虫的唱歌和鸟儿的叽喳。

那些认识卡尔文的人或许会觉得我没能将他们眼中他最鲜明的个性诉诸笔墨，但无论如何，我所陈述的只是事实。他永远都是个谜，我不知道他从何而来，亦不清楚他去向了何方。我不会掺一根虚伪的枝条在献给他的花圈里。

猫与蝴蝶　葛饰北斋

猫咪来信

【美】海伦·亨特·杰克逊

杨会平 译

海伦·亨特·杰克逊（Helen Hunt Jackson，1830—1885），美国女诗人，作家。她始终致力于改善美国印第安原住民的待遇，出版了多部相关作品并赢得了极大的知名度，其代表作《蕾蒙娜》描述墨西哥战争后住在南加州的原住民遭受到的不公待遇，影响深远，重印三百多次，有上百个版本流传。她还著有多部童书作品。《猫咪来信》是以猫的视角，给外出的小主人写的信，信中记述了小主人离家期间小猫的经历，故事妙趣横生，活泼可爱，其中许多从猫的视角出发的观点非常幽默。

作者序

亲爱的孩子们：

我并不十分确定这些信是我的猫咪写的。它们总是夹在我的妈妈或者朋友写给我的信件中，但可以肯定的是，我在家时，从来没有看到过我的猫咪写任何东西。但是这些信的字体非常糟糕，还有猫咪的签名。而且，每当我问及此事时，妈妈总是一副神秘的表情，好像这里面藏着巨大的秘密。因此，长大之前，我从来没有怀疑过，这些信是猫咪在天黑之后写的。

收到猫咪的信时，我还是个小女孩。那时，我和爸爸出了趟远门。我们乘着自己的马车去旅行，那也是我经历过的最开心的事情之一。我和爸爸的衣服都打包放在旅行箱里，用带子绑在马车下面。随着车轮的转动，那箱子不停地前后摇摆着。遇到一些陡峭的山路时，我和爸爸常得下车步行，因为老查理——我们的马——并不是特别强壮。走在车后，我的眼睛一直盯着旅行箱。我觉得，把箱子绑在车底实在是不安全，那时我真想把自己最好的那条裙子打个包随身携带。这便是那次愉快的旅行中唯一的不足——我一直担心那箱子会在我们毫无察觉的情况下掉下来，丢在路上，那样的话，等到姑姑家时，我就没有漂亮衣服穿了。还好，箱子随我们平安抵达了目的地。在姑姑家做客的那段时间，每天下午，我都会满足地穿着最好的那条裙子。那一路上的担心可真够傻。

到姑姑家的第四天，我收到了妈妈的信，信中讲了很多礼仪方面的注意事项，还附了第一封猫咪写给我的信。我把两封信放在围裙的口袋中，一直带在身边。那是我第一次收到信，因此我非常骄傲。我给所有的人看这两封信，人们看到猫咪的信时都哈哈大笑，问我是否相信那是猫咪写的。我猜也许是她的爪子里夹着笔，妈妈握着她的爪子写的，就像妈妈有时会握住我的手教我写字一样。我让爸爸在他的信里问问妈妈，猫咪的信是不是这样写出来的，但是，在收到妈妈接下来的一封信后，爸爸这样给我读道："告诉海伦，那封信不是我握着猫咪的爪子写的。"从那之后，我确信那些信都是猫咪自己写的。告诉你们，在我长大之前，我对此坚信不疑。你们也能看出，那时我觉得我的猫咪非常了不起，她做任何事情，我都不觉得惊奇。虽然那时我也知道猫通常是不能读书写字的，但在我的眼里，我的猫咪在这世上独一无二。如今她已经离世很多很多年了，可就算是现在，她在我脑海里仍栩栩如生，就好像昨天我还看到她活着。

我刚收养她时，她还是只猫咪宝宝；但小家伙长得飞快，很快就变得比我希望的还要大。那时，我希望她一直都是一只小小的猫咪。她的毛是漂亮的暗灰色，身上还有些黑色的条纹，就像老虎身上的条纹一样。她有一双大眼睛，耳朵长长的，通常都会支棱起来。这让她看起来像一只狐狸。猫咪很聪明，又很淘气，一些人觉得她肯定有一半狐狸的血统。她还常常会玩其他猫不会玩的游戏：躲猫猫。你听说过猫玩躲猫猫吗？其中最好玩的部分是，她会用自己的方式来玩。我中午放学回到家时，她一听到院子里的关门声，就赶紧跳上楼梯的最高处，从楼梯的扶手那里偷偷往外瞄。我一开门，她便会发出滑稽的"喵"声，就像在呼唤自己的宝宝。接着，当我踏上第一级台阶，准备去到她那儿时，她却以最快的速度跑开，藏到床下面去。我来到房间，猫咪不见了。如果我叫她，她便会从床下出来；如果我悄声离开下楼去，出不了一分钟，她就会从床底下飞奔出来，又站在楼梯最高处，用那种特殊的"喵"声呼唤我，我一出现，她就又跑了，跟之前一样藏到床下。她会这样和我玩三四次。我妈妈最喜欢让陌生人看猫咪这样玩。但是奇怪的很，每当猫咪发现有其他人时，她只肯玩一次，就再也不肯了。我叫她，她便会从床下出来，如果有陌生人在场，她就一本正经地径直走向我，好像是凑巧在床下面，并且，不管我说什么做什么，她那天都不肯再和我玩儿了。

过去，无论我去哪儿，她都跟着我，就像一只小狗狗。她每天都会跟我去学校，到周日时，为了不让她尾随着我们去教堂，一家人常常得大费周折。有一次，她跟着我，惹得很多人都笑了，可是在那个场合，笑是非常不合时宜的。那是在一位大学教授的葬礼上。

教授的家人们都悲伤地坐着。时间到了，人们要走出房间，坐马车去墓地了，这时开始叫名字，一个接一个。当叫到我们家时，爸爸和妈妈首先手挽手走出人群，接着是姐姐和我。再接下来，我的猫咪，非常庄严地站起身来，混在人群中不知不觉跟在我身后，走出房间，她步调缓慢从容，紧跟在我和姐姐后面，就好像她是这个家庭的一员，事实上她也确实是。人们开始笑了，当我们穿过前门下台阶时，几个站在那里的男孩儿哈哈大笑起来。我毫不怀疑，那个场面一定非常滑稽。接下来，马上有人跳了过来，一把就把猫咪抓了起来，她惊恐地尖叫一声，同时伸出爪子去挠那人的脸，那人才把她放了下来。我一听到猫咪的声音就立刻转过身，低声呼唤她。她迅速跑向我，我把她抱了起来，后面就一直把她抱在怀里。但是，我看到就连我的爸爸妈妈都笑了，虽然他们笑得很轻，也只是一瞬间。那是猫咪出席过的唯一一次葬礼。

猫咪在信中提到的事故后，又活了几年。

猫咪掉进那个可怕的肥皂液桶后，很长时间都没有毛。然而，最终毛还是长了出来，跟之前一样漂亮。要不是她的视力变得很差，没人会猜到她曾经出过什么事。但她的眼角再也没有痊愈。可怜的猫咪常常一小时一小时地坐着揉眼睛，有时还会"喵喵"地叫着，抬头看着我的脸，每揉一次眼睛，都像是在说："你难道看不出我的眼睛有多痛吗？为什么不帮帮我呢？"

事故发生后，猫咪再也不擅长任何事，从捉老鼠到玩游戏都不行了。到现在我还记得，有一天妈妈对一个人说："猫咪在摇篮里待了几天，被宠坏了。她一定想剩下的日子都被摇着过才行。她看到硬一点的牛肉就鼻孔朝天，实在太可笑了。真不该让她尝里脊肉！"

最后，因为吃得好，再加上运动量小，猫咪变得又胖又笨，还很懒，什么都不想做，只想蜷在柔软的坐垫里。

她长得太大了，我的小椅子已经放不下她。那张椅子上有一个绿色波纹的软垫，她在上面睡了很多年，我很少坐那把椅子，因为她总是在上面。但现在，椅子上的空间太小了，于是她便睡在房间里任何她能找到的舒服的地方。或者是沙发，或者是扶手椅，或者是某人的床尾。但无论她在哪里，都碍事。这个可怜的家伙不是头朝下从椅子上被倒下来，就是猛地从沙发上被推下来，或者不断地被赶下床。最终，她明白了，当人们一靠近她所占据的椅子、沙发或者床时，她的智慧便告诉她，赶快离开。这时，她便带着那哀伤幽怨的表情，慢慢站起身来，伸个懒腰走开，继续找下一个睡觉的地方。那情形看起来很是滑稽。除了我，家里所有的人都不愿意看到她，为了她，我和仆人们干了不少仗。最后，就连我的妈妈，我认识的最善良的人，也不耐烦了，一天她对我说："海伦，你的猫咪太老太胖了，她自己过得也不舒服，而且对所有的人来说，这只老猫都只会招人烦。我想，安乐死对她来说更为仁慈。"

"杀死我的猫咪？"我大叫道，放声大哭起来。

我哭得太凶，声音也很大，妈妈吓坏了，她赶紧说："亲爱的，别放在心上。除非别无选择，否则我们不会这么做的。但如果她过得很痛苦，你也不愿意她活在世上。"

"她不是痛苦，"我大叫道，"她只是想睡觉。如果人们不去骚扰她，她整天都在睡。杀死她太可怕了，你干脆连我也杀了吧！"

这之后，我密切地关注着猫咪，每晚我都会把她抱到床上，跟她一起待好长时间。

但是猫咪的时日不多了。一天早上，我还没起床，妈妈就来到我的房间，坐在我的床边。

"海伦，"她说，"我有件难过的事要告诉你，但我希望你能做个乖孩子，不要让妈妈不开心。你知道，爸爸妈妈总是会先考虑怎么做能让事情最好，才会怎么做。"

"到底什么事啊，妈妈？"我问道，心里面吓得要死，但压根儿没有把这事和猫咪联系在一起。

"你再也见不到你的猫咪了。"她回答，"她死了。"

"啊，她在哪儿？"我大喊道，"她怎么死的，再也活不过来了吗？"

"活不过来了，"妈妈说，"她溺水死了。"

于是我便知道究竟发生了什么事情。

"谁干的？"我只问了这一句。

"乔塞亚表哥，"她回答道，"他已经尽力，没让猫咪痛苦。她一秒钟就沉到了水底。"

"他把她沉到哪里了？"我继续问。

"米尔谷的磨坊下面，那里水很深。"妈妈回答，"我们让他去的那里。"

听到这儿，我悲痛地大哭起来。

"我过去常常带她到那里玩，"我大叫道，"以后，只要我还活着，就再也不到桥那边去了！还有，我以后再也不跟乔塞亚表哥说一句话——决不！"

妈妈想安慰我，但是没有用，我的心都碎了。

吃早饭时，乔塞亚表哥也坐在那里，若无其事地读着报纸。他是个大学生，寄宿在我们家。看到他，我所有的愤怒和悲痛又重新迸发了出来。我又开始大哭，跑到他面前，攥紧拳头，朝他的脸上就是一拳。

"我说过，只要我活着，就不会搭理你，"我大叫，"但是，我要先说完这一句：你是一个凶手，真的是一个凶手，你就是这样的一个人！等你成了传教士，我希望那些食人族能活活吃了你，你这个老杀人犯！"

"海伦·玛利亚！"父亲严厉的声音从我身后响起，"海伦·玛利亚！马上出去！"

我沮丧地走出房间，嘴里还在念叨着："我不在乎，他是个凶手。我诅咒他不是被人吃了，就是被淹死。圣经上说，恶因必有恶果。他一定会被淹死的。"

因为这愤怒的诅咒，我没吃上早饭。早饭后，父母要求我去给乔塞亚表哥道歉，恳求他的原谅。但是我的心里并没有恳求——一点都没有——只是嘴巴上重复了他们要我说的话。

从那之后，我没有跟他说过一句话，而且尽可能看都不看他一眼。

我那善良的妈妈主动提出再给我养一只小猫咪，但是我不想要了。过了一段时间，我的姐姐安得到了一件礼物，一只漂亮的灰色小猫咪，但是我从来不和它玩，也根本不在意它。我忠实于我的猫咪，就像她忠实于我。自那之后，我再也没有养过猫咪！

来信一

亲爱的海伦：

我知道你妈妈在信里这样称呼你，她不在房间，刚才我便跳上书桌，看了她给你写的信。我确信我有权力和她一样叫你，因为，哪怕你是我亲生的小猫咪，长得和我一模一样，我也不可能比现在更爱你。想想看，有多少次，我在你的膝上美美地打盹！又有多少香喷喷的肉肉，你从自己的饭菜里省下来给我吃！噢，在我的有生之年，我绝对不会允许那些个大大小小的老鼠碰你的任何东西。

昨天，你们驾车离开以后，我的心情很是低落，不知道自己一只猫咪该做些什么。我去了粮仓，想到干草上打个盹。我深信，人心情不好时，睡觉便是最好的解决方式之一。但少了平日里老查理在马厩里跺着蹄子，我反而感觉孤零零的，难以忍受。于是，我便去了花园，躺在大马士革玫瑰丛下抓苍蝇。玫瑰丛那儿的一种苍蝇是我最爱吃的。你该知道你抓苍蝇和我大有不同。我注意到你从来不吃它们，这让我很是疑惑。你对我总是很好，但是你对这些可怜的苍蝇却总是那么冷酷，会毫无缘故地打死它们——过去，我常常想能跟你说说这事，现在好了，你亲爱的妈妈教会了我写字，我可以和你说好多好多事情了，而之前我会因为无法让你理解我而难过。学英语让我很受挫，我想人类不会费这么大力气来学习猫语，于是，猫咪们就完全局限在自己的圈子里，其实猫咪们本来可以知道很多。除此之外，在艾姆赫斯特，也没有几只猫，这让我觉得非常孤单。要不是希区柯克太太还有迪金森法官养了猫，我大概已经完全忘记怎么说猫语了。你在家时还好，用不用猫语都无关紧要，虽然我不能跟你说话，但你说的我全懂，我们一起玩红球也很开心。不过现在那只球已经被收了起来，就放在起居室缝纫桌最下面的抽屉里。你妈妈把球放进去时，转身对我说："可怜的猫咪啊，海伦回来之前，没什么游戏好玩了！"当时，我觉得我应该大哭一场，但转念一想，哭也解决不了问题，只会看起来很傻。于是，我便假装有东西迷了眼，用爪子揉着眼睛。我极少因为什么哭泣，除了为"打翻的牛奶"[1]。我必须要承认，牛奶洒出去时，我常常哭——因为猫咪的牛奶经常会洒出来。他们把牛奶倒进又旧又破的碗碟里，那些碗碟一碰就翻，他们还总是把那些破碗碟放在碍事的地方。但很多时候，乔塞亚会在猫舍里打翻我的蓝色托盘。你还以为我早餐是美美地喝了牛奶，其实，除了苍蝇，我什么都没有吃到，而那些苍蝇充其量也只能算是佐料而已。真开心我有机

---

1 "别为打翻的牛奶哭泣"是英国的一句古老谚语，意思相当于中文的"覆水难收"。这里猫咪借用了这句谚语。——译注

会跟你说说这些，我知道，你回来后，肯定会给我一个好点的碟子。

希望你能发现，我在马车底部给你放了马栗果。我想不出别的能让你想起我的东西了，但是，我还是担心你不会想到那是我放的，那就太糟了。因为我费了好大的力气，才带着那些马栗果爬过了挡泥板，我衔着自己能找到的最大的马栗果，使劲张着嘴，到最后下巴都快掉了。

露台上有三朵美丽的蒲公英开花了，但我觉得它们可能等不到你回来。一个男人在花园里干了点活儿，我一直都在仔细地观察他，但还是没有弄明白他究竟要干吗。我担心他在做让你不高兴的事情——一旦知道他在做什么，我会在下一封信告诉你。再见。

你亲爱的猫咪

来信二

亲爱的海伦：

真希望你和你爸爸收到这封信后，无论你们身在何处，都能掉转车头，以最快的速度赶回家来。因为你们如果回来晚了，怕是已无家可归。我又怕又气，爪子直发抖，以致把盛墨水的杯子都打翻了两次，墨水全洒了出来，只剩下杯子底部像速煮布丁一样黏稠的部分；所以，请原谅这封信看起来脏兮兮的，因为我要尽快告诉你家里的可怕状况。昨天给你写完信后还不到一小时，我就听到起居室里发出一声巨响，于是赶紧跑去看看发生了什么事。起居室里，玛丽正把她那块最难看的蓝手帕戴在头上，穿着洗衣日的裙子，手里还拿着一把大木槌。她一看到我，就喊道："又是那只猫！总是碍手碍脚的！"接着又朝我扔了一只矮板凳，然后"砰"的一声关上了客厅的门。没办法，我只好跑到外边，在前窗下面听动静。我敢肯定，她一定是正在干什么坏事，不想让别人知道。里面传来的噪声我之前从来没听到过：所有的东西都在被挪动。不一会儿，你猜怎么着——整个地毯都飞了出来，就落在我的头上！地毯上的灰尘几乎让我窒息，我顿时觉得自己浑身的骨头怕是都要断掉了，但我还是从地毯下面爬了出来，就听到玛丽说："真受够了那只猫了！海伦怎么不带着它走！"那时我比以往任何时候都确定，这里面肯定没有好事儿，于是我跑到花园里，爬上台阶下的老苹果树，攀到了一个枝丫上，在那儿，我可以透过客厅的窗子里看到里面的情形。噢，我亲爱的海伦，你能想象到我那时的感受吧，看到所有的桌子、椅子、书架都堆在房间的中央，所有的书都打包放在一个大篮子里面，玛丽正以她最快的速度把窗子一扇一扇拆下来。对了，我忘了告诉你，你妈妈昨晚出门了，我猜她肯定是去拜访哈德利了。就目前发生的情况，我猜，玛丽是准备在你妈妈回来之前带着所有能带走的东西远走高飞。片刻后，住在斯莱特先生家的那个爱尔兰丑女人来到了后门。你知道我说的是谁——就是去年春天朝我泼冷水的那个女人。看到她过来，我非常确定她和玛丽准备在你们都不在家时合谋杀死我。我匆忙间跳下树来，爪子都撕裂了。我逃到了贝克家的小树林里，在那里度过了那天剩下的时光。我又冷又饿，极为悲惨，树洞里的积雪还把我的脚都给弄湿了，脚湿总是让我很不舒服，而且那里什么吃的都没有，除了一只瘦巴巴风干的鼹鼠。春天的鼹鼠从来都不好吃。说真的，没人真正了解我们猫类过得有多艰难，即便是猫咪中最幸运的一个！天黑后，我才回到家里，但是玛丽把每扇门都关得紧紧的，就连到后面棚子里的那扇小门也不放过。我只好从地窖的窗户里跳了进去。其实有一次我从那儿跳下时，踩到了奶锅边上，扭伤了肩膀，自那之后，我就再也不想这么做了。来到地窖后，我悄悄爬到厨房的台阶上面，安静得像一只老鼠。我在那里偷听着，想从玛丽和那个爱尔兰女人的对话中弄清楚他们到底要干什么。但我不懂爱尔兰语，最后因为长时间保持着一个姿势，腿都抽筋了，还是没搞清楚她们的计划，甚至就连玛丽的话我也没听明白，平时她说话我很容易懂的呀。我只好在一个萝卜桶里过了一夜，难受得要命。今天早上，一听到玛丽从地窖的台阶上下来，我就赶紧躲到拱门边，趁她给牛奶脱脂时，我溜上台阶，跑到了起居室。那里所有的东西都和昨天一样，乱作一团——地毯没有了，窗户也没了，我想一些椅子也搬走了；所有的瓷器都装在一个巨大的篮子里，放在餐具室的地板上；你爸爸妈妈的衣服也都从衣柜里拿了出来，堆在椅子上。站在这片混乱之中，我却无能为力，这实在太可怕了，之前我居然还从未意识到做一只猫咪有什么不好的。我刚才穿过街道，跟法官家的猫说了整件事情，可是她又老又蠢，忙着照顾她的六只小猫——我见过的最丑的小猫崽儿，对邻居家的事情毫不在意。今天早上，希区柯克太太经过我们家时，我跑到她身边，用牙齿咬住她的裙子，使劲地拉，千方百计地想要把她拉到家里来，可是她说："不，不，猫咪，我今天不去你家了，你家女主人不在。"我敢说我都要哭了。我坐在马路中间，整整半小时一动没动。

我听你的朋友汉娜·兰斯昨天说，她今天会给你写信，所以我现在要跑到山上去，把我的信交给她。我想她看到我一定会大吃一惊，我很确定，这镇上没有第二只猫咪知道怎么写字。务必用最快的速度赶回来。

你亲爱的猫咪

附：两个男人驾着一辆大马车来到了前门，把所有地毯都装了上去。噢，亲爱的，噢，亲爱的！要是我知道该怎么办就好了！我还听见玛丽说："请尽快，我想在他们回来之前把活儿干完。"

来信三

亲爱的海伦：

我从高处摔了下来，浑身酸痛，几乎一句话都写不了了。可是，我必须得告诉你我的担心有多可笑，我几乎羞得无地自容。房子和里面的东西都很安全，你妈妈也回来了。等我握笔的爪子不再那么痛时，我会告诉你整个故事。

纳尔逊家住进了几个没见过的人，我猜他们都是好人，因为他们用黄色的陶瓷碗盛牛奶。他们还带了一只名叫凯撒的黑猫，那只猫威风极了，所有人都在讨论他。他长着很帅的胡子，我还从来没见过谁的胡子像他那么帅。真希望自己的身体快点好起来，我好去看他。但现在，无论如何我都不肯见他。

你亲爱的猫咪

来信四

亲爱的海伦：

　　有一件事，猫跟人一样不喜欢，那就是出洋相。可在上上一封信中，我喋喋不休地诉说了有关玛丽搬出家具还有拆房子的故事，表现得就像个十足的傻瓜。真令人难为情还得由我来告诉你真相，但我知道你很爱我，一定也为我平白无故地担惊受怕而难过。

　　给你写完信后的三天里，家中的状况愈发糟糕。你妈妈还是没有回家，而那个丑陋的爱尔兰女人却总是在家里。我不敢靠近家门，我敢说我都快要饿死了，没有办法，我只好躺在玫瑰丛下，尽我所能关注着事情的发展。我时不时还会在谷仓里抓只老鼠，但自从跟你生活在一起后，那些重口味的食物对我再也没有吸引力，我更愿意吃得清淡些。到了第三天，我觉得自己太虚弱了，整只猫都病快快的，动不了了。于是，我便一整天都躺在老查理的马厩里的柴草上。我那时真以为，在饥饿与焦虑的双重折磨下，我快要死掉了。快到中午时，我听见玛丽在棚子里说："我想那只老不死的猫已经消失了，真是谢天谢地。但我还是想知道那个招人烦的家伙怎么样了。"

　　听到这儿，我吓得浑身战栗，因为如果此时她来到谷仓，只需要重重踢我一脚，我就一命呜呼了——我那时太虚弱了，跑都跑不动。晚上时，我听到了你亲爱的妈妈的声音，她在喊我："可怜的猫咪，可怜的猫咪，你在哪儿？"

我敢向你保证，亲爱的海伦，我常常无意间听到人们说猫没有感情，这一点，他们是非常错误的。如果他们知道我那一刻的感受，肯定会改变想法。我高兴得几乎发不出声音，脚也像是钉到了地板上，动弹不得，都没有办法到你妈妈身边去。是她过来把我抱在怀里，带我穿过厨房来到了起居室。玛丽正在厨房里炸糕饼，你妈妈经过炉子时，用她那甜美的声音说道："玛丽，你看，我找到可怜的猫咪了。"

"嗯，"玛丽说，"我还真是不知道，原来她想出现时，这么快就能找得到。"我知道那都是谎言，我听到了她在棚子里说的话。我真想知道她到底为什么这么恨我，只希望她也知道我有多恨她。我真想过哪天晚上把她的鞋袜全咬个洞，这样才公平。她也不会怀疑是我干的，她房间里老鼠多得是，只要我觉得是她橱柜里的老鼠，我从来都不碰的。

起居室里一切都井然有序，整块地板上涂着一层类似篮子侧面的那种白色东西，壁炉上罩着粉白相间的漂亮纸帘，窗户上悬挂着棉布窗帘。我一动不动地在房子中间站了好一会儿，因为我实在是太吃惊了。噢，真希望我可以说话，这样我就可以告诉你妈妈过去几天都发生了什么，三天前房子里有多混乱。不一会儿，她说："可怜的猫咪，我知道你肯定饿坏了，不是吗？"我说："是的。"——当然我只能用简单的"喵"来表示。接着她给我拿来一个盛汤的大盘子，里面装满了浓奶油。那是我吃过的最好吃的冷杂烩了。吃完后，她把我抱到她的膝盖上，说："可怜的猫咪，我们都有点想小海伦了，是不是？"之后她就一直让我在她的膝盖上休息，直到她睡觉。她还让我睡在了她的床尾。那是我一生最快乐的时光。半夜时，我醒了一会儿，抓住了老鼠窝儿里的幼崽儿，我还是第一次见到那么小的老鼠，他们尝起来可真嫩啊。

早上时，我和你的妈妈在饭厅里吃的饭，那里和起居室一样干净。吃好早饭，希区柯克太太来了，你妈妈说："看看，我多幸运，我出门时，玛丽把整所房子都打扫了。现在每个房间都整洁极了，所有换季的羊毛衣物也都收了起来。只是留在这儿的可怜猫咪，被吓得逃出了房子，不过，就算我们在家里，估计她也会吓得逃出去。"

你能想象我当时有多害臊吗？我跑到桌子下面，直到希区柯克太太离开才肯出来。但是，就在那时，悲剧发生了。希区柯克太太走后，我眺望窗外时，发现樱桃树下有一只知更鸟，非常肥美诱人。而那窗户看起来就像没有安装玻璃，我理所当然地认为玻璃都拆了下来，和铁架子、地毯一起放到了楼上，准备留到下个冬天再用。我知道，要想抓住那只知更鸟，机不可失，于是我用尽全身的力气想要跳过那窗户。噢，亲爱的海伦，相信你从没撞得这么狠过。我被反弹到了屋子的中间，而且，我感觉自己足足打个六个滚儿才停了下来。血顺着我的鼻子往下流，我的右耳朵则因为碰到桌子的脚轮也伤得很重。有那么一会儿，我什么都看不见，也什么都听不到了。等我恢复知觉时，才发现自己躺在你亲爱的妈妈怀里，她正用自己干净的手帕蘸上冷水，擦着我的脸。我的右前爪伤得很厉害，这让我洗脸很不方便，写字也不方便。但最严重的还是我的鼻子。

所有的人看到我时都会忍不住哈哈大笑，这也怪不得他们，我的鼻子足足有平时的两个大，于是我开始非常担心它再也回不到原来的样子，那就太可怕了。谁不知道，在一张猫脸上，鼻子是决定美丑的关键。听到他们不停地给每一个进到房间里的人讲述我摔下来的故事，真是让人厌烦。他们都要笑死了，特别是当我还没来得及逃到桌子下面，被他们看到我的鼻子时。

　　要不是因为这场事故，我早就给你写信了，也会写得更长，但我的脚痛得厉害，而且在肿鼻子的挤压下，我的眼睛几乎都要睁不开了，我必须要说再见了。

　　　　　　　　　　　　　　　　　　你亲爱的猫咪

　　附：上封信中，我给你提到凯撒了吧？当然，鉴于目前狼狈的处境，我肯定不会冒险出门的。除了透过窗户偷偷地瞄见过他之外，我们还没有打过照面。

来信五

亲爱的海伦：

　　你一定很奇怪过去两周我为什么没有给你写信，但如果你听说了我这段时间的经历，也就只能怀疑我到底是否还在人世、是否还能给你写信。不过昨天听你的妈妈说，她写信时怕你伤心，没把我的遭遇告诉你，这让我很是欣慰。但既然现在整件事儿都已经过去了，很快我就会跟之前没什么两样，我想你也许想听听整个事情的经过。

杜本内牌餐前酒的海报　朱尔・谢雷　彩色石印海报

我在上封信中提到了一只新来的黑猫，他的名字叫凯撒，就住在纳尔逊家，我非常想认识他。迪金森法官家的老猫，虽然脑子蠢，心地却很善良，又是个热心肠，我的鼻子一恢复正常，她就邀请我去喝下午茶了，同时也邀请了凯撒。她让其他的猫晚上才过来，然后我们在法官家巨大的谷仓里举行了盛大的猎鼠聚会。凯撒无疑是我见过的最帅、最绅士的猫了。他也给了我极大的关注。事实上，他太关注我了，这让一只来自米尔谷的总是处在半饥饿状态的可怜的猫很是嫉妒，她扑了过来咬我的耳朵，咬得我的耳朵都出血了。这场混乱让聚会中断了，不过是凯撒送我回的家，那些不愉快我也就不在意了。我们两个坐在在婴儿室的窗下，聊了好一会儿。他的话让我着迷，我听得全神贯注，完全没有听到玛丽打开窗户偷听我们说话。等整整一桶水突然浇下时，我吓得惊慌失措，没来得及跟凯撒说再见，我就径直跳进了旁边地窖的窗户。噢，亲爱的海伦，我永远都没有办法告诉你那一刻究竟发生了什么。我没有像自己预计的那样落到卷心菜上——上次我去地窖时，卷心菜就放在地窖的窗户下面。我发现自己正陷入一种可怕的、软软的、又黏又滑的东西中，一步一步往下沉，眼看我就要被淹没、闷死了。幸运的是，在下沉的过程中，我碰到了边上某种硬的东西，并奋力用爪子抓住了它——后来才知道那是桶壁，我成功地把爪子扒在了桶的侧壁上。就这样，我吊在桶壁上，每一分钟都在变得越来越虚弱，那些可怕的东西还在不断地涌进我的眼睛和耳朵，而那刺鼻的气味，几乎快让我窒息了。我使劲地"喵喵"叫着，但那叫声可能并不够响亮，因为，我一张开嘴巴，液体就会透过我的胡须流进来。我开始呼唤凯撒，他站在窗户那里，痛苦万分。我尽量向他解释发生了什么事情，央求他尽可能地大声叫，因为，如果没有人迅速来到现场把我救出来，我肯定会死的。开始，凯撒坚持要自己跳下来帮我，但我告诉他，那样做太蠢了，如果他跳下来，我们会一起淹死。于是他开始用他最大的声音"喵喵"地叫了起来，他的声音再加上我的，很是嘈杂了一阵子。很快，几扇窗子开了，我听到你的爷爷嘴里骂骂咧咧的，朝凯撒扔了个木棍子。还好，凯撒离房子很近，棍子没有打到它。最后你爷爷下了楼，打开后门，这时凯撒却吓得逃走了。自那之后我再也不觉得他有多完美，虽然我们依然是很好的朋友。我听到他跑远后，在远处对我说，他很抱歉，不能帮我了，我整只猫一下子都崩溃了。只需片刻，我就要放开爪子，沉到桶底去了，幸运的是，你爷爷注意到我的"喵"声很是蹊跷，便打开了地下室的前门说："我敢说那只猫在下面有麻烦。"听到他的话，我用尽全身力气，继续可怜地"喵喵"叫着。我多希望我能喊出来，说："是的，我真的有麻烦！我快要溺死了，我也不知道这是什么，只知道这东西比水还要恐怖！"然而，他就像是听懂了我的"喵"声，提着一盏灯下了台阶，可等他看到我时，却把灯放在地板上，笑得动不了地方了。我想我听说过的最残忍的事情也不过如此了。其实，如果不是我正在鬼门关前徘徊，也会笑他的，尽管我的眼睛里流进去了那些可怕的东西，我还是可以看清他戴着红色的睡帽，没戴假牙，那模样儿还真是滑稽。他招呼着玛丽还有你的妈妈，这时她们俩都站在楼梯的最上面，"下来，快下来。那只猫在肥皂液桶里！"接着他又大笑起来。她们两个都笑着下来了，就连你亲爱的善良的妈妈，我从没想到，看到有猫在这种险境下，也还能笑出来。开始他们似乎都不知道该怎么做，没有人想碰我。我开始担心自己会在他们的围观下溺死，因为我比他们更清楚，抓了那个桶壁那么久，我早就筋疲力尽了。最后，你的爷爷骂了一句他常骂的话——你知道我说的是哪一句，就是当他为任何人难过时都会骂的那一句——揪住我的后脖颈，把我拎了起来，他的身体却尽量地远离我，那肥皂水正顺着我的腿和尾巴流下来。他把我拎到了厨房，放在房子中间的地板上，然后他们就围着我站成一圈，又开始大笑起来。他们笑得太大声了，连厨子都被他们吵了起来，她跑出卧室，一手拿着锡烛台，一手拎着椅子，还以为家里来了强盗。最后你妈妈说："可怜的猫咪，遭了这么大的罪，我们还在笑话你，真是太坏了。"——我早就这么想了——"玛丽，你去拿那只小浴盆。我们能做的也就是给它洗洗澡了。"

听到这儿，我真恨不得他们别救我，直接把我留在肥皂水里溺死算了。因为要说这世上有什么东西我怕得要死，那就是水。然而，我太虚弱了，根本反抗不得，任由他们把我扔进浴盆中冰冷的水里，玛丽开始用她那粗糙无比的双手揉搓起我来。我要告诉你，她的手跟你和你妈妈的完全不同。看到浴盆里全是肥皂泡，他们又笑了起来。也就两分钟，整个浴盆的水就跟我和你经常在磨坊水车那里看到的一样白了。你能想象我的眼睛有多痛。记得之前有一次，烤架上掉下来了一块炭，炭上粘着牛肉，为了拿到那块牛肉，我烫到了爪子，可现在回想起来，那点痛跟现在比，根本就算不了什么。也许你不相信，他们足足换了十次水，才把我毛上的肥皂沫全部洗干净。洗完后，我都要冻死了，精疲力竭，一动都不能动了，那时，他们都觉得我快要死了。但你的妈妈还是把我卷在了你的一条法兰绒裙子里，在炉子后面给我铺了张舒服的床。这时就连玛丽看起来也有点为我难过了，虽然开始时她有些恼火，给我洗澡的时候故意那么粗暴，但在那一刻她说："你不过是只可怜的猫罢了，等小女主人回来，发现你死了，连我都会难过的。"你看，你对我的爱帮了我，即便是在你远离家门的时候。我非常怀疑，要不是因为你的缘故，他们是否会费那么大力气在我生病时照顾我。但这些我都只能留在下封信里告诉你了，我的身体还很虚弱，一次写字超过两小时还让我有点吃不消。

你亲爱的猫咪

来信六

亲爱的海伦：

　　我接着上封信继续写。

　　你可以想象，那晚我一夜未眠，甚至都没有打个人们常说的"猫盹"，尽管我并不清楚猫打盹和人打盹究竟有什么区别。一整夜我都在瑟瑟发抖，每动一下都痛得要命。早上你爷爷很早就下楼了，当他看到我的样子，又开始骂人了，还是那一句。我们都很清楚，当他那样骂人时，也就意味着他将不遗余力地帮你——他很难过，但他不想让别人看出来他那么难过。还记得那次你拔那颗多出来的龅牙时，他给了你五块钱，是怎么骂人的吗？就是那样。骂完他便把我抱在怀里，带到了餐厅。餐厅里很冷，壁炉那儿火烧得倒是挺旺，玛丽正在布置餐桌。你爷爷态度生硬地说："玛丽，过来，你去阁楼把摇篮拿下来。"

那时我虽然病着，但看到玛丽脸上的表情时，我还是忍不住笑了。任何一只猫看到那张脸都会忍不住笑的。

"先生，您的意思不是要把这只猫放在摇篮里吧。"

"照我说的做就行了。"他说道，声音很是严厉，让人生畏。我自己也有些害怕，尽管他一直都在抚摸着我的头说："可怜的猫咪，可怜的猫咪，别动。"不大一会儿，玛丽就带着摇篮下来了，"砰"的一声放在了炉火边上，我怀疑摇篮都被她摔坏了。你也知道，她生气时总是把东西摔得"砰砰"响，我不明白她这么做有什么用。接下来，你的爷爷用老查理过冬的毯子，还有一个旧枕头，在摇篮里给我铺了张舒舒服服的床，我就像是被卷在你的法兰绒裙子里时一样，被包了起来，放到了摇篮里。等你妈妈来到房间时，她笑得跟看到我在肥皂液桶里时一样厉害，说道："怎么，爸爸，您这岁数还要玩猫咪摇篮的游戏吗？"

听到这儿，老爷子也忍不住笑了，笑得眼泪都流了出来。"好吧，"他说，"我要说件事——我还真要玩上了，这只可怜的猫咪一天不好，我就一天不停地玩下去。"说完他上楼去了，带下来一管又软又滑的东西，像猪油一样，涂在我的眼睛上，那东西让我的眼睛舒服多了。这之后他还给我喝了牛奶，牛奶里面加了点他最好的白兰地。白兰地的味道很冲，但我明白他的话，如果我不喝点这样的东西，怕是好不了的。早饭后，我试着走路，但是我的右脚几乎已经完全不听使唤了。开始，他们还以为是骨折，但最终确定只是扭伤，必须要打绷带。那些绷带湿乎乎的，开始那两天，它们散发出来的气味都要让我吐了，因为猫的嗅觉比人类灵敏很多；但我还是努力去适应，既然它可以治我的跛脚，味道再难闻两倍我也要受着它。那三天，我不得不一直躺在那个摇篮里，你爷爷一看到我出来，就会骂我，再把我放回去。每天早上他都会在我的眼睛上涂那种白色的东西，还有更换腿上的绷带。还有，噢，亲爱的海伦，还有好吃的东西！我几乎是和其他人吃得一模一样。做人类一定棒极了！我想，以后再让我在窝棚里吃那些没人要的残羹剩饭，我怕是不乐意了。

当我在摇篮里时，有两件事让我很是困扰。一是，每个来到房间里看望你妈妈的人一看到我，就会笑得停不下来；二是，我听到可怜的凯撒在房子四周"喵喵"叫着，用尽了全身的力气呼唤我。我知道，他以为我死了。我非常努力地想让你妈妈注意到他的喵声，我知道，她会让凯撒进来看我的，但她怎么都不明白。我猜她可能觉得那不过是只普通的流浪猫，饿了乱叫罢了。我发现，人类分辨不出，猫的声音其实是不同的，就如同人的声音各自不同一样。凯撒的喵声是我听到过的最美妙、最深沉的声音。

一天，我好了些，待在厨房里，凯撒跟着送肉来的屠夫溜了进来。可我还没来得及跟他说句话，玛丽的笤帚就飞了过来，把他赶了出去。然而，他看到了我还活着，对他来说，这已经是件了不起的事情了。我担心这几天会看不到他。他们不让我出门，腿上的绷带也还没有取下来。摇篮已经拿到楼上去了，我睡在炉子后面老查理的毯子上。今天我听你的妈妈说我肯定是得了风湿，我不清楚那是什么，但我想我肯定是得了那种病了，我一走路浑身都疼，感觉自己就像是比尔·雅各布家的老猫一样——他们说那只老猫比这镇上最老的人还要老，当然那肯定是谣言。

我最担心的还是我的毛，它们一小撮一小撮地脱落下来。在我的后脖颈上，已经有一个光秃秃的斑，就在你爷爷揪着我把我从桶里拎出来的地方，有你的手掌一半大小。每当我给自己洗澡时，我满嘴都是毛，这让我很不舒服。今天听你爷爷说，他确信某某夫人的生发剂用在猫身上肯定好用，所有的人都笑了，我则以最快的速度逃出了房间，这让他们笑得更厉害了。再过一两天我再给你写信，告诉你我的状况。真希望你能快点回来。

你亲爱的猫咪

来信七

亲爱的海伦：

听说你下周就要回来，我非常高兴，现在我的脑子里就只有这一件事。唯一扫兴的是，让你看到我这么狼狈真是难为情。在上封信中我告诉你，我的毛开始脱落了。你爷爷在我身上试了几样他的东西，据说那些东西对头发好，但用在我身上，却一点效果都没有。在我看来，这倒也不奇怪，毛和头发本来就不一样，我觉得出发点就有问题，那些用来治疗人的头皮的东西对猫的皮肤来说没什么作用，那些东西甚至对人的头发也没产生什么奇迹，这你只需看看你爷爷的脑袋就明白了——它是那么光溜粉嫩，就像小婴儿的头一样光亮。唉，既然他对我这么好，我也就不反抗了，他想怎么做就怎么做吧。每天他都会给我抹点新的东西，那味道一个比一个差。这让我都没有办法走到离老鼠半里地之内的地方了。浑身散发着这些奇怪的味道，老鼠们离老远，没看到就已经闻到我了，这跟我抓老鼠之前先开一枪通知它们"我来了"没什么区别。如果不是我的毛出现了可怕的状况，我想我现在的日子过得还是蛮开心的，甚至比我一生之中任何其他的时光都要开心，这让我比你离开之前几乎胖了一倍。我试着接受无论将来会变成什么样的我，但我还是没有办法想象自己从此变成一只惊悚的猫，余生就这样度过，我不相信这世上曾有过不长毛的猫。今天早上，你爷爷坐着看了我好长时间，然后挠了挠他的下巴，最后说道："你们觉得把猫身上的毛都给剃了，会不会有帮助？"听到这里，我再也不能忍了，尖叫了起来。你妈妈说："我觉得我们谈论猫咪时，她能听懂我们的话。"我当然能听懂！怎么会不能呢！人们似乎从来没有注意到猫是有耳朵的，我常常想，如果他们注意到了，会有多小心。有好几次我看到他们谈话时把孩子撵了出去，却任由我们留在房间里，事实上，那些孩子能注意到和能听懂的话连猫咪的一半都不到。在和你一起生活之前，我也曾待过几户人家，如果我想说的话，我可以讲许多那些人家里奇怪的故事。

凯撒假装喜欢我身上的毛中随处可见的粉色小斑点，但我知道他不过是不想让我伤心，因为，那不是人类的本性——我的意思是猫的本性——没有猫会喜欢。你看，我在人群而不是猫群里混久了，总会使用一些人类常用的词汇，但这些词从猫的嘴里说出来还真是有些奇怪，但是你了解我，我的话都是有感而发的。现在，亲爱的海伦，我希望你已了解到我现在看起来丑陋不堪。但我相信你对我的爱并不会因为我不幸的外表而不复存在。即便你只是看起来不像之前那么爱我了，我都会痛苦万分，但我还是会永远做一只——

你亲爱的猫咪

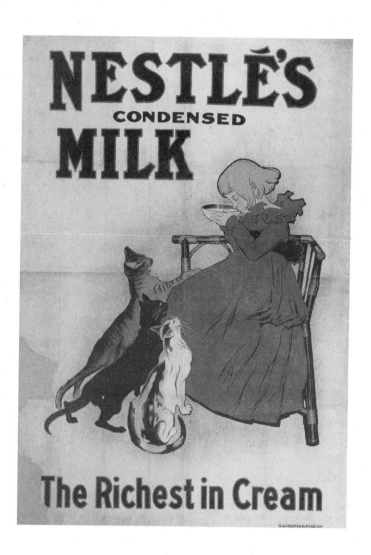

雀巢炼乳的海报　斯泰因勒　加泰罗尼亚国家艺术博物馆藏

迪克·贝克的猫

【美】马克·吐温

钟姗 译

马克·吐温（Mark Twain，1835—1910），美国著名作家、演说家，以幽默著称。本文节选自他1872年出版的半自传体小说《苦行记》，该书记述了作者年轻时在美国西部的冒险生活。

我在矿区还有一个同伴，同样也是个白白出了十八年苦力，已经希望破灭的可怜人。他性格无比温和，是那种可以在人生倦旅中永远耐心地扛住肩头十字架的类型：单纯质朴的迪克·贝克，死马谷的一名鸡窝矿[1]矿工。他四十六岁，头发像灰老鼠般灰扑扑的，为人热诚、周到，没受过多少教育，衣服软塌塌，浑身沾满土，但他的心比他用铁锹挖出过的所有金砂都更纯净——的确，这样高纯度的宝物还从没被开采或铸造出来呢。

每当迪克不太走运，或心情低落时，就会开始缅怀他养过的那只神奇的猫（在这个没有女人和小孩的地方，心肠软点的

1　鸡窝矿：指呈点状分布的矿藏类型，小而分散。——译注

男人都会养宠物，因为总得有东西来爱才是）。他常常说起他有多机灵，听得出来，他自己心中已经偷偷相信，这只动物几乎快通人性了——甚至可能具备超自然的能力。

关于这只猫，我听迪克说过一次。他当时讲道：

"先生们，我以前在这儿养过一只猫，名叫石英汤姆。我料想你们会对他的故事感兴趣，差不多每个人都会。我养了他八年，这是我见过最不可思议的猫咪了。他是只大个儿的灰色公猫，但他天生就比这营地里所有人都更理智，自尊心也强——他绝不会让加州州长靠近自己身边。他这辈子都没抓过老鼠，这活儿对他来讲，有点大材小用了。他一心一意只想着挖矿。他懂开采，那家伙，比我见过的人都懂得多。关于挖砂矿，他什么都知道。鸡窝矿开采？他简直就是为这而生的。他总是和我还有吉姆一起去山上探矿，颠儿颠儿一溜小跑跟在我们后面，我们就算走上五英里[1]，他也会跟过来。他对矿址的判断是一流的，你们真从没见过这种事。我们开始干活时，他会先四下扫上几眼，如果觉得没戏，那眼神就好像在说'抱歉各位，我先失陪了'，然后一声不吭地，扬起鼻子，扭头回家了。而假如对这片地感觉不赖，他就躲在一旁，暗暗候着。等洗出第一盘金砂，悄没声地凑上来瞅一眼，里面要是能有六七颗金粒，他就心满意足啦——这老兄可不贪心。之后，他就放心地卧在我们放在地上的外套上睡觉了，呼噜声大得像艘汽船，直到我们挖到矿窝，他这才起身视察，'嗖嗖'地到处蹿来蹿去。

1　1英里约为1.61公里。——译注

"后来，这些年兴起了挖石英矿[1]，人人都改弄这个——打眼加爆破，没人再在山坡上抢铁锹了。大家都是直接开一个矿井下去，不再满足于在地皮上抠抠擦擦出一点东西。吉姆不喜欢那样，可我们也得挖矿脉啊，所以我们也干了起来。最开始打竖井的时候，石英汤姆很奇怪这玩意儿到底是什么。他从没见过这样挖矿的，所以不大高兴——毕竟还是猫，太复杂的搞不懂。自然了，他讨厌这东西，非常讨厌，经常露出一副'这简直是天下第一蠢货'的不屑神气。这只猫一贯不喜欢新玩意，几乎不能忍受新鲜东西。诸位也明白，老习惯最难改了。不过渐渐的，尽管还是不理解这竖井往下打得没完没了却连点黄金渣子也弄不上来到底有什么意义，石英汤姆对这种干活方式不那么排斥了。最后，他居然自己跳进井筒，下到矿坑里去一探究竟。而每当这一切惹他不痛快，觉得到处都又脏又乱，让人心烦——尤其是眼看着我们欠账越来越多，却一个子儿都没挣出来时——他就蜷成一团，到角落的麻袋上去睡觉。有一天，井筒往下去了八英尺[2]，发现岩石太硬，必须炸开。打石英汤姆出娘胎来，我们还从来没爆破过呢。我们点燃雷管引线，赶紧爬出坑口，再跑到五十码[3]开外——却忘了石英汤姆还趴在麻袋上睡得正香！一分钟后，一股白烟从矿坑中喷起，所有东西都被炸了出来，四百万吨的石头、碎屑和粉尘直冲到一英里半的高空，而且，老天爷，老石英汤姆正在那中间

1　石英矿：此处指带状的矿脉。——译注

2　1英尺约为30厘米。——译注

3　50码约为45米。——译注

被冲得翻来滚去，又哼鼻子又打喷嚏，在空中乱挥着四爪想尽量抓住点什么。不过那都没用，一点用没有。后来我们就看不到他了，只见这堆东西一直往空中足足飞了两分半钟，忽然，那些石头啊土块啊，哗啦啦地都砸了下来，石英汤姆也狠狠地撞到地上，就摔在离我们十英尺的地方。呃，那时的他，恐怕是你们见过最暴躁的动物了——一只耳朵耷在脖子上，尾巴直翘翘爆起，眼皮上的毛都燎掉了，从头到脚被烟熏得黑乎乎，整个变成了黑泥球。唉，这时候了，道歉还有用吗？我们连声大气都不敢出。石英汤姆嫌恶地低头瞅瞅自己，又盯向我们，那模样完全就是在说：'喂，欺负一只对采石英矿没有经验的猫咪很好玩吗？我可不觉得！'然后他立刻扭头，坚决地回家了，一句话也没再多说。

"这就是他的风格。而且，或许你们不信，但自那之后，你再见不到有猫像石英汤姆这样，如此地鄙视石英矿开采了。即便他后来还会下井，他的机灵劲儿也能把你惊到。每当我们准备爆破、引线'嘶嘶'作响的时候，他就会横我们一眼，仿佛像以前那样说声'抱歉各位，我先失陪了'，然后异常灵巧地从矿坑中跃出，飞快地爬到树上去。看看，说'机灵'都不够，这已经是'灵性'了！"

我说："贝克先生，你这只猫对石英矿开采的成见确实不同寻常，当然也是因为他曾有过那样的经历。你就没想过要给他治好这种阴影吗？"

"治好他？不！石英汤姆一旦拿定了主意，就永远都是这个主意。你就算把他再崩到空中三百万次，他对石英矿的偏见也还是结结实实的呢！"

冬·垫子上的猫　斯泰因勒

蒙迪的朋友

【美】威廉·利文斯顿·奥尔登

钟姗 译

威廉·利文斯顿·奥尔登（William Livingston Alden，1837—1908），美国记者、幽默作家、外交官，曾居罗马、巴黎及伦敦多年。他还是将独木舟运动引入美国的第一人。

蒙大拿北部边界汤普逊平原发现金矿的消息一经传出，各路勇猛无畏的冒险家纷纷满怀渴望，蜂拥而至。然而等待他们的只有失望，这里地表几英尺下是能挖出点金子，但数量远不足以弥补淘金者们在此付出的辛劳、忍耐的贫苦和承受的危险。

第一个在这儿挖出金子的人，也就是以他名字命名这个平原的汤普逊，确实遇上了一个金矿窝眼，一夜暴富。但他的运气是不可复制的。就像大块头辛普森讽刺地说的："想在汤普逊平原再找一个窝眼出来，就像指望在女人裙子上找到个口袋[1]！"这片地，一年中有八个月都冻得硬邦邦，等到短暂的夏天，气温又高得吓人。营地周围还有敌对的印第安人游荡，

---

1 "窝眼"和"口袋"的英文均是pocket。——译注

营里的矿工都带枪，倒是不怕他们，可一旦大部队撤离，拥去新的热门地方，剩下的矿工恐怕迟早会受到印第安人的袭击。

熬到汤普逊发现金矿后的第一个夏天，营地里只剩三十个人了，孤零零的一间店给他们提供基本的生活必需品，既是杂货铺，又是聚会的酒馆。或许因为固执，或许为了积蓄体力、为换新的矿区做准备，这三十个人留了下来，日复一日进行着无望的挖掘。夜晚，他们聚在酒馆里，但毫无欢乐可言。矿工们太穷，没有赌钱的热情，店里卖的威士忌又贵又难喝。

幸运女神对这个营地唯一的眷顾，是周围的印第安人终于走了，据说是去攻击南边几百里外的另一个部落。矿工们渐渐松懈下来，不再警惕着防范突袭，尽管每个人还是随身带着武器去干活，以前全天候的轮值放哨已经取消。繁荣时期营地集资买的加特林机枪也卸掉了子弹，扔在酒馆储藏间，任由它生锈。

那年夏天，只有一个新矿工来到汤普逊平原。他是个中年人，名叫蒙哥马利·卡尔顿。这个复杂的名字当即引起了整个营地的不满，并被愤愤的矿工们迅速改成了"蒙迪·卡洛"——在这个营地，谁也不能带着个长达十五英寸的名字活着。除了名字，蒙迪·卡洛，或者说蒙迪，还有另一个与众不同之处，他恐怕是整个西北部长得最丑的男人——他的脸不知在什么时候被一头骡子重重踢过，五官扭曲成了一副可怕的样子。他本是个性情开朗的人，似乎也很乐于在酒馆的聚会中聊天，但矿工们非常冷酷地回应了他的努力。

他们不仅不同情他的遭遇、避免伤害到他，反而直接对蒙迪说，他实在丑到不配与他们在一起，如果他要待着，就必须自觉地谦卑一点。蒙迪没有争辩，接受了这种要求，从此以后就不再主动开口说话，除非别人问到他。他还是经常来酒馆，坐在最暗的角落，独自抽着烟斗、喝着威士忌。不管谁提到他，他都会带着点可悲的欣喜赶紧答话，哪怕有时这群人只是在拿他取笑。

一个阴云密布的晚上，蒙迪比平日晚半小时来到了酒馆。下了一整天雨，整个营地的情绪和天气一样低压。矿工们觉得自己实在是倒霉透顶，但除了怪自己为何要一直待在汤普逊平原，别无他法。这时，人人都想找一个替罪羊，来忘掉自己的愚蠢。蒙迪已经习惯无人注意他走进酒馆，可这次他发现，与往常故意轻蔑地无视他不同，酒馆里的其他人都正横眉怒目地盯着他。他刚战战兢兢地走到平时的位子坐下，大块头辛普森就大声嚷道："先生们，你们有没有发现，自从角落里这个美人儿厚着脸皮挤进来后，咱们大家的运气就越来越差啦？"

"就是！"滑头吉姆跟着喊，"蒙迪这副丑样，一个瞎了眼的黑鬼跟他在一起，都会被他把运势拉低！"

"你们看，"辛普森继续说，"这位美人儿就像使徒约拿[1]。约拿一上船就没有好事，最后水手们把他扔下船，风浪才平息。圣经里有很多智慧，只要你们会用正确的方法读它。我父亲就是个牧师，我说的没错的。"

---

[1] 约拿：《圣经·旧约》中，先知约拿为了逃避上帝的旨意，乘船出海，上帝惩罚他，令风暴降临，水手们无奈，将约拿抛下海，风暴始停。——译注

"我们可还没对他那样呢。"滑头吉姆回道，"我们不是水手，蒙迪也不是使徒，你要是觉得我们该把他扔进河里，干吗不直接说？"

"这对他没坏处，"辛普森说，"他本来就是个脏猪。这个营地也不欢迎除了喝水就不挨水的人。"

"我跟你们所有人一样！"蒙迪终于被激火了，"采矿不算什么干净活儿，要是辛普森你或其他人偶尔身上带点土，我是不会责怪你们的。"

"够了，"辛普森厉声说，"我们不能允许像你这样的家伙和别的先生一起相提并论。我们忍耐你那张怪脸已经够久了，我不想再忍下去。先生们，你们说呢？"他转身朝向同伴，"我们还要再浪费自己的运气，降低尊严地继续容忍这个不体面的下等货、这只可怜兮兮的土狼吗？我建议抵制他。他可以自己去干活，睡在自己的小屋，但禁止他再踏入我们的酒馆，也不许参与任何集体活动。"

这个提议得到一致通过。矿工们正想找地方发泄对败运的愤懑，蒙迪本就不受欢迎，又落了单，顺理成章地沦为了他们的靶子。辛普森命令他立即离开酒馆，以后也只能趁众人不在的时候来。"而且，"他补充，"不许你去跟别人讲话。哪位先生碰巧跟你说话，你最好也别答应，否则小心点。我们是守法的营地，不赞成使用暴力，但假如你不好好遵守我刚提出的友好合理的建议，咱们这儿就要多座坟墓出来了，由你负责尸体的角色。你听到我的话了？"

"我听到了，"蒙迪说，"我听到你的话像石英矿一样无情。我给你们添过什么麻烦吗？我知道我长得不好，但你们也并非个个都是保罗和阿波罗。你们要是不喜欢我在这儿，何不直接把我拉出去枪毙？这也比你刚才说的那种对待要善意和礼貌些。"

"闭嘴吧！"辛普森语带威胁地说，"我们可不想听你的废话。咱们受够你了，就是这样。"

"我无话再说。"蒙迪起身，走向门口，"你们受够我了，我也受够了你们。你们对我连对只狗都不如，我也不会再去舔谁的手。晚安，先生们。总有一天，你们中的一些人会为自己今天的作为羞愧的——如果你们的心还懂得什么叫羞愧的话。"

说完，蒙迪缓缓步出，把门用力甩上。门背后爆发出一阵欢呼大笑，矿工们又开心起来了，蒙迪·卡洛的牺牲，给这个小酒馆带来一段短暂又略带压抑的兴奋。

蒙迪回到自己凄凉的小屋，点亮蜡烛，一下仰倒在铺上。他是个粗人，不懂什么，但他也能切肤般感到自己所受的侮辱。他知道自己长得很丑，可也从未想到这竟会成为被同类放逐的理由。很奇怪，他对那些欺负他的人并无多少愤恨，也没有一丝一毫报复的想法，他只是静静躺在孤独之中，绝对的孤独已经将其他感受都挤出了心房。屋外传来酒馆里的笑闹声，蒙迪觉得比在北方的森林里迷路还要更孤苦无助。

来汤普逊平原之前，他住在密歇根的一个大城市里，在那儿，有很多文明优雅的人与他交往，从没有歧视过他。而在这里，在这个贫瘠的矿区，这一群满身污秽、言语粗蠢、生性野蛮的人，居然告诉他，他不配与他们相处。他没有喜欢过这些矿工中的任何一个，一点也没有，只不过，哪怕相互间一句随意的招呼，也是对孤独的一种慰藉。现在，他被判寂寞的无期徒刑，就像一个人船只失事，永远被困孤岛一般。甚至如果矿工们能收回成命，允许他再坐回酒馆里的角落，他都可以不去介意他们会怎么粗野地嘲弄他——只要让他觉得，自己还在人间活着。

但是，不！一点希望也没有。这些人对他残疾扭曲的脸深恶痛绝。他们羞辱他，可能正是因为他不用左轮手枪反抗他们的挑衅，从而没法让他们顺理成章地杀掉他。但蒙迪现在离不开这个营地，他的补给甚至不够去离这儿最近的其他落脚处。除了继续埋头寻找少得可怜的金子，默默忍耐那巨大无边、日复一日的孤寂外，他再没别的出路。思索及此，顿觉人生无望。蒙迪抽噎起来，发出一声压抑的呜咽，泪珠涟涟滚落在他满是尘土和疤痕的脸颊。

正在悲痛中，忽然，一阵低沉、探询的"喵喵"声引起他的注意。营地里那只叫汤姆的猫正站在他的小屋门口——这只猫成天脏兮兮的，野性难驯，谁的话也不听，对谁的招徕都不理不睬。而现在，猫毛发蓬乱的背正友善地倾向前，尾巴表示疑问般地直直翘起。

蒙迪以前多次讨好过这只猫，但汤姆也跟其他矿工一样冷漠地拒绝他。此刻他是如此孤单，有猫来跟他说说话也好。他呼唤猫过来，不过不敢抱太大指望。然而汤姆慢慢迈着步子进来了，停顿片刻后，居然一跃跳上蒙迪的床。它声音嘶哑地叫着，仿佛已经很久没有开过口。它试探地轻舔这个男人的脸，两只柔软的肉爪按在男人的喉咙上。蒙迪不由发出一声巨大的悲鸣，他和猫都感到了一股情感的冲击。男人伸出双臂，紧紧搂住猫，亲吻着它的脑袋。猫咪叫得更响亮了，它把头枕在蒙迪的脸旁，深吸一口气，安然睡去。

蒙迪的心完全复原了。他不再觉得孤独，汤姆，这只猫，在他最痛苦的时候来到，不介意他的丑陋，带给他爱的关怀。从今往后他不再是一个人了，不管其他人怎么残酷地排挤他。他不在乎他们再说什么或做什么了，只专心感受着脸旁这个亲爱的小家伙温暖的呼吸。它残破的右耳朵一颤一颤，碰得他嘴唇发痒，长长的、有力的爪子抱住他的脖子，不时紧张地抽动，可能是猫梦到自己在悄悄靠近一只胖麻雀，或是在偷营地里的煎鱼。它粗哑、呼噜噜的鼾声对这个寂寞的人来说，是世上最甜美的音乐。"你有我，我有你，汤姆！"蒙迪抚摩着猫皱巴巴的毛皮，"我们会永远在一起。让那群卑劣的家伙滚蛋吧，我们就是彼此的世界。上帝保佑你，我一辈子都感谢你能在今晚来陪我。"

自那以后，蒙迪·卡洛和汤姆就成了密友，形影不离。蒙迪在只有零星金沙的地方开沟挖凿时，汤姆就在沟边上或睡或坐，偶尔哼两声，提醒他有一个忠实的朋友正陪在他身边，那声音极其轻柔，就像猫妈妈给小奶猫们唱的摇篮曲。午餐时间，他俩共享一份饭，并且据看到过他们的人说，每次都是猫咪先挑吃，蒙迪就吃他朋友剩下的。晚上，蒙迪和汤姆会并排坐在小屋的门口，低声闲聊。政治观点、社会问题，蒙迪什么都能跟汤姆说，猫咪专心听着，赞同地"喵喵"几句，偶尔不同意时，叫声就变得短促、发尖，或者直接骂上一声。

每星期，蒙迪不得不去酒馆一两次采购日用品，他总是趁营里其他人出工的时候才去，每次都有汤姆陪伴左右，猫咪在他脚边蹦蹦跳跳地跟进去，等蒙迪选好东西付钱时，就一下跳上他的肩膀。酒馆老板说，有一次，他无意中给蒙迪零钱找少了，汤姆大声提醒它的朋友注意，一直叫，直到老板重新找钱。"那只猫，"第二天晚上，酒馆老板给来聚会的客人们讲，"绝不是普通的猫咪。如果是的话，它就不会跟蒙迪这么要好了。交上这么一个朋友，而且能像你我这等基督徒一样聊天，这只猫一定是魔鬼的化身，主日学校就是这么教的。你们记住我的话，蒙迪是把自己的灵魂卖给那只假扮成猫的恶魔了，他很快就会扛着一袋子邪恶的金块儿回家去了，只留我们在这儿眼巴巴地受罪。"

"蒙迪·卡洛和那只猫之间有神秘关系"的议论传遍了整个营地，虽然还没有人愿意自降身份去和被排挤的蒙迪讲话，但人人都在密切关注着他。滑头吉姆说，他有天晚上藏在蒙迪小屋旁的草丛里，听到蒙迪和汤姆把营地里每个人的个性都讨论了一遍。

"一开始，"吉姆讲道，"蒙迪若无其事地问：'你对那个大块头辛普森怎么看？'那只猫轻蔑地嗤了几声，蒙迪说：'太对了！我也一直是这么想的。我就知道，像你这么聪明的猫一定会跟我有同感。'说着说着，蒙迪又问：'那你说红发迪克怎么样？……什么，你觉得他会把瞎眼猫咪的老鼠偷走，丢给狗？哦，天哪！我也不敢说他不会，他的确是个坏心眼的家伙。如果我是你，我连一根去年的骨头都不会放心让他帮忙收着！'接着他们继续东聊聊西聊聊，谈论政治和宗教。没一会，汤姆发出一声号叫，听上去像是在大笑一样，蒙迪也咯咯笑道：'没想到你也发现那个了，滑头吉姆每次一有机会一定会那样做的！'"

"我都猜不出他们指的是什么，"吉姆继续说，"而且我万万没想到，蒙迪和那只猫，可以像咱们一样自地地聊天！我说，要是继续放任那个蠢货和那只怪猫，他们会控制我们的灵魂的！那时，我们就会向蒙迪俯首称臣，求他统领，求他像对待印第安娘们儿一样对待我们！"

其他矿工也学滑头吉姆的样子，偷听了蒙迪和猫咪的聊天。整个营地对这只猫和他同伴的愤慨越来越大。终于，大家决定，一个被判驱逐的人和一只恶魔附体的猫之间高调的友谊必须终结。本来众人打算立刻将猫射杀，但矿工中一个信奉灵异主义的波士顿人坚持说，只有银制的子弹才能降伏这只魔猫。他们很乐意为此付出一颗银子弹，只是营地上除了两三只银质怀表外，连一点点银子都找不出来。

几次恳谈过后，矿工们决定，将猫吊死在离辛普森宿舍几码远的一丛壮实的金缕梅上。处置此类恶猫，这是非常恰当的办法。至于蒙迪，不止一个人提出，假如他来插手阻挠，就立刻把他绑到金缕梅跟前的松树上。

第二天一早，大块头辛普森率领着其他五名矿工，小心潜近蒙迪干活的沟旁。营地给蒙迪分的区域，距离其他矿工的有差不多八分之一英里。其他人占的，是汤普逊平原最有希望出金子的地段，而蒙迪因为容貌的关系，被赶到最贫瘠的一块地去独自干活。

一伙人穿过高高的草丛向前走着，野草在夏天的高温下疯长，被阳光烤得干如火绒。他们计划趁蒙迪还没发现前就先逮住猫咪，所以忽然看到蒙迪把猫紧紧抱在臂弯朝他们跑过来时，众人都有点窘迫。

"印第安人从树林那边过来了！"蒙迪大喊，"汤姆先发现的，它来叫我，我看见有三个浑蛋已经朝你们那边的营地溜过去了。伙计们，赶紧去拿你们的温切斯特来复枪，我马上就去和你们会合！"

矿工们甚至都没顾上考虑蒙迪说的是不是实话。他们把抓猫的计划忘到了九霄云外，也忘记了曾经说过这个被驱逐的人要是胆敢跟他们讲话就要崩了他。他们径直跑回各自的宿舍，抓起来复枪，在酒馆集合。这是营地唯一能避一避的地方，它是结实的原木盖的，仅有的一扇门厚实坚固。防守时可以透过窗户向外射击，这能暂且抵挡一下谨慎的印第安武士们——如果可以藏在树林里开枪，他们不会冒险进攻到空地上来。

蒙迪把猫放在自己床上，抓起来复枪，仔细闭好房门，跑去酒馆和他曾经的敌人们站在了一起。不少人都跟他亲切地点头招呼，辛普森在指挥防御，他安排蒙迪守住后窗旁的一个位置。矿工们都清楚，要不是蒙迪的报警，他们恐怕已经惨遭突袭了。众人心下或许也对之前那样对待他生出了几分愧疚，但还没人将这份歉意说出口。

蒙迪此时可是完全没想到这些。他也知道，印第安人这次很可能不会放过任何一个矿工，但他担心的并不是自己或其他人。印第安人会闯进他的小屋吗？如果他们找到汤姆，会不会伤害它？他边透过窗户，紧盯着树林边缘可能出现的来复枪筒的反光，边不由得想个不停，同时不忘用他的温切斯特来复枪迅速还击敌人的每一次开火。敌人始终狡猾地隐蔽在树林中，只集中火力朝酒馆窗口猛击。有三枪已经命中了，两个矿工的尸体平躺在酒馆地板上，另一个伤员靠墙坐在角落，血汩汩流着。忽然，蒙迪的小屋方向蓬起一簇烟：印第安人点燃了干草，火焰朝关着猫的屋子汹汹而去。

蒙迪眼见此，立刻做出了决定，就像他扣下扳机那样快准狠。

"抱歉，伙计们，我得失陪几分钟了。"他说着，从蹲着的窗边站起，把来复枪挎在臂弯。

"你有毛病吗？"辛普森大吼，"你是忽然一下子变尿了，还是想靠你那张丑脸去吓跑他们？"

"我的小屋五分钟内就要烧着了，汤姆还被我关在里面。"蒙迪回答，对辛普森的辱骂充耳不闻，伸手去开门。

"回来！你这个疯子！"辛普森叫道，"为了一只无赖的野猫送命，你还配说自己是个白种人吗？"

"我只想尽力去救我的朋友。"蒙迪说，"全营地都把我抛弃时，是它在我身边。现在它有麻烦，我也要去帮它。"

说完，他安静地走了出去，消失在目瞪口呆的矿工们视线外。

"我就跟你们说吧，"滑头吉姆说，"蒙迪被那只猫下咒了。要不然，哪个正常人会在乎一只猫有没有烧死？"

"你给我闭嘴！"辛普森咆哮道，"你对自己兄弟的死活都不会在意，更别谈对一只猫了！"

"你这是怎么了？"吉姆很吃惊，"是你先提议驱逐蒙迪的，现在倒说得他好像是个该死的锡制小圣像了。"

"蒙迪是一个有血性的矿工，"辛普森告诉他，"是我们以前对他太过分。如果我们能从这一劫中挺过来，你给我记住，从今往后，蒙迪就是我的朋友了。"

蒙迪·卡洛知道自己这是在玩命，但他还是习惯性地小心而行。一离开酒馆，他就赶紧平趴下来，缓缓匍匐到高高的野草边。接着，他跪在地上，手脚并用，在草丛掩护下向他的小屋爬去。

　　他很快就来到了矿工和印第安人枪林弹雨的交火前线，不过两边都看不到他，他觉得自己暂时还安全。他稳速向前，目标越来越近。就要成功了，他兴奋起来。忽然，右膝一下重击，蒙迪猛地栽倒。流弹误伤，或许是哪个刚刚接替他位置的紧张矿工胡乱开枪，结果打到了他的腿。

　　他没法再爬了。但靠着一股坚韧的决心，他揪住粗壮的草根，将自己一下下向前拉去。受伤的腿拖在身后，疼得钻心。他明白伤口正血流如注，只盼望能在昏过去或死去之前，先到达小屋。现在蒙迪可以确定这一枪不是印第安人打的，因为如果是的话，他这会儿早就被剥头皮了。离小屋越近，印第安人发现他的可能性越小。只要再多坚持几分钟，扛住这疼痛和大出血，他就能来到小屋门口了，就能打开门，放他的朋友出来。蒙迪坚定不移地扯着草根，扭向前，嘴唇紧绷。没有呻吟，没有咒骂，也没有祈祷，他像冷静地咬断自己的腿从陷阱逃出的狼一样，全神贯注于眼前的任务。他的全部精神，全部飞速流失的体力，此刻都只集中在一件事情上：他要救那只给过他爱的动物。

　　挨过漫长的仿佛无止境的剧痛，他终于来到了小屋门前的空地。滚滚浓烟早已经把他吞没，朋友和敌人都看不到了。火正烧到屋顶，热浪袭来，蒙迪一阵窒息，瞬间都忘记了腿的疼痛。猫困在小屋里吓坏了，高声哀叫，这声音给了他力量。他双手插进土里，抓着地拼命把自己往前拽，离门只有几码远了。蒙迪终于够到了门，把它使劲推开，猫一跃而出，疯了般冲进草丛。蒙迪随即昏了过去，脸上带着微笑。

两小时后，一队骑警私自越过边界，及时赶来，驱散了印第安人，解救了营地幸存的矿工。他们在蒙迪小屋的余烬旁，看到地下躺着一具漆黑烧焦的尸体，一只全身毛发焦黑的猫蹲在他身边。见有人来，猫咪停下轻舔死去的男人残疾的脸，怨怒地扭头盯向靠近的骑警们。一个骑警下了马，想去检查尸体，猫咪愤怒地朝他扑去，吓得他慌忙跳上马，在同伴的哄笑中逃了回来。猫又回到男人身边，舔他的脸，想用它粗糙的舌头把他唤醒。骑警们都坐在马背上，默默注视着眼前这诡异的一幕。

"看来不先把这只猫崩掉，我们是没法埋这个人的尸体了。"一个警员说。

"那就先不埋。"警长说，"我们从福特回来的路上再在这儿停一下，到那时，或许这只小猫能听进去点道理。现在让我崩掉这可怜的家伙，就像让我杀了我最好的朋友一样。"

骑警队继续向前了，只留下汤姆在这荒原，守候着它不会再开口的朋友。

两只猫　斯泰因勒

一只友好的老鼠

【英】威廉·亨利·赫德逊

钟姗 译

威廉·亨利·赫德逊（William Henry Hudson，1841—1922），英国作家，博物学家，鸟类学家。代表作有小说《绿厦》（曾改编为电影，奥黛丽·赫本主演）、《紫土》及自传《远方与往昔》。本文选自他1919年出版的散文集《博物学家之书》。

大多数动物都可以当宠物来养，甚至包括一些"恶心"的家伙，比如树林里的普通蟾蜍、黄条蟾蜍、蝾螈，还有蜥蜴。连虫子都有人养。

养獾、水獭、狐狸、野兔或者田鼠还好理解，但居然有人想去爱抚扎人的刺猬和凶狠嗜血的扁头小黄鼠狼，就有点匪夷所思了。还有蜘蛛也是，你无法像抚摸睡鼠一样抚摸它，顶多只能让它住在透明玻璃瓶里，训练它听到班卓琴或小提琴的声音就知道爬出来，在你手指上飞舞一圈，然后再回到自己的瓶子里去。

笔者的一位熟人喜欢养蝰蛇，他侍弄起它们来，随意得就像小男孩在养无毒的草蛇一样。有一次，本杰明·基德先生[1]

给我们愉快地展示了他的宠物蜜蜂，蜂群在房间里自由飞行，一听见招呼就立刻过来吃饭。蜜蜂们对基德先生的纽扣有一种执拗得近乎痛苦的热情，每天都要围着研究，似乎急于弄明白它们到底是干什么用的。还有我的老朋友，霍普雷小姐[1]，爬行类动物研究者，最近刚以九十九岁高龄去世，她家里养着蝾螈，但她最爱的是一只鳞脚蜥，说起它的可爱来就像打开了话匣子，滔滔不绝。也有人觉得格雷子爵[2]的松鼠更有趣。它们是诺森伯兰郡树林里野生的松鼠，只要子爵在家，它们很快就能发现，然后集体入侵，顺着墙壁爬到子爵的书房，跳上他的写字台，从他手里取坚果吃。笔者另一位也住在诺森伯兰郡的朋友养的是鸬鹚，或许现在没在养了，他发现那家伙家养的时候也不比野生时吃得少，整个早上自己在附近小河里吃鱼吃得不亦乐乎，到了午饭时间，居然还会急急忙忙飞回家，大叫大嚷吵着开饭，给它准备的肉和布丁一口也不会少吃。

这份奇怪宠物的单子还可以无休止地列下去，连鱼也能上榜。可谁听过养老鼠做宠物的？不是那种人工培育、粉红色眼睛的小白鼠，那种哪里都能买到。就是普通的老鼠，褐鼠，英国常见的野生动物之一，也是最不讨人喜欢的。这种奇事最近在西康沃尔的利兰发生了。这是个古怪的故事，有几分悲伤，又有点滑稽。

这不是什么"人类美德感化野性本能"的案例，这只老鼠

1　指凯瑟琳·库珀·霍普雷，她写过若干关于爬行动物的著作。——译注

2　爱德华·格雷，第一代法罗顿格雷子爵（1862—1933），英国政治家，曾任外交大臣11年（1905—1916）。他还是一位鸟类学家。——译注

是主动去和那位农妇结交的。农妇无子无女，一个人在家也颇为寂寞，对老鼠的来访并不反感。她还给它喂吃的，老鼠自然越发与她亲近，而越亲近，她对老鼠也越喜欢。可问题是，她还养着一只猫。虽然这猫咪个性柔和，也不常在家里待，但万一哪天她回来的时候撞见老鼠，后果就不堪设想了。果然有一天，它们两个不可避免地相遇了。猫咪进门时，正响亮地"喵喵"叫着，尾巴竖得笔直，跟平时一样心情很好。一看到老鼠，她好似本能般地明白，这是家里尊贵的客人。而老鼠也好像天然就知道，没什么好怕的。不管怎么说，这两个家伙很快成了好朋友，相互做伴得很惬意。猫咪也不出门了，成天和老鼠腻在屋里，用一个碟子喝牛奶，连睡觉也挤在一起，亲密无间。

渐渐的，老鼠开始忙着在厨房橱柜下做窝，很明显，她家要添新成员了。她在屋里跑来跑去，到处搜集细稻草秆、羽毛、绳子等东西，也从农妇的篮子里自己偷，或是恳求她给一点棉花、羊毛和线头。她的朋友，那只猫，正好是那种脸上有长长软毛的品种。这种猫并不少见，它们很像维多利亚中期留络腮胡的绅士，两颊浓浓地覆盖着一层胡须，向下交会于下巴。老鼠忽然发觉，猫脸上这种软毛正是她想要的，可以拿来给窝里铺一层软垫般的衬里，这样，她那些没长毛的粉红小崽就可以降生在一个最柔软的世界了。她立即开始着手拔毛，猫咪还以为是什么新游戏，强忍了一会儿，但还是觉得这游戏太粗暴了，不喜欢，她把头抬高，把老鼠推到一边去。老鼠却不依不饶，一次次跑回来，跳到猫的脸上拔毛。猫咪终于发脾气了，狠狠给了老鼠一掌，这次没有把爪子收进去。

老鼠退回窝里舔自己的伤口，猫咪情绪的变化让她震惊。猫也对老鼠怎么喜欢上那样的游戏大为不解。结果就是，等老鼠养好伤，继续她收集软东西的工作时，她对猫冷若冰霜。她们不再是朋友了，在屋里谁也不理谁，打起了冷战。小老鼠终于出生，大约有十二只，农妇的丈夫立刻悄悄把它们端走——他可以容忍妻子养一只老鼠，但也只能是一只。

　　老鼠很快从丧子之痛中恢复了过来，又变回原来那个令人愉快的小可爱。奇迹再次出现，猫和老鼠和好了！快乐的生活延续了好几个星期。然而我们知道，作为一只已婚的老鼠——尽管她丈夫从没公开露面过，当然，他也确实不受欢迎——小老鼠的降临是不可避免的。老鼠是一种极其高产的动物，如果让她和兔子比赛，她可以让给兔子一个月的时间，到最后生的小崽数量还能赢兔子四十分呢。

　　接着就是做窝的老程序，还是在厨房的那个角落。等到了最后一步，老鼠又开始满屋子找柔软的材料来做衬里。她再次看中了她朋友脸上那些漂亮的软毛，也再次火力全开地开始拔毛。像上回一样，猫咪先是试着躲开老鼠，用肉垫把她的朋友拨到左又拨到右，还轻轻啐了一下，表示她确实不喜欢这个游戏。但老鼠铁了心要弄到那些软毛，猫越把她扔得远，她越狂热。终于，忍无可忍，猫咪爆发了，她忽然大发雷霆，一跃而起，向老鼠亮出了利爪，闪电般地一爪接一爪落到老鼠身上。老鼠又痛又吓，尖叫着逃跑了，再也没有回来。她的主人为此伤心了很久。关于她的记忆，像一股香气在小屋久久萦绕，或许这是世界上唯一一间怀念着一只老鼠的小屋。

地板上的猫　斯泰因勒

朱力格太太的猫

【美】托马斯·A.让维耶

钟姗 译

托马斯·A.让维耶（Thomas Allibone Janvier，1849—1913），美国小说家、历史学家，曾在普罗旺斯旅居三年，本文即选自他在那个时期所著的《法国南部故事集》。

朱力格太太是位有身份的中年寡妇——朱力格先生生前是政府道桥工程部的工程师，这位风韵依旧的马赛女人朱力格遗孀，在丈夫先走一步只留她和心爱的波斯王做伴时，不得不面临对未来两难的选择：一方面，一个中年寡居有一定社会地位的稳重妇人，理应过一种简朴克己的生活；但另一方面，她虽然寡居却仍充满活力，而且，她毕竟是个马赛人。

如果朱力格太太是个严谨又意志坚定的人——鉴于她的出生地，这好像不太可能——她会不假思索地在这两者中做出抉择，并且绝无动摇。她会穿上比自己年龄再更老成一些的衣服，谨言慎行，也会表现出适合自己年纪以及寡居身份的虔诚来。那份仅奉献于上帝的虔诚会让一个中年女人散发出光芒，随着时间推移，越发端庄优雅。但朱力格太太的个性和严谨是不沾边的。她的脑子在一瞬间就能产生至少二十种不同的想法——因为她，简单来说，是一个典型的、生性愉快的普罗旺斯人，让她在多种不可调和的结果中挑一个真的太难了，所以她其实也不会动摇，因为她压根就不做出选择。

事实上，她只是对未来顺其自然等待着，同时毫不掩饰地全力奉献于——不，不是上帝，是她的心肝宝贝波斯王。为了他，她声称已付出了她"残破凋零的心中仅剩的全部爱"，令人无奈地无视自己仍旧生机勃勃的事实。

为了不造成任何不宜的误会，让我赶紧为朱力格太太解释一下她这仅有的爱的寄托究竟是怎么回事吧。朱力格太太对波斯王是认真的，但他可不是如他名字所示的什么偶居马赛的东方君主，他是一只极棒的黑色波斯猫，他的性格和才能都超然出众，足以令所有人的心倾倒——无论"残破凋零"与否。

像他这样拥有绝对美貌和脱俗气质的猫，朱力格太太勉强承认，别处可能也还有——只在波斯皇宫的猫舍里！除此以外，无论在东方世界，还是西方国家，朱力格太太万分笃定地说，再也没有一只猫，在聪慧和多才多艺上能及波斯王万分之一，更不用提他柔和的天性——即便面对最极端的挑衅，他也不会朝对方愤怒地挥出爪子。这绝不是说波斯王缺乏个性，没有存在感。有时，尤其是碰上了他讨厌的食物，他也会表露出不满，但都带着高贵的克制，他最接近失礼的举动，莫过于轻蔑地一掌把不喜欢的吃的从盘里扫出去，然后抬头冲喂他这种东西的人冷冷但又不失礼貌地盯上一眼。通常，他不开心的时候，无论是因为不合适的食物还是别的，都只会自己默默地跑去墙角（不同的情绪下，他会选择不同的墙角待着）。他就那么蹲在那儿，只给这个伤到他的世界一个高傲的背影。这种时候，哪怕是在他平时最喜欢的角落，那拒绝全世界的孤傲背影都让人无法不心惊！

但波斯王这种偶尔发作的猫咪的小脾气——其实那么温柔无害的举动能否用上这么严厉的说法呢——只是他亲切天性上瑕不掩瑜的太阳黑子。支配他生活的主要愿望便是去爱人，以及讨人开心啊。这是只最黏人的猫咪，朱力格太太毫不犹豫地说，还有他那同样黏人的叫声——轻柔振动着，深情动人。每当他来兴致的时候，就会跳到朱力格太太饱满的大腿上，把他软软圆圆的小脑袋钻进她软软圆圆的胳膊肘下磨蹭，不断"喵喵"着，向她表达他的爱。不用说，朱力格太太每次都快感动落泪了。波斯王爱撒娇的个性还表现在很喜欢给人家展示他会的各种猫咪小表演。凡是要求他"握手"的先生太太（他对社会阶层有着严格的划分），他都会文雅地递上爪子。有主人在旁时，他会一下跳起，用他的两只小肉爪紧紧抱住她发福的腰，绝不会误伤她一点，他就那么挂在朱力格太太的腰上，不时从主人指缝间啃一小口她喂的食物。只要朱力格太太下令，波斯王的"装死"简直像得让人伤心：他会姿势夸张地僵在地毯上，一动不动，直到她再次命令他"活过来"，他立刻就翻身爬起，后腿立着靠在她舒服的膝盖上，柔声"喵"个不停。

波斯王会的小把戏还很多，不一一详述了，反正只要一声令下，他就会立即兴致勃勃地开始表演。但他最经典的一个游戏，主人甚至连叫一声都不必——这就是他的聪明了——她只用给他发出信号就可以，这信号就是一顶白色的紧贴头发的帽子（好吧，就是睡帽）。每当朱力格太太把这顶帽子箍到她的头发上，就是在说，来玩这个游戏吧！

游戏开始时，朱力格太太要先慵懒淡漠地戴上睡帽，就好像波斯王根本不存在一样，哪怕他那双金色的大眼睛正警觉地盯着她。同样，除了小心盯着外，波斯王也得装出一副完全没在注意朱力格太太的样子来。通常他会夸张地举高后腿，假装在清洁身子，或是佯装洗耳朵。看到他这样做，朱力格太太就会坐进她专用的安乐椅，仰靠着，让她的睡帽从高高的椅背上稍微伸出来一点。坐好后，她还是继续一副慵懒淡漠的样子，顺手从桌上拿起一本书开始读，表现得好似完全被书中的内容吸引住了。到这时，波斯王开始装着追踪一只假想的老鼠，而走着走着，他会"发现"，最佳狩猎位置就在朱力格太太的椅子背后！然后，这个小游戏愉快的结尾终于可以上演了：波斯王，以他波斯血统独有的优雅轻捷，闪电般地跃起，小小的黑色身体一下扑到朱力格太太的白帽子上。哦哦！吓到你了！波斯王得意地大叫起来。不过他很明白，这只是一出可爱的喜剧表演，所以他从不会在明显属于主人的私人时间去"袭击"睡帽。但每当那白色的诱惑在朱力格太太的椅子背后等着他时，他总是玩得很投入。朱力格太太的白睡帽对波斯王来说，就好似一面旗帜，有点像——但又不完全是——纳瓦拉的头盔[1]一样。

---

1 英国历史学家托马斯·巴宾顿·麦考莱（Thomas Babington Macaulay，1800—1859）的诗作*Ivry*中，有这样的句子："Press where ye see my white plume shine, amidst the ranks of war, And be your oriflamme, to-day, the helmet of Navarre."（记住那时军列中看到我闪光的白羽，让纳瓦拉的头盔，作你今日的旗帜。）纳瓦拉指法国国王亨利四世，因为他一度曾为纳瓦拉国王。美国女作家贝莎·朗克尔（Bertha Runkle）于1901年出版的关于亨利四世的小说亦以《纳瓦拉的头盔》为名。——译注

如此一只迷人的猫，朱力格太太会把她"残破凋零的心中仅剩的全部爱"都给他，是完全可以理解的。而有猫的陪伴，她也因此摆脱了孤单，淡定地观望着命运的安排。

如果认为任何一个年纪还不算特别大且精力还特别旺盛的都市女人可以无视命运之轮的转动，只和一只猫一起过活，简直是太过轻信了。尤其当这个女人是朱力格太太，当这个城市是马赛！这种轻信就已经到了匪夷所思的程度。但另一方面，认定朱力格太太会因为要谨守独身而在门口架设机枪的说法也未免太过极端。她住在爱之路与博赛街交会处一栋简朴雅致的房子里，且不说她在爱之路上那些可敬的邻居们不会答应有那种机械存在，就是朱力格太太自己也从未暗示过，她会为了守卫只有猫儿做伴的孤独生活而做到那种地步——她本身就对是否要坚持这种生活摇摆不定呢。

居于这远分两极的猜测之间的，才是真实情况：就像贵重的黄金隐藏在无用的岩石层里一样，真相只能从博赛街两边聒噪不已的长舌妇们不负责任的传言中提取一二。

朱瓦拉太太是一位有信誉的女装商人，尽管她体谅地明白她那位慷慨的客人还不至于很快就来给自己订嫁妆，多年的职业敏感还是让她发现了些什么。她把自己的观察告诉了维克太太——维克面包店的店主："之前，出于习俗，当然可怜的夫人本身也很悲痛，她与世隔绝起来了，只跟那只会安慰人的猫做伴，唯有这样，她才能慢慢化解自己的痛苦。但风雨过后总有阳光，从她日渐开朗的神情，还有在我这儿定做的新的丧服来看，我可以高兴地宣布，她已经走出谷底，摆脱阴霾了。"

"我完全相信！"维克太太说，"我根本没发现朱力格太太什么时候郁郁寡欢过。她现在穿的那件新丧服，简直太失礼了。天，那衣服的颜色，"维克太太举起双手，"如果再在帽子上别朵花，她可以直接去看歌剧了！"

维克太太的刻薄是有原因的，她自己冒险尝试的第二次婚姻完全是个灾难，太过混乱，以至于她都无暇顾及自己的面包店了，店里的面包质量每况愈下，朱力格太太甚至在自己的早餐面包卷里发现了昆虫标本，于是她带头代表顾客去店里交涉，之后再也不到维克太太的店买面包了。

"不过她守寡时间之短，也真配她那件衣裳！"维克太太继续道，故意不公平地缩短了朱力格太太寡居的时间，"追求者在家门口公然排成串，简直就是拿着大喇叭在宣布她有多不守妇道。连布里森先生都跑去了！怎么，勾搭上一个令人讨厌的秃头律师，还有一个老花花公子少校还不够吗？还要让那个药剂师跟在他们后面一块儿来？这家伙的手上，还沾着那个被他的破配方送进坟墓的可怜老妇人的血呢！啊！我真是受够她了！她？悲痛？与世隔绝？还有她那会安慰人的猫？这整个就是出不检点的悲剧——看起来更像是恶心的闹剧！"

看得出，维克太太在具体清点时，已说出她所谓朱力格太太"排成串"的追求者实际上只有两位——第三位因为臭名昭著的错配方事件，实在不够资格，已经出局。布里森先生的加入纯粹是自己太过鲁莽可笑——他迫不及待地想抓住一切机会来重振声誉。另两位被维克太太轻蔑地提到的，一个是波鲁先生——一位有名望的律师，另一个是陆军二十九军团的龚达尔少校。在他们之间，局势就没那么鲜明了，人们的看法分出了两个阵营。

"夫人想要再婚的愿望是合情合理的。"佛麦金先生说，他是朱力格太太经常光顾的俄国杂货铺的老板，"两位绅士都很优秀，她选谁都不会错。"

正在跟他聊天的洗衣女工古提太太就没这么肯定了，"这要看怎么说了。"她回答，"只消打眼瞅瞅，您就应该清楚，她有百分之五十的可能会选错呢。他们可是一个瘦弱蜡黄，只有秃头惨白；一个身材强健，面色红润，头发虽短但很浓密，更别提那帅气极了的胡子！"

"啊，女人就是这样！"佛麦金先生带着一抹居高临下令人不快的微笑说，"如果夫人您能稍稍透过外表去看一个人的话，就会承认，我所说的已经不是什么观点之差，而是事实。波鲁先生那略微瘦削的身材和贵气的谢顶，在一个有思想的人眼中根本不算什么。别忘了，他可是一流的律师，我们都知道，很多紧急要务都在找他……"

"就比如，"古提太太打断他，"那个保险掮客案，我兄弟就是那骗子数不清的受害人之一。无耻小人，应该把他关地牢里一辈子！但是，多亏了波鲁先生的花招，他这会儿正逍遥在外呢！"

"他只是在履行自己的职责，"佛麦金先生俨然说教的语气，"保护自己的客户。律师的声誉就取决于能否成功完成自己的使命——无关紧要的细节就不用多管啦。您可能不知道，波鲁先生凭借此案中的杰出表现，获得了他法律界同人一致的掌声呢。"

"那他那些同事就是更加无耻！"古提太太言简意赅地评价。

"先不说这些了，"佛麦金先生轻松转移开，只坚持说，"现在，一位著名的法律工作者将他的一片真心献给了朱力格太太，他的年纪恰好成熟，又不会过于衰老，他有稳固的社会地位，家产也绝对不一般。我相信，夫人如果能接受他，一定会幸福的。"

"但我相信，"古提太太肯定地说，"她要是甩了那个龚达尔少校，可是糟糕透了！"

"您忽略了我的前提，"佛麦金先生尽力耐心地解释，"所以您是在和空气争论——当然这也是女人的特权。我并没有将那位殷勤的少校排除在外。他马上要升为团长了，社会地位和波鲁先生不差上下。他的军衔也是自己一级一级慢慢干上去的。他在非洲的英勇表现，令他在我们本就是全世界最英勇军队的部队中都成为热门话题。他的生活也很优裕——尽管在这点上，波鲁先生要更胜一筹——他在卡马格有自己的葡萄园，光凭这个就足够他过得舒服了。他还在马蒂格有一套鲜花掩映的漂亮别墅，那些花都是他自己种的。他现在已经远离戎马生涯，一旦退伍，就会开始优哉地享受生活了。所以说，龚达尔少校和波鲁先生，在这些方面还真是难分优劣。他们都是朱力格太太值得考虑的再婚人选，两人都能继续给她优雅舒适的生活，而且身份也都和她的社会地位相当匹配——政府道桥工程师的遗孀，既不会高攀，也不会下嫁。我想我说得够清楚了，两位绅士都很优秀，夫人选谁都不会错。"

"那我也重复一句，先生，"古提太太边从柜台拎起她的篮子边说，"夫人这次，要么能使自己得到一份成熟的幸福，要么就会陷入一个秃头的悲惨深渊。是的，先生，就是差得这么远！"古提太太已经挎着篮子走到街上了，还忍不住自言自语补上一句："要是让我选，选一千次都会是那个可爱的少校！"

当整条博赛街两侧都在为这件事议论纷纷时，身为主角的朱力格太太自己也在心中展开了辩论（或许是她的心还没残破凋零的那部分）。

谨守独身已经做不到了（一年多前，这还是选项之一），她最初纠结的一个点已经自行消失。在她的优柔寡断中，其实自己已不知不觉做出了决定。但是新的矛盾又产生了，少校还是律师？朱力格太太在心中都不敢偷偷承认，她的确在为这个选择困惑。这次，不到出最后结果，其中一个自动消失是不可能了，这么敷衍着拖下去，只会让两边都愤而离去，到那时，她就只能跟波斯王相依为命过往后的日子了。

因此，为了避免那样的严重后果，朱力格太太必须尽快考虑清楚。她一方面给自己提出佛麦金先生的"两边同样优秀"论，另一方面，古提太太所说的"一个病恹恹的又秃又瘦，一个英勇而强健"，她心里其实也颇为赞同。她能感觉到，律师先生性格严谨，内敛而神秘，跟爽朗自信的少校对比鲜明。而最需要时刻牢记的，是错过这村就没这店了，时机转瞬即逝啊。

思想斗争的结果，同时也是她多年生活经验的总结，朱力格太太决定用宣布进攻无效的方法，来战略性地挑起一场竞争。她精心措辞，同时向少校和律师坦白，她只能把她受伤的心中残存的所有爱都倾注给波斯王，就像她之前曾公开讲过的一样。她没有明说，留下一个冷淡而诱人的空白，让绅士们自己去明白，他们费尽心机追求的她的爱，其实已经所剩无几——余量用完。

龚达尔少校对此的答复，既有他一贯的亲切热情，又有军队作风的霸气："毫无疑问，在合理的限度内，夫人理应继续宠爱波斯王先生。而这只勇敢的动物——他可是万中选一的优秀——也理应得到我的宠爱。事实上就我的感觉而言，我们俩已经是朋友了，夫人可自行观察求证。"的确，少校刚一笑着发出"来吧，先生"的邀请，波斯王就一跃跳上他的膝盖，让少校很内行地抓他柔软的小下巴，舒服地直往前凑，"喵喵"不停。"就是这样，夫人！"龚达尔少校继续道，"我和波斯王之间已经很有默契了。不必说，我们在一起一定会开心的。但是，"少校忽然话锋一转，带着一种深深的热切和亲密感表白起来，"我也决心，无论如何，一定要赢得你的爱。哪怕你是那样说的，我也要得到你心中最美的花朵。让我做第一个闯进你心里的人吧，因为你也是第一个占据我全部生命的人。我曾经成功征服过非洲，相信我，我也一样会占领法兰西美丽的要塞！"

龚达尔少校的风格确实大胆，但也自有其蛮横的迷人之处。朱力格太太有点难以抗拒了。

另一边，律师先生，由于职业的影响，他更偏向机敏，而不是大胆。他没有用激昂的号角和战鼓来回应朱力格太太的爱猫宣言，而是故作幽默，用玩笑化解——其下却隐藏着暂时潜伏的阴暗想法。

"夫人太风趣了，"他温和地微笑着说，"当然，这对我并不算是鼓励。但我相信夫人因为爱猫的缘故拒绝我，不过是在开玩笑，呵呵。如果能看到夫人这个玩笑的深层原因，我们会笑得更开怀，因为，我们在感情上有共通点，我也很爱猫……"必须指出，向来不待见猫的波鲁先生在说出这句光天化日下的谎言时，深吸了一口气，"……更别说是这只如此可爱、跟夫人如此亲昵的小猫了。我们很快就能成为好朋友的。"

好玩的是（当然这必然得是一个巧合），就在律师满怀真诚地说出这番十分讨好的话时，波斯王吊着脸走去了他的"生气角"，只留给他一个嘲弄的背影。

果断忽视了这不凑巧的突发事件，波鲁先生直切主题，用以下的话作为他的总结陈词："请允许我再重申一次，我完全理解，夫人此时不过是用猫的事在逗我开心。但我想，您这种逗乐的幻想应该不会持久，您总会开始对我认真起来的。在那之前，我要强调，我永远都是您谦卑的仆人——不够资格，但真心实意，只盼获您垂青。如果您无情地拒绝了我的请求，它将一直伴随我直到我绝望而死！"

毫无疑问，这也是一种"迷人"——从某个角度来说。但即便不去考虑他最后那句话里的微妙（巧妙地将波鲁先生从真的去死中解救了出来），朱力格太太对他也不满意。与龚达尔少校响亮而有创意的"攻占要塞"的表白相比，刚才这番表态就太无力了。并且，不得不承认她有一个弱点，她太容易受波斯王态度的影响了。他开开心心地一下跳上少校的膝盖，却给了律师——有意也好无意也罢——一个轻蔑的背影。

随着这些进展，朱力格太太渐渐开始倾向于少一点的秃头，多一点的胡子（就让我姑且这样表达她思维轨迹的变化吧），而她那从未当真过的与波斯王一起终老的想法早已被抛到了九霄云外。

朱力格太太还在自己心中比较的时候（尽管已快要有结论），有些事却正在别处悄然发生。

事实上，她的犹豫造成了一段时间上的拖延，促使心急的律师将他阴暗的想法付诸行动了。理智地说，他并不相信朱力格太太所谓全部的爱都只能给猫的话，但他确实感觉到，波斯王绝对是他求爱之路上的一个阻碍，而面对阻碍，这位绅士从来都是毫不犹豫地一脚踢开——半生成功的刑事辩护也没能改变他这一习惯。

由于职业关系，波鲁先生与这城市旮旯拐角、各式各样的犯罪分子有着广泛而深入的联系，有时，当他需要为辩护用点非常手段，他们就能派上用场。渠道都是现成的，他很容易就和一个家伙接上了头，约在图雷特区一家臭名昭著的酒馆见面，这个区在老港口北岸，是马赛最古老也一度最堕落的一个地区。

按照他向来谨防被跟踪的习惯，波鲁先生这次赴约也是搞得神神秘秘。他先坐出租车去干船坞，做出要办理什么船舶业务的样子，然后才换乘客轮去了老港。在渡轮上，一股战栗感忽然包围了他，他感到恐惧（虽然也并不想悔改）。以往为了工作去和这些犯罪分子会面时，他总是居于毋庸置疑的主导地位。而这次，他不仅成了共犯，还是唆使者——也就是说，他落于求人的位置了。黑色便帽下，他惨白的秃头比平时更无血色，汗水从每一个毛孔里涌出。他几乎是呻吟了一声，摘下帽子，用手帕拭去头上的汗，那仿佛是他惭愧的泪水。

波鲁先生和他雇的人见面了。一杯杯和这酒馆一样低级的苦艾酒灌下去，那家伙已经喝得醉眼迷蒙。这时，该说正经事了。波鲁先生避开对方的目光，"羞愧的泪水"又开始在秃头顶上汇聚。他尽量简短地提出他的要求，也报出了事成之后他会付的价码，这数目令那人喜出望外——不过是杀只猫的小事，他可没指望有这么多钱。

"包在我身上，先生！"杀手满心感激，热情地说，是马赛人那种典型的、喝了劣质苦艾酒后的夸张腔调，"您再不用为这等小事担心了！下一秒，这只猫就已经死一千回了，再一秒，就连尸首都找不着了！这是一个诚实的人在跟您保证，先生，一定立刻让您如愿！"

事实上，除去那夸大的死亡次数，以及对波斯王葬身之处无谓的抹杀，这种极端的处理方式正合波鲁先生之意，也正是他适才委婉暗示的结果。但杀手如此直刺刺地讲出来，还有他脸上那副为了钱什么都愿意做的无耻表情，狠狠冲击着律师心里残存的善良人性。他动摇了，他无法再接受这种犯罪方式。

"不，不！"他虚弱地说，"我不是那个意思，绝对不是。好伙计，你只要带那只猫离开马赛就够了。对，这才是我想说的。去卡西斯，去阿尔勒，去阿维尼翁，你想去哪儿都行，把猫就留在当地。我来出火车票钱，再给你二十法郎路上消遣。是的，这样就好。把猫装在袋子里，你知道的。赶紧去吧！"

坐着渡轮再次穿过老港口的时候，波鲁先生不再为即将发生的罪恶颤抖了——他现在是为已经完成的罪行颤抖。他自己都没察觉，秃顶上冒出的"负罪的泪水"已经又汪成了一滩。

每当可以休假回到马蒂格的可爱别墅，龚达尔少校就变成了现时代的辛辛纳特斯[1]。他与辛辛纳特斯的区别恐怕就在于：其一，他有一位哪怕在整个普罗旺斯也是数一数二的厨师（同时还是他的老管家），勇敢的马尔特为他奉上的那些讲究饭菜，把他踢出了"简单生活"的阵营；其二，如果有传令兵或是其他什么人来宣布他荣升团长，他还是会满心欢喜地迎接的；其三，他完全不会用犁。

关于不会用犁，少校有他的理由，他在山坡上的那两三英亩地是一小块一小块的梯田，实在不适合用这种工具，他转而把全部耕作热情都投在了种花上，在经验丰富的老米歇尔帮助下，少校对花们付出了极大的心血。每日工作完毕，他会坐在山顶别墅前覆满葡萄藤的凉台，悠闲地抽会儿烟斗。傍晚凉风习习，深吸一口老马尔特正在准备中的晚餐的香气，少校感到一种心平气和的快乐。照映在远山的夕晖，令人看不厌的美，贝尔莱唐河上也是波光粼粼。

除了因职业要求在北非跟那些顽固的本地人有所摩擦外，龚达尔少校其实性格温厚，是个很和气的军人，只要对方人品不错，他都会仁慈以待。同样，他的善良也表现在对待小动物上，这也是为什么波斯王会愿意跳上他温暖的膝盖。他为动物做了很多实事，还是动物保护基金会慷慨的捐款人之一。每当他自己遇到有人欺负、伤害动物的事情，都会习惯性地挺身而出。

1　辛辛纳特斯：古罗马政治家（公元前519—公元前438），简单生活的楷模。他两次受任执掌罗马，但每次都选择退隐农场。——译注

介绍了少校这样的善良品性，我们就该明白，他那天——就是波鲁先生雇人偷猫的第二天——在骑兵火车站遇到那个拎袋子的人时的反应，对他来说是再自然不过的了

　　骑兵火车站是个小站台，只有一趟从马赛来的火车会经停这里，让乘客转去马蒂格。龚达尔少校从头等厢下车，在站台上等待去马蒂格的车次。他这一去要待上两天，此刻他的心早已经飞回了别墅，愉快地想象着老马尔特在家给他准备的早餐和在花园里干活的快乐时光。这时，从三等车厢走下来一个拎着袋子的男人，也在旁边等去马蒂格的车。两人在月台附近随意转悠，偶尔擦肩而过，少校不禁注意到，那人的袋子里有什么东西一直在扭动。他留神细听，竟听到里面传出"喵"的一声，微弱但清晰，似乎已快要窒息。

　　"你的猫就快憋死了，"少校厉声对那男人说，"快把袋子打开让它透气！"

　　"怎么了，先生，"那人心虚地回道，"这只小乖猫并没有气闷啊。它在袋子里呼吸得好好的。这是只宠物猫，早习惯坐在袋子里出门旅行了。它只是天性友好，在跟您开心地打招呼呢。"他正解释着，袋子里又传出一声可怜的透不过气的叫声，里面绝没有丝毫开心可言。那是猫咪虚弱而悲惨的呼叫，他在绝望挣扎！

　　这时，一辆火车从月台另一边驶进站台，这是回马赛的车。

　　"混账东西！"少校干脆地说，"我不会看着小猫受委屈的！"边说着，他一把从那个紧张的人手里夺过袋子，飞快解开袋口的绳结。那男人心里有鬼，一时也被骇住了，忘了去抢回来。

命运的一刻降临了，袋子口打开，露出一个可怜兮兮的黑猫的小脑袋，接着是激动跳出的全身。他认出了少校，欢呼着扑进少校怀中，少校随即也认出了怀里的小家伙。"我的天哪！"他大喊，"这是波斯王啊！"

波鲁先生雇的绑架犯被抓了现行，吓得直哆嗦。"你这个强盗！"少校怒斥，"居然敢偷这么可爱的猫咪！实在比阿拉伯营的那些人渣还坏！如果那时在沙漠里也让我逮到你，"他冷酷地加了句，"一样把你宰了！"

罪犯被少校的北非军人气概完全吓趴，连忙哀叫求饶起来："先生！我只是个工具，是迫不得已啊——我是个诚实的人，是一个有钱人利用我的贫穷，用金钱诱我犯罪的。我什么都告诉您，只求您不要怪到我身上啊！"接着，除了瞎编出一个垂死的老婆和六个嗷嗷待哺的孩子，罪犯基本上算是如实招来。他背后的唆使人，清清楚楚就是波鲁先生！

龚达尔少校一时惊呆了，稍顿才说："畜生，不管是谁教唆的，你才是真正执行的人，理应受到惩罚！铁链和监狱在等着你！我要……"

少校想象中捍卫正义的举措结果都落了空，趁他说话的时候——说这些狠话反而给了犯人可乘之机——那人一下从他身边闪走，冲过月台，跳上对面一节车厢的踏板，火车正徐徐启动，他灵活地从一扇开着的窗户翻了进去，就此消失，只留少校独自一人站在月台，满腔怒火无处去发，怀里的波斯王还在叫个不停。

龚达尔少校冲动地跑进电报室，等他能赶下趟车去追绑匪，至少得两小时以后，但在这车直奔马赛的时候，电报却有可能赶在它前面。唉，他的花园，老马尔特为他精心准备的早餐，都只得暂且作别了。他抓住犯人的决心不会因此动摇。把波斯王随手蹾在电报台上，少校抓起钢笔就开始拟文。然而突然间，他仿佛明白了什么，笔尖停了下来，心中的怒气忽而变成了一阵喜悦。

在这份好心情下，他首先伸手把拟了一半的电报撕成碎片，接着赶紧去安抚波斯王——没吃没喝，他已经饿坏了，刚才少校把他扔在电报台上，又伤害了猫咪的感情。龚达尔少校温柔地抱住他，带他去了车站餐厅，在服务生很不礼貌的吃惊注视下，给他买了一大份奶油。波斯王被关在袋子里，好半天没有吃东西了，这下拿出精神埋头大吃，粉红的小舌头深深舔进碟子里。他吃得狼吞虎咽，小黑鼻尖上溅满奶油。饿了这么久，想想真让人心疼。不过，哪怕吃得正着急，他可爱的猫咪礼貌也没有丢，他充满感激地朝少校轻叫，伴着"咕咕"的偶尔噎住的声音，表达着一只小猫真挚的心情。

龚达尔少校看着如此可爱至极的一幕，胸中满溢出无限温暖的光亮来，整个人都容光焕发，仿佛复活节的灿烂日出。他自言自语道："真是美梦成真！卑劣的竞争对手已经自动落败，波斯王又绝对站在我这边，整个宇宙已经胜利在握了！"

尽管明显还没有掌握住了全宇宙的自信，波鲁先生在这天傍晚也是心满意足——他亲眼确认诱拐波斯王的任务已经顺利完成了。一早，绑架犯就把可怜的波斯王带到了波鲁先生的私人办公室展示给他看（猫咪不开心地被装在袋子里，仍挣扎表达着抗议），接着理所当然地跟他要了买火车票的钱和说好的额外二十法郎。下午时候，这家伙回来了，肯定地宣布一切都办妥了：他把猫带到偏僻的骑兵火车站，在那儿遇到一个很想要这只猫的人，所以他就把猫留给了他。他说的都是事实，于是这话里的真实感让波鲁先生相信了，他爽快地把报酬全部付清，夸奖了杀手，然后遣他走了。只剩独自一人在办公室后，波鲁先生兴奋地搓着手，遐想着挡在前面的波斯王这一除去，一切该多么顺利。出于职业习惯，他往往会考虑到事情的多种可能性，但这回他一点儿也没想到，搬起的石头已经砸在了自己脚上。

这充实的一天，注定也会有一个特别的晚上。波鲁先生来到了朱力格太太位于爱之路上雅致的住所外，心中还在为犯下的罪行忐忑——他毕竟是初犯，还没有铁石心肠。脑海深处，他忍不住咒骂自己是个大恶棍，简直该被人狠踹上一顿。可是他整个心里又不由得意地盘算：等下进去，朱力格太太一定正为了猫咪的走失伤心欲绝，这时他就要送上如潮的爱意和安慰，愈合她心中的伤口。面对如斯体贴，她一定会感化的，会充满柔情地感激他，而这种感觉很容易就能更进一步，变成爱！真是设计巧妙啊，这就是他广为人知的在不利局势下反败为胜的本领（就像那个保险掮客案）——用煽情的辩护软化别人的情感，将不利因素都化为无形。

"夫人正在用餐。"波鲁先生按下门铃后，一个苗条齐整的女仆出来应门。"她已经吃很久了，应该很快就能结束。"女仆补充道，眼里闪过一丝奇怪的光，但此时的波鲁先生心有旁骛，没多留意，"先生可以先去客厅等等，夫人就来。"

女仆的态度完全平平板板，波鲁先生立刻不快地意识到，这女仆对他和龚达尔少校孰优孰劣早有成见，就跟古提太太对佛麦金先生说的那些差不多。更甚的是，她还在借机报复。因为波鲁先生唯一给过她的小费，是只有两法郎的寒酸的圣诞礼金，而龚达尔少校则像一棵四季常青的圣诞树，隔三岔五就给女仆送上一盒盒小糖果和五法郎五法郎的礼金。

波鲁先生选择无视掉这个年轻女人脸上奇怪的微笑和反常的主动邀请，走进屋，来到了客厅。他一屁股坐在了朱力格太太专用的安乐椅上——如果不是此刻心绪不宁，他是不会干出这种蠢事的。律师干瘦的身体长得并不匀称，上身太短，下身太长。这古怪的比例使他的秃头露出椅背的高度，与平时朱力格太太露出的所差无几。

等待的时间过得很慢，说好的钟点不断后拖，仿佛从北极拖到了南极。为了打发无聊，波鲁先生从桌上拿起一本书，漫不经心地翻着。就在随手翻书之际，他听到一声开门的"咔嗒"，有人声传来——朱力格太太，还有一个男人！声音越来越近，他终于确定，那是龚达尔少校。除此以外再没有别人的语声。显而易见，他们两人是独自吃了这么长的一顿饭！他知道，朱力格太太是个很讲礼仪的人，宁愿自己在热油里煎熬也不愿对别人失礼，他觉得现在这种情形只有两种可能性，要么就是她突然间失去理智了，要么就是——他有点不敢想了——龚达尔少校，凭借他在非洲冲锋陷阵的英雄故事，已经胜出了。而门外夫人完全神志清醒的快乐笑声，把自我安慰的第一个假设击了个粉碎，逼着他只得接受第二种可能。波鲁先生一时难以自持，手掩住脸，呻吟起来，秃顶越发显得灰白。

他不会注意到，此时，一个黑色的小身影，无声地窜进了客厅。如果他能看到，以他当时情绪之激动，恐怕会直接尖叫起来——他肯定以为那是死去的猫的鬼魂！当然，这明显不是鬼魂，这是开心的小波斯王，正处在平安回家的兴奋中。以我所知的猫咪们的小心肠，我可以大胆地说，他的雀跃欢喜，很大一部分是由于，他的平安归来给另外两个人带来了天大的喜悦。因此，这顿漫长的晚餐中，这两人竭尽全力地爱抚他、娇宠他，他也感受到了他们巨大的快乐。作为回报，猫咪自然要献上他会的所有小把戏，一遍一遍不厌倦。只除了一个，他最厉害的那招，虽然没表演，但已经被反复提及。朱力格太太脸红红的，高兴地给少校讲解睡帽的重要性，并许诺说（这时她的脸更红了），遥远的未来某天，少校可以自己见识一下这个小游戏。而据我对小猫们的了解，我相信波斯王并没听清这两人调情之语的细节。他只听了个大概，于是抢先跑进客厅，以为朱力格太太很快就会紧随其后进来，坐在椅子上，戴上白色睡帽，手里拿着书，开始他们的"吓一跳"游戏。

波鲁先生没发现波斯王的到来。他还在为门外渐近的欢声笑语心如刀绞，紧紧攥住手里的书，就好像那是谁的喉咙一样。他的秃头上满是痛苦的汗水，闪闪发亮，随着他心情的酸楚益发显出惨白，而他正直直地坐在朱力格太太的专用椅子上！

"据说，"布里森先生边给朱瓦拉太太配制某种他们之间委婉地称为"补药"的东西，边对她说，"那个坏心眼的律师，雇了一个强盗来给他当帮手，想要毒死那只猫。可猫咪勇敢挣脱了，把律师的秃头抓了个稀巴烂，然后胜利地独自回家了！"

"那头顶真是惨不忍睹啊！"朱瓦拉太太回道，"一层一层的绷带，头上裹得比苏丹的缠头都大！"朱瓦拉太太喜滋滋的语气是有原因的——朱力格太太已经通知她要准备嫁妆了。

"这一切，"布里森先生恨恨地说，"都是因为他嫉妒猫咪在朱力格太太心中的位置。他忘了自己有多讨人厌，居然妄想赢得她的心！"

"啊，总之亲爱的夫人没有选错。"朱瓦拉太太温和地说，"在讨人厌的律师——就如先生您刚才所说——和迷人的少校之间，她的直觉给她指引了正确的方向。她那只聪明的猫也帮助了她的选择，真应该感谢他才是。现在，她那颗备受伤害的心终于能得到慰藉了。她可以幸福地再婚，真是天意使然！"

"是那个破鞋自己的天意吧！"布里森先生恶毒地说，"还没等她焐热那件不伦不类的丧服，她已经开始冲成群的男人抛媚眼儿了！"

且不说布里森先生就这么当面诋毁朱瓦拉太太亲手缝制的丧服，光"破鞋"这个词就不是她能够接受的——这个词在法语里，可不像在英语里已经淡化了它的另一层意思[1]，尤其是用在一位刚刚在她这里预订了丰厚嫁妆的女主顾身上。朱瓦拉太太当然气坏了。"您至少要承认，"她尖刻地说，"她的媚眼儿可从没朝您这个方向来过。"接着她又故意无比顺畅地柔声接道："至于说到波鲁先生对猫犯下的罪行，先生您一定是

---

1 原文baggage在法语中有"荡妇"意，在英语则更多取"行李"意。——译注

最了解的了。我们大家都记得那个可怜的老妇人的事。如果有人想要下毒，一定会来找您的！"

这一下攻击来得太猛，布里森先生一时张口结舌，只能狠狠瞪着朱瓦拉太太。接着，还是他手里正要递给朱瓦拉太太的药瓶提醒了他。"夫人您错了，"他礼貌地说，"去很多地方都能找到毒药，比如说，夫人您的舌头底下！"要是就停在这儿，还算是不错的反击。可惜他忍不住又加了句："而且那些来找我的老妇人是来配染发剂的。我可以跟您保证。"

朱瓦拉太太令人钦佩地控制住了自己，她用略带怜悯的语气回答："我对您的遭遇深表同情。"但随即又两眼亮闪闪地说："可您明显是有点自信心过剩了。背负谋害这么多无辜老妇人的恶名，您居然还妄想对朱力格太太一亲芳泽，简直荒唐到了一个境界！"她一把抓起药瓶，扭头朝门口走去，越发没了顾忌："您和您的妄想就是一出愚蠢的悲剧，而且也足够在水晶宫[1]上演一场闹剧了！"

说完，朱瓦拉太太立即走出门去，布里森先生连回嘴的机会都没有。这倒也好，要反驳她这句伤人的大实话，还真不容易。

在维克面包店，维克太太和佛麦金先生之间，也正在进行一场差不多的讨论，而且更贴近准确细节。佛麦金先生刚刚来

---

1 水晶宫：英国为1851年第一届伦敦世博会而建造的展馆，以钢铁、玻璃为主要材料，通体透明，当时引起世界轰动，是19世纪代表性的建筑。世博会后，水晶宫移至伦敦南部锡德纳姆山重建，在此曾举办过很多的演出、展览和音乐会。后于1936年11月30日晚毁于一场大火。——译注

结清他这个月的账单，一番讨价还价的争执后，整个谈话自然更透着股火药味儿。

"我听说，"佛麦金先生讲道，"那其实只是那只猫的小游戏之一，跳到朱力格太太的头上。所以她一般是要提前戴上睡帽的，防止被猫抓伤，而且，当然，她的头发本身也很浓密……"

"头发浓密！"维克太太立马打断了他，"她只是有钱成打成打买假发就是了！"

"所以说，那只是猫的习惯性动作，"佛麦金先生坚持说下去，"他总得抓住点什么，不让自己掉下去。他错把律师的秃顶认成睡帽，这才是悲剧的来源。他开始只想和平常一样，轻轻用爪子钩住帽子，只是他突然发现自己好像站在冰山上，滑不溜秋，要掉下去了，这才拼命抓了起来。"

"有人说他的头皮都被一条条撕下来了！"维克太太说，"而与此同时，那个女人和那个不像话的少校，就那么站在旁边看着，又笑又叫，却不去把他从发狂的畜生爪子底下救出来！我很同情那个可怜人啊，至少他从头到尾，都是谨遵礼法的——我一点也不信他会指使人去偷猫——最后还被朱力格太太和少校有伤风化的单独进餐伤透了心。"

"您忘了，那顿晚餐是在庆祝他们订婚啊。在少校如英雄般救出她心爱的小猫，并且把他平安护送回家后，朱力格太太已经愉快地答应他的求婚了。"

"男人们总是会利用这些事，"维克太太回答，"而在正直的女人眼中，她的所作所为一直都是那么无耻。成月成月地脚踩两只船，勾引他们，还有数不清的别的男人；故作姿态地

132

宣称她只会爱她那只恶心的臭猫，其他谁也不爱；最后又厚着脸皮，假借猫的缘故，把自己，明明已经是二手货了，奉献给少校——虽说人品不佳，但他绝对是她能在马赛找到的最英俊的中年男人了！一个女人，如此作为，先生，天上的圣人想必都会对她嗤之以鼻！"

"可能只是那些上天堂前，二婚不愉快的圣人吧。"佛麦金先生温柔地替他最好的顾客做出了还击，"同时，请允许我大胆地说句，在人间恐怕也是一样的情况。夫人您自己婚姻不幸，因此有成见，这我们都是知道的。"

"先生您教养不好，因此粗野无礼，这也是众所周知的。但您的言辞已经超过了所有的界限，我要求您立刻离开我的眼前。"维克太太凛然地说。

佛麦金先生走出面包店的时候，她又在后面不那么凛然但更肯定地追了一句："您就是头不讲理的骆驼！我永远鄙视您！"

猫的争斗　戈雅·伊·卢西安恩斯

画布油彩　56.5cm×196.5cm　1786年　西班牙马德里普拉多美术馆藏

猫

【美】玛丽·E. 威尔金斯·弗里曼

吴兰 译

　　玛丽·E. 威尔金斯·弗里曼（Mary E. Wilkins Freeman，1852—1930），美国女作家，出生在一个正统的圣公理会家庭，严格的宗教教育使得弗里曼的文风凛冽而严苛，她初以儿童文学作品涉足文坛，但大部分作品都在描写新英格兰地区人们挣扎中的生活。

　　《猫》收录在弗里曼的短篇小说集《替补演员》（*Understudies*）中。《替补演员》是一部动物故事集，弗里曼一反常态，没有写作惯常的人类故事，而是采用了象征的手法，用动物角色的隐喻探索了人类的行为和心理。

　　直挺挺的毛尖上沾满了雪花。雪还在下，但却没让他分心。他已经蜷了几个小时，随时都准备跳起来给出那致命的一击。现在是晚上，对他来说却与白天没有分别，因为一旦狩猎开始，所有时间对猫来说都是一样的，况且现在他不受人类意志的管束。他已经孤单了一整个冬天。这世界没有任何声音呼唤他，没有哪个壁炉旁有盛着食物的盘子在等待他。他很自由，只有自己的欲望将他束缚。这欲望如果得不到满足——就像此刻，便会统领他的一切意志。猫饿极了，事实上，倾空的胃囊已经快要掳去他的性命。天气一连坏了好多天，弱小些的野物几乎都躲回了巢穴。它们生来就是他的猎物，但眼下，这场旷久的狩猎仍然一无所获。猫却仍然静候着，他的血统里有不可思议的耐心与执着，况且，他有把握。他是一只绝对笃定的造物，一旦下了决心就不会动摇。他看见一只兔子从低垂的松枝之间钻了进去，现在，兔子的小小门洞虽然被蓬松的雪掩蔽住了，但她就在里面。猫眼看她像一道飞快的灰影一样跳了进去，但即便他有如此锐利老练的双目，也不得不疑心这的确只是影子，转眼去瞥那后面是否跟着点儿实在的东西。兔子就这样消失了，于是，猫在雪夜中坐下来，开始一动不动地等待。他满心愤懑地听着北风从远处山巅嘶鸣着腾起，一路呼啸而下，节节高涨成怒号，像凶猛的鹰般用愤怒的白色雪翼扫荡山谷与沟壑。猫蹲坐在山腰一片长满树木的平地上，山石在他头顶旁边几英尺远的地方陡然上升，陡峻得如同教堂的高墙。猫从没爬上过这块岩石，树木是他登高的唯一梯道。他常常带着好奇注视这块岩石，一如人类遭遇到了不可抗逆的天命那样发出苦涩和怨恨的喵叫。他左边是陡峭的崖壁，隔着一片林木的背后是一面山溪冻结成的垂直冰墙，而面前的那条路通往他的家。兔子分瓣的小爪子无法攀越这么高的陡壁，她一出来就会被困住。所以猫等待着。他周围的这片林木好似旋涡一般，树与灌木的根部牢牢地嵌进山壁。植物强大的生长力量使横卧的树干、枝丫和藤蔓纠结在一起，蜿蜒地将一切揽入怀中。这就产生了一个奇异的效果，好像有经年的凶猛流水将林木冲卷得旋了起来，只不过这里没有流水，只有风。风用它最为猛烈的攻势使得万物屈服，将一切排成环形。而现在，雪飘落在这由林木、岩石、死去的树干枝丫还有藤蔓编织的旋涡之上，像烟一般，沿着石脊随风落下。雪在平地上打着旋儿，好似茫茫天地中的一个死魂灵，接着便冲到崖壁上跌散了。向后破开的雪花击中了猫，他蜷身一抖。这力量如同冰针穿过他美丽厚实的毛发，一根根锥刺着他的皮肤。但痛楚没有将他撼动，他也没有发出一声哭号。哭号无法给予他什么，却能让他失去一切——兔子会觉察出他在等待。

天色越来越暗，但不同于夜晚那通常的黑暗，天地蒙上了一层奇怪的白色烟雾。这是一个被风暴与死亡附身的夜晚。山峦被夜色包裹、震慑，继而被暴戾地制服，已经隐去了身影。但在这骇人的黑夜中，仍有一股弱小却笃定的耐性与力量，尚栖身于一副灰色毛皮之下。猫没有屈服，还在等待。一阵更疾的风扫过岩石，在平地上卷起一个巨大的旋涡，向前冲上了悬崖。

这时，猫看到了两只闪烁着恐惧的眼睛，其中透露出几欲奔逃的狂乱。然后是一只正在颤抖中慢慢张开的小鼻子，两只竖起的耳朵。猫绷紧全身每条精锐的神经和肌肉，静待不动。兔子出洞了。一场逃生与恐惧的追逐大戏随之上演，猫终于捉住了她。

猫拖着猎物，在雪地里踏上了回家的路。

猫住在主人盖的房子里。房子修得像小孩子搭的积木，十分粗糙，但也足够结实。压在低斜屋顶上的积雪虽然厚重，却无法僭越房顶进入屋内。门和两扇窗户都锁得严严实实，不过猫有自己的小道。即使拖着一大只兔子，它仍旧快速地蹿上屋后一棵松树，跳进屋檐下的一个小窗，穿过活板门，一溜落进了屋子里。猫一跃跳到主人床上，为自己胜利的着陆、捉到的兔子和一路上所有的辛苦大大"喵"了一声。

可主人却不在这里。初秋时他便离开了，现在已是2月。春天之前他都不会回来。他是个老人，山中的严寒会像豹子一样慑住他的心肺，他得到村子里过冬。猫早就知晓主人的离去，但在他的头脑中，事物总会按顺序循环往复地发生，所以他认定过去的事情总会在将来重现——这似乎更是它在等待时那神奇耐力的源泉。所以每次回到家，他仍然期待能见到主人。

猫依旧不见主人的踪影，便拽着兔子从粗布沙发上——也就是床上——跳下地来。他用一只小小的爪子摁住兔子的身体，将脑袋偏向一边，使出了牙齿最凶猛的力道，开始啃咬他的晚餐。屋里比刚刚林中还要暗，寒冷虽不比屋外尖厉，却仍然让人难以忍受。如果猫当初在接受这身天命赋予的厚重皮毛时并不心甘情愿，那么现在他应该感到庆幸。除开脸和胸脯是白色，他的毛都是斑驳的灰色，而且厚实至极。

强风裹挟着雪花，如冰雹般击打得窗户"咯咯"作响，屋子也在微微晃动。猫忽然听到了一个声响。他停住嘴，安静地聆听，光闪闪的绿眼睛直直定在一扇窗户上。然后他听到一声沙哑的呼喊，一声带着绝望与乞求的问询。但他知道这不是归家的主人。他一只爪子仍然按在兔子上，等待着。当呼叫声再次传来，猫回应了。他自认十分明了地讲出了一切必要的言语。他的回应中既有对问询的答复，还包含了信息、警告和自身的恐惧，当然也表示出了友好。然而咆哮的风暴掩住了他的声音，屋外的人并没有听见他的回答。

　　猛地一声，门被撞了一下，接着，两下，三下。猫于是拖着兔子藏到床下。撞门声越来越重、越来越快。这撞击发自一双虚弱却被绝望激发出了力量的手臂。门锁终究没有抵挡得住，将陌生人放了进来。躲在床下的猫偷偷向外看，突如其来的光线刺得他眯起了绿色的眼睛。陌生人擦亮一根火柴，四下打量屋内。猫看见一张毛发蓬乱、冻饿发青的面孔，一个比他那贫穷年老的主人还要穷还要老的男人，一个因贫困和卑微的出身被社会遗弃的人。猫听见那粗糙得令人生悯的唇间发出了一个含糊难辨的声音，这愁苦悲伤的声音中既有咒骂又包含着祈祷，但猫对此一无所知。

　　陌生人关上他撞开的门，从屋角的柴堆上拾起几根木头，以最快的速度用半僵的双手点燃了那只老旧的火炉。他模样太过凄惨，全身都在发抖，以至于猫在床下都跟着一颤。这矮小虚弱的男人头上刻着磨难印下的道道伤痕，他在其中一把旧椅子上坐下，蜷在了火苗旁。他向火伸出爪子一般的枯黄双手，呻吟着，就好像这火是他灵魂唯一所爱和所欲一样。这时，猫从床下钻出来，带着兔子一跃跳上了男人膝头。男人大叫一声，巨大的惊惧使他从椅子上弹了起来。猫从他身上滑到地下，用爪子抠住地面，兔子则直挺挺地摔到了地上。惊恐的男人喘着粗气，面色苍白地背靠住墙壁。猫迅速上前衔住兔子脖颈上松弛的皮毛，把猎物拖到男人脚下，然后尖厉急切地叫起来。他摇动毛茸茸的漂亮尾巴，高拱着脊背磨蹭男人的脚。男人的鞋已经破了，脚趾头从里面露了出来。

　　男人轻轻将猫推开，随后开始在小木屋里搜寻。他甚至勉为其难地搭梯子爬到阁楼上，点燃一根火柴，竭力在黑暗里窥探。他害怕，猫的现身让他唯恐这里还住着一个人。和人交往的经历并不令他愉快，人们同他相处同样不感到欢心。他就像个年老的以实玛利[1]，四海为家，偶然踏进了一位兄弟的住所，而这兄弟恰好不在家——他为此欢欣。他回到猫身边，僵硬地弯下腰轻抚猫高拱如弓的背脊。然后他拾起兔子，急切地借着火光瞅了瞅。他的下巴颤抖了，这兔子他简直能全部生吞下去。他从几个简陋的架子和一张桌上搜摸了一阵，找出一只盛着油的灯，满心欢喜地咕哝了一声。猫就在他脚边。他把灯点亮，借着灯光找到了一只煎锅和一把刀。他剥掉兔皮，打理好兔肉准备下锅。猫一直在他脚边守候着。

当熟肉的香气溢满整个小屋，男人和猫都已面如饿狼。男人一手将兔肉翻面，然后弯下腰，用另一只手拍拍猫。即便他们才刚刚相逢，猫也认定他是个好人，即便这男人有一张既可怜又与这世上最美好的事物截然相违的面孔，他也全心地爱着这男人。男人面孔上沾满污垢的灰发诉说着衰老，两颊因为发烧深深凹下，昏暗的双眼中含着过往的错失。但猫毫不犹豫地接受了一切，并爱着男人。当兔子煮到半熟时，男人和猫都等不及了。男人把兔肉从火上取下，非常平均地分成两半，一半递给猫，一半留给自己。他们终于吃上了晚餐。

一切结束后，男人吹熄了油灯。他将猫唤到身旁，盖上破烂的被子。男人把猫揽入怀中，他们一道睡着了。

1　以实玛利：圣经中亚伯拉罕的庶子，与兄弟不睦，并与其母一起被家庭排斥，在外流浪。——译注

男人在余下的冬天里，成了猫的房客。山中的冬季是漫长的，小屋真正的主人要到5月才会回来。猫的这段日子十分辛苦。他瘦了，因为除了老鼠以外，所有猎物他都得和客人分着吃。有时，他遇上的猎物很是警惕，就算耐心地连续守上几天，成果也难以填饱他俩的肚子。男人生着病，又非常虚弱，他无力自己出门觅食，但所幸身体的羸弱也使他没有多大饭量。他整天都躺在床上，不然就蜷身坐在炉火旁。屋里有足够的木柴，他伸手就能够着，这倒是件好事，毕竟烧火还得他亲自来做。

　　猫不知疲倦地搜寻食物，有时一去就是好几天。一开始男人感到恐慌，他怕猫不会再回来了。后来，他听到了门口熟悉的叫唤，便摇摇晃晃地起来为猫开门。而后他们会平分猎物，一同吃晚餐。再然后，猫就要休息了，他会轻柔地发出满足的呼噜声，终于在男人的怀中睡去。

　　猫在临近春天的时候迎来了好收成。禁不住春天诱惑，出门寻找爱侣和食物的小野物变多了。一天，猫交了好运，捉住了一只兔子、一只山鹑和一只老鼠。他没法同时把它们扛在身上，但最终还是把所有的猎物都集合在家门前。他在门口呼唤，屋内却无人应答。所有的山溪都已开始解冻，空中传来的汩汩水声偶尔会被一声鸟鸣划破。树木在春风的抚沐下发出一种新的沙沙声响，从林中的一个缺口望去，远处正对面的一片斜坡上一抹玫瑰色和一抹新绿交织在一起。灌木的枝头粗壮起来，颜色红得发亮，花儿也星星点点到处开放着。但猫的注意力并不在花朵身上。他立在门口自己的战利品旁，一遍又一遍执着地"喵喵"叫唤着自己的成就，抱怨没人搭理他，也恳求屋里的人开门。但始终没有人迎他进门。猫只好将他的小小珍宝留在门边，自己绕到了屋后的松树下，一溜儿爬上树干，跳进小窗，穿过活板门跳进屋里。男人已经离开了。

猫又叫了一声。这小兽物寻求人类陪伴的呼喊是世间悲伤的音节之一。他查看了屋内所有角落，又跳到窗边的椅子上向外张望。他守候着，但却没有人回来。男人走了，再也不会回来了。

猫在房子旁边的草皮上吃掉了老鼠。他费力地把兔子和山鹑扛进屋，男人却没来与他分享食物。猫最终花了一两天才把它们全部吃光，然后上床睡了漫长的一觉。当他醒来时，男人还是不在。

猫再次奔赴了他的猎场。夜晚时分，他带着一只肥鸟回到家。他用那从不倦怠的执拗期盼男人会在木屋出现。屋里确实亮起了灯光，但叫门之后，开门的却是他年老的主人。他放猫进了屋。

主人与猫之间的同伴关系非常牢靠，但这并不是喜欢。那借宿的流浪者更富温情，主人就从没像他那样抚摸过猫。尽管主人没觉得留猫孤独了一个冬天有任何不妥，但猫确实令他自豪，他也十分记挂猫的安康。即便猫在同类之中个头极大，也是个捕猎能手，主人还是担心他会遇到什么坏事。所以，当他站在门内看到猫那身柔亮的冬袍熠熠生辉，看到那白色的胸脯和面孔像太阳下的雪一样闪着光，便立刻露出喜悦的神色，欢迎猫回到家。猫用柔软的身体围着主人的双脚打转，颤抖着发出欢愉的呼噜声。

猫独自吃完了他的鸟，因为主人已经在炉上做起了自己的晚餐。晚餐过后，主人拿起烟斗，在小屋中寻找他冬季存下的一点烟草。他常常想起这烟草来，就好像它和猫都是他春天返回木屋的念想。但烟草不见了，一点渣子都没剩下。他咒骂了几句，但声音阴郁而单调，使得这亵渎的言语失掉了通常的效果。他从前一直酗酒，现在也还没有戒掉。他长久地在世上浪荡，直到世界锐利的棱角在他的灵魂刻下印记，直到他的灵魂因此生茧，所有能失去的情感都已经迟钝。他已经非常老了。

　　他抱着一股已然锈钝的好胜之心固执地继续找寻烟草，然后用木讷的好奇打量起屋子。突然，他惊讶地发觉许多东西都改变了模样：炉盖又坏掉了一个，一块旧地毯被钉到了窗户上抵挡风寒，他的柴火全都不见了。他看到了自己空空如也的油罐，又望向床上的被子。他掀起被子，喉咙里再一次发出了那怪异的咒骂声。接着他又找起了自己的烟草。

　　最后他放弃了。他在炉火边坐下，因为山里的5月依旧寒冷袭人。他皱起粗糙的前额，把空空的烟斗含进嘴里。他望向猫，猫也看着他，他们的目光穿越过那片由沉默搭建的藩篱交会了。这藩篱在世界的肇始便横在人类与兽物之间，永远不可逾越。

三只猫　弗兰茨·马尔克
画布油彩　72cm×101cm　德国杜塞尔多夫美术馆

蓝色妖姬

【英】乔治·赫伯特·鲍威尔

钟姗 译

乔治·赫伯特·鲍威尔（George Herbert Powell，1856—
1924），英国作家、律师、藏书家。本文选自他1896年的文集
《动物故事小札及感知研究》。

"按那个理论来说，"一位惯爱评论的朋友正在讲他倒数
第二个故事，"是否容易被调教很大程度上决定了动物的个
性，最好的狗几乎都是它们主人的翻版。如果这样的话……"

"你很同情可怜的狗们？"

"哦，不。我是说，这理论要是成立的话，猫们就应该差
不多没有丝毫人类的特性了。"

"它们有，多着呢。"我说，"只不过都是些坏毛病，它
们可学不到什么伟大品质。谁听说过英勇顽强、舍己为人的猫
呢？猫只会任意而为，才不管你想让它怎么样。"

朋友笑了："有时候，它们也很懂事的。你肯定还没听说
沃伯顿-金尼尔夫人家那只猫的故事吧？"

"沃伯顿-金尼尔家回英格兰了？"

"早就回来了。他们在汉普郡待了六个月，现在回城了。

夫人每周四下午招待茶会。"

"太好了，"我说，"那我就下周五去，看看人会不会少一些……"

很幸运，周五下午除我外，只有一位客人。听说了我的来意后，他也同我一起请求沃伯顿-金尼尔夫人满足我们的好奇心，于是夫人给我们讲了如下的这个故事：

我这只猫叫作斯托费勒斯，熟悉的简称吧，因为她的本性就是个小墨菲斯托费勒斯[1]。她完整地具备了猫科家族的所有恶习，包括那些男人们常常爱怜地描述为"女性气质"的各种特点，而且还都是双份的，浮华、懒洋洋、自私、精于享受，对自己外表的整洁很是挑剔。长了这么一身小脾气，必须同时得有一颗金子般的心才能招人喜欢吧——不过这样东西在斯托费勒斯身上明显从未出现过。

要说斯托费勒斯对我和我丈夫的存在完全不关心，也是不对的。她很关心我们给她提供的种种好东西，每样都要最好的。至于其他，除了在还是小猫的时候或许抓过一只老鼠外，她还没为我们干过一件"有用的事"，这点连最宽容的经济学家也没法替她正名。她每天只卧在最舒服的靠椅上打盹，有时真的睡着，有时假寐，无论哪种，都不会影响她吃晚饭的好胃口。黄昏时分，猫科动物的黎明才来临，这时，如果有足够多的仰慕者围观，她也会屈尊表演几个扭动蹦跳，取悦一下平庸

---

1 墨菲斯托费勒斯：歌德名著《浮士德》中诱惑浮士德，使他出卖灵魂的魔鬼。——译注

的人类。不过她很快就厌倦了，而且绝没有丝毫为了他人高兴而牺牲自己的念头。凡是关乎自身的安全舒适，她都无比谨小慎微。她从恼火的男人手脚边溜开，或是躲避扔过来的东西时反应快极了，倏忽无声，像空气或流水一样消失得不着痕迹。而有时，当一位温柔敏感的女性——好比说，我祖母——看她要出去，好心帮她扶着门时，她反而会先顿住一下，伸个长长的懒腰，然后无视大家的等待，极缓极缓地踱出客厅，慢得就像一列送葬的队伍。

一只漂亮的波斯猫是房间里很棒的装饰，而尽管我也喜欢小动物，却始终跟斯托费勒斯亲近不起来，直到那次意外发生。即便在那次，我也不能骗自己，其实斯托费勒斯所做的一切跟平时一样，也只是为她自己高兴罢了。

我们那座舒适的老式住宅位于半山腰上，正对着大路。从这里，能看到南安普顿河波光粼粼的入海口、落潮时的大片泥滩，还有新森林国家公园绵延成荫的树林。虽说是"我们"，实际上常常好几个月都只有我一个人在。我丈夫那时刚结束一次南美科考探险回国。他现在是知名博物学家了，也捕获了不少野生物种回来，大多是爬行类。能捉到那么些珍奇罕见的生物，真是大自然的恩赐。

而他这次带回家的动物，让之前那些战利品都黯然失色了。这是一种名为"蓝色妖姬"的剧毒蛇，山林里的土话都叫它"半步倒"，可见它毒性之强。当然了，蛇毒的发作快慢并不是毒蛇危害大小的唯一衡量标准，被咬方的体质状况和蛇本身的状态都会影响具体的后果。

蓝色妖姬有时被错当成变种响尾蛇，但我估计，在合适的条件下，它的毒液会比绞蝮蛇更快杀死一个普通成年人。它其实很像绞蝮蛇，比绞蝮蛇大一些，背上隐约有一道独有的孔雀蓝条纹，只有在强光下才能看到。如此罕见的"宝贝"，是必须要送去动物园专门看管的。

但我当时对这些令人毛骨悚然的事实一无所知，因为我那阵身体不大好，对此没顾上多问。亨利——就是我丈夫——回来时，脸晒得黑里透红，神采奕奕地走进房间，看到他我很高兴。刚打完招呼，他就跟我说他带回了一条"漂亮的小蛇，不会有任何危害的"——说得就好像它根本"不可能"有害一样。作为一个热血博物学家的妻子，我早已习惯提心吊胆地接受他各种含糊其词的保证了。不过我记得坚持过不让那东西进屋里来。

当我丈夫提议把他的蛇宝贝养在厨房时，厨娘的态度非常坚决，她威胁说，如果要让她跟这个"妖怪"同处一室的话，她就要"把嗓子喊破"。鉴于厨娘年轻壮硕，肺活量又大，她的最后通牒取得了很理想的效果。

所幸那时屋外的天气已经很暖和了——那是1893年7月，那个我永生难忘的夏天，我们最后决定，在我丈夫下午去城里办事的几小时里，先把裹着法兰绒的"安全地"关在篮子中的蓝色妖姬放到露台最远处的阳光底下。

亨利是要和我一个表哥一起出去。他是皇家工兵部队在印度的一名官员，派驻在……我猜是拉合尔[1]吧，当时正回国休假。他们一顿午饭吃了好久，起码我觉得是过了很久。我那时

---

1 拉合尔：当时属英属印度，现为巴基斯坦城市。——译注

成天一个人躺在屋里寂寞地养病，所以听到点什么无聊的东西都能进到脑子里去。我们这位客人终于从餐厅出来，边走边很肯定地说着，好像在强调什么惊人的事实："而且你知道吗，它还是唯一不把眼镜蛇放在眼里的动物。"他们正走进我待的房间，我丈夫看上去并不信服，只想赶紧换个话题："是吗？那就去试试吧！聪明的主意！恐怕还没等你反应过来，可怜的家伙已经被蛇咬死了！"

他们这些话都引不起我的兴趣，只是从耳朵进来而已。他们就在我屋里待了一小会儿，因为我也不能太受吵闹。表哥想逗斯托费勒斯玩，但这家伙百无聊赖，一点不配合，于是他只好把注意力转移到鲁比身上——一只戈登塞特猎犬，是我忠心耿耿的好伙伴。鲁比陪着我，其他人都出去了。表哥的副官最后一个走，他随手闭上露台的门，却没有锁住。这一下，我人生中最具挑战的十五分钟就要登场了。

记得我先是迷糊了有快十分钟，随后被鲁比的胖身子从窗口跃出的"扑通"声吵醒了。看我自顾自睡着，他可能觉得无聊了吧，于是偷偷开个小差。如果门不是看起来好像锁着，他会直接开门出去的。这只狗已经完全习惯自己打开东西了，可惜我们后来才明白，这对他来说并不是什么好本事啊。没一会儿，我就发现露台的门没有锁住，因为鲁比从外面用力推开门，蹒跚着碎步跑回到我跟前。我看见他鼻子黑色的部分上有一个小血点，很自然地以为他是扎到什么灌木刺或金属丝上了。"鲁比，"我说，"你看你，又干什么去了呀？"他呜呜哀叫几声，蜷缩着朝我的方向蹭了蹭，全身簌簌直抖。我当时是躺在一个高背沙发上，脚上搭着条披肩。我找了找斯托费勒斯，她正在整个房间慢慢巡视，抓落在墙围上的苍蝇和其他虫子——这是她最爱的游戏。等我扭头再看鲁比，顿时吓了一跳：他痛苦地立了起来，摇摇晃晃，急促地喘气，眼看着身子越来越僵了。他两眼紧盯着半开的门口，又不由得往后退了几步，好像在躲避什么正在潜进的可怕东西。可怜的狗扬起头想要吠一声，结果半路转成了被扼住般的哀号，然后突然侧身歪倒，一动不动了。他躺卧的尸体是如此僵硬，就像一个翻倒的填充玩偶。我想他在站着的时候就已经死去了，使劲靠向我，或许是想要保护我——当然，绝大多数狗其实都没那么勇敢，鲁比更有可能是相信我能保护他，保护他不被那个从门口进来的东西伤害。我差点怀疑鲁比真的是被吓死的，不禁也顺着他最后盯的方向去找，但什么也没看见。我更仔细地搜寻了门边的角落，猛地发现，一条细细黑黑的东西，正轻盈地上下起伏，就像风中的一根干树枝。它径直朝屋内游走进来，还是那样缓慢，但不断地上下抬头，这时我才反应过来到底发生了什么。

我可怜的傻鲁比，他肯定是自己打开了露台上篮子的盖子，探头去嗅里面的客人，结果被那恶毒的家伙狠咬了一口。如此简陋的防护，竟然有人说它不会有害！而此刻，这野兽正杀气腾腾地昂着头，冲着我眼前不到三米远的鲁比的尸体"嘶嘶"吐气。

我平时还不是那种看到老鼠就会一下蹦上桌的女人，可是我本能地害怕爬行类动物，哪怕是最无害的那种。眼看着蓝色妖姬——一条毒蛇，滑过地板上从窗口泄入的一缕阳光缓缓靠近，我必须承认我已经快吓得灵魂出窍了。如果我当时身体健康，或许还会尖叫呼救，设法逃走。但实际上，我根本连一声也发不出，手指都不敢动一下，生怕引起蛇的注意。也正因此，我这个惊恐的观众一动不动地目睹了接下来令人震惊的一幕，就像做了场梦一样。那条蛇进屋的时候，刚才表哥说的关于眼镜蛇的话又在我耳边响起——他说的到底是哪种动物呢？我恍恍惚惚地想。绝对不是鲁比！鲁比已经死了。我看着他硬邦邦的尸体，浑身颤抖起来。底下山谷里传来火车的汽笛声，在街上跑腿帮差的男孩又一次经过我家后门——今天已经是第二回或第三回了，他扯着哑嗓子唱着一首流行曲，很抱歉我对这首歌知之甚少，只听他唱道：

> 我有一只小猫咪，心里真欢喜；但爸爸不给我买弓箭，哦，哦，哦……

男孩走下山坡，"哦，哦"的歌声渐远。如果我现在不是如此处境，这首小曲出现之巧可能会让我笑出来。因为就在此刻，玩累了拍苍蝇蜘蛛的斯托费勒斯"喵喵"叫着，在沙发靠背顶上现身了。

我后来常想，假如这起事件中的对阵双方都变大一号——比如说，斯托费勒斯是一只孟加拉虎，蓝色妖姬是一条巨蟒或鳄鱼——那么以下这幕真值得任何一位爱好探险和刺激的历史学家大书一笔。我当时在那令人恐惧的近距离下观看，就像原始人类在林中旁观乳齿象大战禽龙一样惊心动魄。

我前面讲过，斯托费勒斯的虚荣和自我中心都是出了奇的。她在沙发背的顶上昂首漫步，骄傲地竖起蓬松的漂亮尾

152

巴。忽然，一个她前所未见的奇怪生物映入眼帘。她正优雅地朝我走来，蛇芯的"嘶嘶"声和蛇身的出现让她一个激灵，立时收起做作的娇柔样，露出了野生动物的本性：全身紧绷，高度警觉，眼睛里燃起一种本能的对敌人的憎恶。万花筒都没有她变脸变得更快更彻底。她纵身下地，小心翼翼、充满防备地缓步靠近入侵者，同时又保持距离——虽然不知道是什么东西，但显然来者不善。没想到，蓝色妖姬一看到她，竟然掉头朝窗口扭去。斯托费勒斯小步跳着跟在蛇后面，饶有兴味地观察它的行进方式。接着猫咪伸出一只爪子，开玩笑似的冲着蛇的尾巴就是一掌。蛇顿时缩成一团，变得只有一米多长，盘绕在这个忽然出现还好奇心旺盛的敌人面前。

坦白说，最初我以为，蛇那小小尖尖的脑袋只用朝着娇滴滴的波斯猫一个闪击，一切就结束了。但我们常忘了——或许是因为在故事里，蛇总是"一跃而起"——蛇在光滑的瓷砖地面或木地板上可是行动困难的。它那不断一伸一缩的细长身体，哪怕构造再精巧，也和豪猪一样要受制于地球的重力。在没有任何东西攀附的时候"一跃而起"，只会让它自己失去平衡。要是可以有一半到三分之二的身体牢牢卷住什么，或是扒住粗糙的地面，蛇的头——最起码对毒蛇而言——确实是出击精准的致命武器。因此，蓝色妖姬本能地爬上了一张三米见方的厚毛皮垫子，接下来的恶战就要在这个角斗场里进行了。

猫咪的进攻之大胆一开始就吓了我一跳。我知道她肯定从未见过蛇，但她似乎凭直觉就清楚自己该怎么做。蓝色妖姬挺起了头，眼放精光，吐出分岔的芯子。斯托费勒斯蹲立起来，两只前爪在空中朝蛇挥去，我以前曾见过她这样扑大蛾子。第一回合转瞬就结束了，肉眼压根看不出来发生了什么变化。紧接着，蛇一个冲刺，猫咪凌空跃起，飞速地在它扑过来的头上狠抓两把。第一下落空了，不过第二下，我看是结结实实地打中了，因为蛇甩了甩头颈，退回到丛林深处去了——我是说，毛皮垫子里面。但斯托费勒斯可不觉得这样就算分出了胜负，她匍匐着跟在蛇后面，装出一副放松警惕的样子。这策略很快就奏效了，蓝色妖姬忽然把身子前端绷直成一支半米长的黑箭，直刺过来，眼看就要扎入敌人毛茸茸的身体——这里请想象动作都变慢好能看清吧——但猫咪居然往里一缩，避过了，缩得之突然快速，就像她猛地把自己抽了出去，只剩下一张皮。等蛇收回身体，猫闪电般地反跳到它身上，连抓六七把，爪爪见血。然后，意识到自己的位置不太占优，她轻捷地弹起，落到离蛇一米左右的地方。这之后，双方对峙试探，足足有一分钟——蛇似乎不太敢再发动攻势，猫则在等待时机。

渐渐地，毒蛇被引逗得急躁起来，再加上被猫咪抓的伤口的疼痛，和自己的数次出击无果，蓝色妖姬这一次的袭击异常猛烈，简直要冲到我面前了，我吓得抖个不停。在此之前，我本来有机会逃走，但现在巨大的惊恐把我紧紧压在了沙发上，而且我要是挪动一下的话，恐怕都能踩到斯托费勒斯——她毛全炸起的后背离我的脚还不到一米远。眼见得蓝色妖姬前一秒把自己紧紧盘得如一卷黑色的铜线电缆，在下一秒就抻得像是引擎上笔直锋利的活塞杆，我心想，斯托费勒斯这个浮夸自大的毛绒球算是要完蛋了——而且下一个就轮到我了！当时我实在很难信任斯托费勒斯，她只是兀自戒备着，锐利的绿眼睛一眨不眨，轻轻向后，再向上，一下蹿到我身上，和毒蛇冷静地对视，而且是坐在我脚上！还从没有哪次体操表演让我看得如此惊心，尽管我的确曾见过这家伙从六米高的窗台一跃而下跳到石板路上还一副若无其事的样子。这种毛蓬蓬的猫不去飞，恐怕只是因为它们不想吧。

我紧张得全身哆嗦，并清楚地看到斯托费勒斯也在发抖——恼怒得发抖。我已经不确定促使她在眼下这险恶处境中骁勇善战的是否只是本能了，终结之幕很快上演，斯托费勒斯要大展她的战略才华了。

蛇在攻击的时候，自然总是高昂着头，这时即便可以用木棍去打，也很难彻底制住它。此时的蓝色妖姬盘成了一个竖起的S形，微微晃动着，"嘶嘶"吐芯，奋力搏出最后一击——越过我躺的沙发边缘，直刺斯托费勒斯的脑袋。猫咪灵巧至极地闪过了，扭动之猛之快，换成其他动物，早都锁骨脱臼了。一击失手后，毒蛇明显想赶紧收回身体，动作也是快如闪电，只可惜它遇上了比闪电还快的猫。其实我当时还没看真切蛇到底有没有咬到斯托费勒斯，就见波斯猫像根突然松开的弹簧，"咻"地跳到蛇背上，连抓九、十爪，直接把蛇摁在了硬硬的沙发垫上。发狂的蛇在空中疯了般拍动尾巴，蛇尾"啪啪"地抽在猫弓起的背上，但这冷酷的女杀手完全不为所动，她只静静地一下下低头咬着蓝色妖姬的脖颈后面，一口，两口，三口，就像缝纫机在工作一样。终于，她确定没问题了，这才松爪，软绵绵的蛇滚到了地上。

等我看清毒蛇确实已死，立时晕了过去，再醒过来的时候，就听到一片急促的脚步和吵闹声。

"天哪！"我丈夫在大喊大叫，"这蛇怎么进来了？"

"现在没事了。"表哥说，"你先过来瞧瞧，老兄。你得同意我说过的猫有多冷酷了吧？你看，刚刚屠杀完你那珍贵的蛇宝贝，斯托费勒斯已经在用她盎格鲁-撒克逊式的优雅梳理皮毛了。"

　　猫咪梳洗的时候，我给丈夫描述了整个过程，他神情越发凝重。

　　"我是不是才跟你讲，猫是唯一不把眼镜蛇放在眼里的动物？"表哥在旁插话，"而且这条蛇，我敢肯定，要比眼镜蛇更毒得多呢。"

　　他说得没错，后来他们从这只蛇的毒腺里提取出的毒液，足够杀死二十个成年人。

　　并且，在它细碎的牙齿间，还找到了几缕长长的毛——我对这个发现更感兴趣，那是斯托费勒斯的。

　　斯托费勒斯现在依然和我们生活在一起，她那一身细长柔软的毛还是成天到处乱掉。

X先生的肖像（皮埃尔·洛蒂）　亨利·卢梭

画布油彩　61cm×50cm　1906年　瑞士苏黎世美术馆藏

精神入侵

【英】阿尔杰农·亨利·布莱克伍德

吴兰 译

阿尔杰农·亨利·布莱克伍德（Algernon Henry Blackwood，1869—1951），英国小说家、记者、播音员。他是那一时代最为高产的鬼故事作家，也是私人生活最贴近作品内容的鬼故事作家。布莱克伍德热衷于神秘学研究，对人类官能中蕴藏的超自然力量非常着迷。他1914年出版的短篇小说集《不可思议的冒险》（*Incredible Adventure*）被称作20世纪英语世界最棒的志怪故事集。

《精神入侵》是布莱克伍德1906—1907年写作的"约翰·塞冷斯系列"六个故事中的第一篇。这系列的灵异探险故事一经出版，立即在英国引起轰动，并在之后的年月不断重印。有评论家说，约翰·塞冷斯的故事是柯南·道尔、H.P.洛夫克拉夫特和赫尔曼·黑塞的相遇。这听起来挺古怪，但非要这么说也未尝不可。猫咪在这番历险中充当了最为敏锐的通灵感受器，作家着意刻画了猫神秘、乖张、灵异的个性，并对它们的通灵本领表示望尘莫及——虽然它们确实不怎么聪明。在笃信神秘论的布莱克伍德眼中，猫咪想必都能越阴阳两界而生，不知他有没有些羡慕和嫉妒呢。

一

"您凭什么觉得我能帮助这个病人？"约翰·塞冷斯医生带着点狐疑，望向坐在对面椅子上的瑞典女人。

"您有一副慈悲心肠，对神秘学也有所研究……"

"噢，算了吧……什么神秘学！"医生打断她的话，手指比了个不耐烦的动作。

"那换个说法，"她笑了，"您有超凡的通灵天赋，接受过灵媒知识的专业训练。这些年做过这么多奇异的实验研究，您明白一个人的人格是可能被超自然的能力所瓦解或摧毁的。"

"如果只是个多重人格的案例，我恐怕没有兴趣。"医生露出无聊的神色，再次草草打断了谈话。

"不是这样的。我恳求您重视，因为我确实需要您的帮助，"女人说道，"如果是我表达得不好，也请您容忍我的浅陋。您一定会对这个案例感兴趣，也没人能比您更善于处理这种情况。事实上，常规的专家完全无能为力，因为据我所知，还没有哪种药物能帮人把失去的幽默感找回来！"

"您的'案例'开始有趣了。"医生回答道，做好了听下去的准备。西文森夫人放心地舒了一口气，她看着医生走到走廊上，告诉仆人别让其他人来打扰。

"我相信您已经读透了我心中的想法，"她说，"您对他人的心理活动有着不可思议的直觉。"

她的朋友笑着摇摇头，将座椅升到一个舒服的位置，准备好认真听她接下来的话。他闭上眼睛。每当面对表达不佳的叙事者，而他又想要吸取其话语中的真义时，他都会这样做——这种方法能让他更容易和支离破碎的语言背后那些鲜活的思想相通。

在朋友眼中，约翰·塞冷斯算是个怪人。他生活富裕，这既出于偶然，又因为他自己选择了当医生。一个不愁吃穿的人要献身于医治穷人，这令朋友们费解；而一个人天生就有一颗如此高尚的灵魂，一门心思只想解救他人于困顿，这又让他们纳闷儿。再后来，他们对他恼火起来，这倒让医生异常爽快，因为朋友们都离他而去，再也不来烦他了。

塞冷斯医生自由开业，但不同于其他医生，他既没有诊疗室、簿记员，也没有医生的派头。他看病不收钱，是个实实在在的慈善家。不过，他的存在并没有对同行造成威胁，因为他只接那些因为特殊原因令他感兴趣并且无利可图的病人。在他看来，富人有钱看病，非常穷的穷人也有慈善机构帮助，但有这样一群收入微薄却有自尊心的人，他们通常是艺术的追求者，连一个星期的安康都担负不起，没有医生愿意收留他们。这些正是他想要帮助的人。他们的情况需要特殊和耐心的研究，无法用一几尼[1]从其他医生那里交换，也是病人们从来无法奢望的。

但是，医生的个性和他从事的医业还有另外一个侧面，这一面才与我们现在的故事更加直接相关。他所感兴趣的病例，都不是普通的疾病，而是那些难以捉摸、若隐若现，并且令人难以理解的所谓"精神疾患"。并且，尽管他本人恐怕最不赞

---

1 一几尼：旧时英国货币，合1.05英镑。——译注

同这样的头衔，大家还是都管他叫"精神医生"。

为了胜任这样的角色，他曾接受过一段长期的严格训练——一段身体、智力与灵魂上的三重训练。训练的具体内容是什么，训练又是在哪里进行的，似乎没有人知道，因为他从来不曾提起。除此之外，他倒没有任何江湖术士之嫌。但他确确实实失踪了五年，归来后开始的单独执业并没有让人给他扣上"庸医"的帽子——这年头庸医可是太多了，这都证明他那古怪的理想以及这训练的收效是有多么严肃和真切。

对于现代的心理学家，他抱有一种见过世面之人惯有的宽容冷静态度。说起他们的研究方法，他的语调中有一丝微微的同情，轻蔑倒是从来没有。

"对病征进行分类的方法，不论在任何情况下都是最无创见的，"有一次他对我说，那时我已给他做了几年的得力助手，"没有任何用处，就算再过一百年也没有任何用处——就像你弄了一个危险的玩具来玩儿，还把它拿反了。研究病因就要有用得多了。搞清楚了原因，那些症状就会找到各自的位置，不言自明了。研究者可以利用周围的一切资源，只要有勇气就做得成，单凭这一点，对病人的实际调查就是安全可行的。"

对于通灵，他的态度也相当理智。因为他深知真正的通灵能力是多么罕有，而我们一般所说的"通灵"，不过是非常敏锐的观察能力罢了。

"大多数所谓的灵媒，不过是稍微敏感一点的普通人，"他评价道，"真正的通灵者会为自身的能力悲戚，因为他们意识到生活又平添了新的恐惧。通灵能力在本质上是一种折磨，而且你会发现，这一点常常可以成为辨别通灵者真伪的标准。"

这便是约翰·塞冷斯，一位我行我素的医生。他自有一套挑选病人的方法，并且非常懂得哪些人只是有歇斯底里的幻觉，而哪些人真正在承受超自然力量的折磨——只有后者，才值得他运用自己的特殊才能施以帮助。像占卜这样的低级手法，对他也是从不必要的，因为我曾听他在解决掉一个非常棘手的病例以后评论说：

"从分析地上散布的泥沙图像，到解读叶片上的图纹，所有占卜方式都在试图虚化外象，从而打开人们的内心视野。一旦你真正学会了内视，就不再需要那些辅助手法了。"

上面的几句话，对认识这个非凡人物的实践方法非常重要。他那了不起的本事，在理论上总结起来有两处要点：第一，意念可以隔空起效；第二，意念是动态的，能够产生物质上的结果。

"学会了思想，"他会这样向人解释，"你就学会了从源头控制各种力量。"

他已经四十多岁，看上去挺清瘦，一双会说话的棕色眼睛闪烁着知识与自信的光芒，同时又让人感到那种在动物眼中最为常见的、无与伦比的平和。他浓密的胡须遮住了嘴巴，但却没有掩盖住唇颌之间的严肃与决绝。不知怎的，他的脸给人一种透明的感觉，几乎像被光线完全穿透，面部所有的特征都被轻轻掠走了。他精致的额头上印着难以言喻的安详，因为他已洞悉了灵魂中的永恒，并以此认识了人类的心灵，让所有无常失去了伤害力，淡然地将它们全部放过了。然而，只有极少数人能够看到，在这副温和、安静、慈悲的外表下，有一颗多么坚韧笃定、如烈焰般燃烧的心。

"我认为这是一个精神上的病例，"这位瑞典夫人接着说道，显然，她想尽量解释得专业些，"正好是你喜欢的那种。我的意思是，这是一种由深层次的精神痛苦引起的，而且……"

"还是先说说症状吧，我亲爱的夫人，"他用一种异常强势的严肃语调将她打断，"然后再讲您的推断。"

她突然从椅子的一边转过来，望向他的脸。她压低了声音，好让情绪显得不那么激动。

"在我看来症状只有一个，"她几乎是悄声低语，就像在说什么令人不快的事物，"害怕——单纯的害怕。"

"是生理上的恐惧？"

"我不这么想。但我又知道些什么呢？我认为那是一种出于精神领域的恐惧，并不是一般的幻觉。这个人神志很正常，但生活中有某种东西令他感到极度恐怖。"

"我不明白您的'精神领域'是指什么，"医生笑着说道，"虽然我猜，您是想让我明白，这个人是精神上而非心智上出了问题。暂且不管这些，请您试着简明扼要地向我描述一下此人，他的病征，他需要何种帮助，以及能从我这里得到什么帮助，还有其他所有你觉得重要的情况。我一定会仔细听清的。"

"我在努力，"她继续认真地说，"但我必须用自己的语言，我相信您有足够的智慧理解我的话。他是个年轻作家，住在帕特尼荒地的一座小房子里。他写的幽默故事很有自己的风格。彭德——您一定听说过这名字，您知道费利克斯·彭德吗？他曾经非常有天赋，也靠着才华结了婚，未来似乎是蛮有保障了。我说'曾经'，是因为突然之间，这才华生生将他完全辜负了。更糟糕的是，事情走到了原先的反面，他再也没法像先前一样写出那种带给他成功的句子……"

塞冷斯医生将眼睛睁开了一下，看着她。

"那么他还在写作？在现在的情况下？"他简单地问了一句，接着又闭上眼睛继续倾听。

"他还在非常卖命地工作，"她接着说，"但什么都写不出来。"她犹豫了一阵，"是写不出任何有用的东西，卖不出去。实际上他已经没有固定进项了，现在靠写写书评和做些古怪的工作维生——其中有些确实非常古怪。不过我仍然相信，他的才华并没有真正抛弃他，只是……"

西文森夫人又一次停下来，想找到一个合适的词汇。

"暂时休息了。"他提示道，仍然没有睁开眼睛。

"被蒙住了，"她继续道，又掂量了一下这个词语之后，"只是被其他什么东西蒙住了。"

"或是被什么人？"

"我真希望自己知道。我只能说，他的灵魂被缠住了，他的幽默感也暂时被遮蔽住、消失掉，然后被替换成了旁的可怕的东西。他写出的文字完全走了样，如果不采取有效措施，他恐怕会饿死。但他害怕去医院，怕别人说他是疯子；况且，一个人应该很难花上一几尼找个医生，请求帮他把幽默感找回来吧。"

"一个医生也没看？"

"目前还没有。他找过一些神父和其他信教的人，但他们知道得太少，脑子也应付不来。况且他们好多人自己都还在挣扎……"

约翰·塞冷斯做了个手势，示意她停下。

"您是怎么知道这些情况的？"他礼貌地问。

"我和彭德夫人非常熟悉，她结婚前我们就认识。"

"她是个诱因吗？"

"绝对不是。她对家庭很有奉献精神，受过良好的教育，虽然算不上真正聪明，也确实没什么幽默感，常常发笑得不合时宜，但她却与他的痛苦没有任何关系。而且这件事情，她基本上是通过观察发现的，他几乎没有对她讲过多少。至于彭德先生，他真的是个惹人喜欢的小伙子，工作勤奋，又有耐心，确实值得搭救。"

塞冷斯医生张开眼睛，站起来走去按铃叫茶。他对这个幽默作家的了解并不比刚刚坐下时多出了多少。但他意识到，不管这位瑞典朋友怎样描述，都对他了解真实情况没多大帮助——只有面对面和作家访谈一次才行。

"所有的幽默作家都值得搭救，"他在她倒茶时微笑着说，"这样压抑的年月里，幽默作家我们可是一个都损失不起。我一有机会就会去拜访您这位朋友。"

她又说了许多话，努力殷勤地想向他道谢，而他也费了不少劲，使谈话的内容径直转向了饮茶。

作为以上谈话以及他自己又搜集到的一点其他信息的结果（这方法只有他和他的秘书才最是了解），几天以后的一个下午，他的小汽车呼啸着驶上了帕特尼山，去与费列克斯·彭德，这个在"精神领域"患上一种使他幽默感尽失的神秘疾病，并且生计和才华都受到严重威胁的幽默作家进行第一次的会面。此时医生想要帮助患者的意愿恐怕与他的好奇心一样强烈。

汽车在一阵低沉的轰轰声中停下，如同引擎盖下面盘踞着一只壮硕的黑豹。医生——有时人们也称呼他"精神医生"——走出渐渐腾起的暮霭，穿过一片种有一棵黑色冷杉和矮小月桂木丛的小花园。这是座很小的房子，等了好一阵才有人应门。然后突然之间，门厅里亮起了灯光，一个漂亮的小个子女人出现在他面前，站在门口最上面的台阶上邀他进去。她穿着一身灰衣，煤气灯的光线落在她精心梳理过的浓密浅色头发上。她背后的墙上挂着几只灰扑扑的鸟类标本，以及一排破旧的非洲矛枪。他看见一个帽架，上面的一个青铜盘子里装满了非常大的卡片。然后，他的目光随着帽架迅速转移到了远处黑黢黢的楼梯上。彭德夫人有一双孩子似的圆眼睛，她掩藏不住心中的激动，十分热情地问候医生，但又尽力地想要表现得自然一些。显然她一直在期盼医生的来访，因此跑到了女佣前面，有点气喘吁吁。

"希望没让您等太久，您能来真是最好不过了……"她开口说道，然后她看到了煤气灯光下医生的脸，骤然停下了。塞冷斯医生的脸上有一种显得他并不太喜欢闲聊的神情。如果世上确有严肃这一回事的话，医生现在便是十分严肃。

"晚上好，彭德夫人，"医生面带一种令人信任的安静微笑，同时也遏止住了不必要的话语，"我被这雾耽误了一会儿，非常高兴见到您。"

他们走进房子深处昏暗的客厅。客厅的装修十分规整，但却令人抑郁。壁炉台上方排放了一列书籍，炉火明显刚刚才点着，生起的好多烟涌入了房中。

"西文森夫人告诉我您应该会来，"小个子女人试探着说了一句，她抬起头，望向医生的目光十分可爱。她每一个表情和动作都抑制不住地显示出内心的焦虑和急切，"但我几乎不敢相信，您真是太好了。我丈夫的情况实在特殊——您知道，我非常确信，一般的医生一定会立即将他送到精神病院去。"

"那么，他在里面？"塞冷斯医生温和地问道。

"精神病院？"她抽了一口气，"天哪，当然不是……还没有！"

"我是说家里。"他笑出声来。

她重重地叹了口气。

"他很快就会回来，"她答道，医生的笑声明显让她轻松了不少，"但其实，我们没想到您来得这么快。我丈夫压根儿不相信您会过来。"

"如果真的有人需要我，并且帮得上忙，我总是乐意过来的，"他迅速说道，"而且，也许您丈夫不在是件好事。现在只有我们两个，您可以先跟我说说他的情况，目前我了解得还非常少。"

她用颤抖的声音向他道谢，而当他搬了张椅子挨着她坐下时，她却几乎不知道该怎样开始。

"首先，"她有点胆怯地开了口，接下来的话有些语无伦次，"您能来他已经很开心了，因为他说您是他唯一愿意见的人——我是说唯一的医生。但他当然不知我有多害怕，或者说，不知道我注意到了多少奇怪的事儿。他在我面前只装作是神经衰弱，他肯定不晓得我已经发现了他的那些古怪。但最重要的是……"

"对，说说最重要的，彭德夫人。"看出了她在犹豫，他鼓励道。

"……他觉得这房子里还有其他人，这是最关键的。"

"还有呢？陈述事实就行。"

"事情发生在去年夏天我刚从爱尔兰回来的时候。他一个人过了六个星期，我觉得他看起来很累，不大舒服，脸上胡子乱蓬蓬的，干什么都很疲倦。他说自己写得很辛苦，但却没什么灵感，写出来的都不满意。他说幽默感已经弃他而去，要不就是变成了其他东西。他说房子里有些什么——"她强调了下面几个字，"在抑制他的趣味。"

"房子里有什么在抑制他的趣味……"医生重复道，"啊，现在我们说到关键了！"

"是的，"她有些含糊地接着说道，"他一直这样讲。"

"那么，他又做了什么让您觉得古怪的事儿吗？"他关心地问，"简单地讲讲，不然您在他回来前说不完。"

"都是些琐碎的小事，但对我来讲挺严重。他把工作间从图书馆——我们是这么叫的——挪到了客厅。他说在图书馆里，他笔下的人物变得邪恶又可怕，人物走了样，他觉得自己像在写悲剧——粗俗、廉价、灵魂破败的悲剧。但现在他又开始这么说吸烟室，又搬回了图书馆去。"

"啊！"

"您看，我能告诉您的不多，"她接着说，语速越来越快，也打上了很多手势，"他说的奇怪话和做的奇怪事儿其实

168

都很细碎。但真正让我害怕的，是他无时无刻不觉得家里还有个人，还有个我看不见的人。其实他并没真正这么说过，但我见过他在楼梯上给什么东西让路，还见过他替别人开门，他还经常在卧室里把椅子摆开，好像有谁要坐在那里一样。噢，还有，有那么一两次，"她提高了声音，"有一两次……"

她停下来，惊恐地望了望四下。

"怎么了？"

"有一两次，"她快速地回过神，好像有个声响突然将她点醒了一样，"我听到他在屋里奔跑，气喘吁吁，好像有什么在追他……"

门突然开了，打断了她的谈话。一个男人走进屋来，他肤色挺深，刮得干干净净的脸甚至有些灰黄。他有一双充满想象力的眼睛，太阳穴周围有些深色头发。他穿一身破破的花呢西装，法兰绒领子乱糟糟地围在脖子上。他脸上有种惊惶——就像有幽魂缠身，而这神情好像随时都能一跃迸发成可怕的恐惧，让他完全失控。看到客人，他憔悴的脸上泛起一阵微笑，并上前与客人握手。

"我真盼着您来。西文森夫人说您也许能抽出时间。"他的话语十分简单，声音又尖又单薄，"见到您非常高兴，塞冷斯医生。是该称呼您'医生'吧？"

"哈哈，是有这么个名头，"医生笑道，"但我却很难受用。您看，我并不固定开业，工作只接自己觉得有意思的，或是那些……"

他没继续说下去，对方的眼神说明他已经领会，再多的话已经不必要了。

"我听人说您心地极好。"

"这只是我的习惯，"另一人迅速答道，"也是我的特殊乐趣。"

"相信您在听完我的故事后，仍然会这样想。"作家有些疲倦地接着说。

他带客人穿过厅堂，走进一间小小的吸烟室，在那里他们能不受打扰地畅谈。

吸烟室的门一关上，封闭的屋子里就只剩下两个人独处了。彭德好像有点变了个人，样子非常凝重。医生在他对面坐下，这样能看清他的脸。他的脸色更加枯槁了，显然，要谈起自己的病是十分困难的。

"我认为，自己正受到一种严重的精神折磨。"他开始得很直接，径直望向医生的眼睛。

"我一眼就看出来了。"塞冷斯医生说道。

"您当然看得出来。洞悉人心的人一下就能察觉我身上有多少古怪。除此之外，据我所知，您的确是个医治灵魂的医生吧？不仅仅能医治肉体上的病痛，是吗？"

"您太高看我了，"医生回答道，"虽然我的确有病例上的偏好——就像您听说的那样，这些人都是先在精神上受害，其次才是身体患病。"

"这我知道。我的情况是，我正在经受一种怪异的困扰，而这并非首先是因为我生理上的问题——我的意思是，我的神经都好好的，我的身体也是。我其实没有幻觉，但我的灵魂正在被一种灾难性的恐惧折磨着，而且这恐惧来得非常奇怪。"

约翰·塞冷斯倾身向前握住说话人的手，在接下来的几秒

170

钟闭上眼睛。他不是在查探脉搏，也不是做其他常规检查，他只是在感受病人的重要精神状态，以做出自己的判断。在这之后，他才能真正了解病人的情况，给予诊治。如果从非常近的地方观察，你会发现医生的身体在这几秒之后微微颤抖了一下。

"坦白告诉我吧，彭德先生，"他放开病人的手，用充满了深深关切的安抚口吻说道，"告诉我入侵是怎么一步步发生的。我的意思是，告诉我具体是什么药，您为什么要吃，还有它的效果……"

"您知道是药！"作家大呼道，毫不掩饰自己的震惊。

"我只是根据对您的观察，以及这些观察带给我的感受得出结论。您的精神状态令人十分惊讶，您身上有一个部分的振动频率比其他人高得多。这是药物的效果，但不是一般的药——您听我说完吧，如果高频率的振动漫及您全身，您将能够永远感知到一个比常人眼中更广大的世界。反过来说，如果快速振动的这部分恢复到本来的状态，您将失去现在暂时出现的这种增强的感应能力。"

"您让我大开眼界！"作家高声说道，"您的话非常精准地描述出了我的感觉……"

"这其实只是附带一说，能在切入正题前给您一些信心。"医生继续说道，"如您所知，我们的所有感知都是振动的结果。那些有超灵感应的人，也只是对更广泛的振动有了更敏锐的感知。我们常常听到的'内部感官'的觉醒，同样也仅此而已。您拥有部分的超灵感应，这很好解释。唯一让我困惑的是您怎样得到了这种药物，因为要得到它的纯品非常不易，任何掺有杂质的酊剂都无法在您身上显现出这样的巨大效果。但是，也请您按自己的思路向我讲述您的故事。"

"是印度大麻，"作家接着说，"去年秋天，我在妻子离开的那段时间得到的。我没必要细说它从哪儿来，这并不重要，但确实是非常纯的液体提取物，我实在无法抗拒诱惑，拿了一点试试。它的药效之一，您知道的，是让人放声大笑……"

"对，有时能这样。"

"……我是个写幽默故事的，所以希望自己能对可笑之事更加敏感，能从不寻常的视角发掘无稽与荒谬。我希望自己能拿它研究研究……如果可能的话，而且……"

"而且什么？"

"我用了一个比较大的实验剂量，还先饿了六小时，好加强效果。我把自己锁在这房间里，吩咐他们别来打扰我。然后我将药吞下，开始等待。"

"有什么反应？"

"我等了一个钟头，然后两个、三个、四五个钟头过去了，什么都没发生。我没有发笑，却非常疲倦。不管是这屋子里，还是我的脑海中，没有一样东西让我觉得有一丁点儿的幽默感觉。"

"这种药的效果一直很不稳定，"医生打断道，"所以应用得非常少。"

"到了凌晨两点，我实在是太累太饿，所以打算放弃不等了。我喝了些牛奶，就上楼睡下了。我有些泄气和失望，立刻就睡着了。一个钟头以后我突然惊醒，耳朵里出现了巨大的声响，居然是我自己的笑声！我就那样愉快地颤抖着！起初我有些迷糊，以为这是梦，但过了一会儿想起了那药。我十分高兴，觉得终于有效果了——这药的确早就有效了，只不过是我算错了时间。唯一令人不快的是，我有种奇怪的感觉，好像自己并不是自然醒来，而是被什么人有意叫醒的。我在自己吵嚷的笑声中肯定地意识到了这点——这很让我不舒服。"

"有没有印象是谁叫醒您了呢？"医生问道。医生现在绷紧神经，留意着病人口中说出的每一个字。

彭德犹豫了，他挤出一个笑容，紧张地用手从前额向后梳理了下头发。

"您必须将一切都告诉我，即便是您的幻想，它们和您确知的事实一样非常重要。"

"我隐约觉得那人和我以前做过的梦有关，是个我已经忘记了的梦。这人在我睡着时就站在我身旁，非常强壮，能力很大——或者说力气很大，个性很不同寻常——而且我很肯定，是个女人。"

"一个好的女人？"约翰·塞冷斯安静地问。

医生的问题让他有点吃惊，他惊讶地发现自己蜡黄色的脸涨红了。但他迅速摇摇头，脸上有一种难以言表的惊惧神情。

"是邪恶的，"他快速答道，"邪恶得可怕，纯粹的恶毒，加上十足的乖僻——那种由于心理不平衡而生出的乖僻。"

他犹豫了一阵，突然抬头盯向了与他谈话的这个人，眼中浮出一片怀疑的阴影。

"不不，"医生笑道，"您不必担心我只是在附和您或是认为您疯了，远远不是。您的故事让我非常感兴趣，您的叙述在无意识间为我提供了许多线索。您知道，我对心理研究，有一些属于自己的知识和小办法。"

"我当时正因为剧烈大笑而全身颤抖，"叙事者很快打消了疑虑，继续说道，"我不知道自己到底在为何而笑。我好不容易才起身找到火柴，还在担心这阵爆发的笑声会将楼上的仆人吓到。点着煤气灯以后，我发现房子里什么都没有——当然什么都没有，门和往常一样锁得好好的。我下了床，衣衫不整地走到了楼梯间，等到能稍稍控制一下情绪了，才走下楼梯。我想把自己的感觉记录下来。我往嘴里塞了一块手帕，好让自己的叫声不致太大，不至于让自己歇斯底里的笑声传遍整栋房子。"

"您身旁的那个……那个……"

"它一直都在附近游荡，"彭德说，"但有那一刻的工夫，它似乎消失了。不过，也可能是笑声扼杀了我所有其他情感。"

"您下楼花了多长时间？"

"正说到这儿呢。我发现您已预见了我的所有'症状'。当时我觉得自己怎么都不可能走得下去，每前进一步几乎都得花上五分钟，然后还得穿过楼梯下面的狭窄厅堂。如果不是有手表作证，说时间只过了几秒钟，我当时可以发誓，这足足花了我半个小时。我仍然想加快脚步，继续前进，但没什么用处。我行走的速度明显没有加快，照那样走下帕特尼山得一个星期呢。"

"实验的大剂量有时会改变人的空间和时间感……"

"但当我最后走进书房，点燃汽灯，非常恐怖的事情发生了。一种巨大的变化，突然像一道闪电、像冰水一样瞬间灌了进来，在那狂暴的笑声中央……"

"怎么了？"医生倾身向前，凝视着他的眼睛。

"……我被恐惧淹没了。"彭德沉浸在回忆中，放低了他尖细的声音。

他停了一会儿，抹抹额头。现在，原本只有眼睛里才有的惊恐蔓延到了脸上，但他嘴角却一直隐隐挂着一抹笑意，好像记忆中的欢愉仍能将他逗乐一样。惊恐和笑容在他脸上古怪地糅合在一起，使得他的故事非常可信，也让他的一举一动都充满了恐慌。

"恐惧，是吧？"医生用安抚的口气说。

"对，恐惧。因为，虽然唤醒我的东西似乎已经消失，但我想起来就怕，我跌倒在椅子上。我锁上门，想要好好理一理发生的事情。但药物的作用使我的行动如此缓慢，足足五分钟我才走到门边，又花了五分钟才走回椅子。笑声仍然在我的体内发酵与翻腾，像剧烈的风一样使劲儿晃动着我——就连恐惧也几乎在令我发笑。啊，但是医生，也许我应该告诉你，一切都是那么恶毒，这纠缠在一起的恐惧和笑声，是那么恶毒！

"然后，突然之间，屋子里的一切显得滑稽起来，我从没笑得这样疯狂过。书架的样子太荒谬了，扶手椅看起来像个小丑，壁炉台上的钟盯着我的眼神简直好笑透顶，都没法儿用言语来形容。桌上的稿纸摆得也真奇怪，墨水台那副模样让我捧腹大笑！我放声狂笑，全身乱颤，眼泪径直滚下了脸颊！噢，还有那张荒唐的脚凳！"

他向后仰倒在椅子上，两手举得老高，自顾自地笑开了。

看着他的模样，塞冷斯医生也笑出声来。

"请您继续吧，"他说，"我能够理解。麻醉药导致的大笑，我自己也知道一些。"

作家镇静下来，回到了他们的话题。他的脸色又凝重起来。

"您也看出来了，与这夸张而毫无来由的欢愉相伴生的，是同样夸张与毫无来由的恐惧。我知道放声大笑是药物作用，但我却不能想象这恐惧从何而来。每一丝趣味背后都是害怕，这是伪装成了滑稽小丑的恐怖，我自己变成了两种对立情感较量的战场，而且它们都全副武装，扭成一堆打得不知死活。后来我慢慢意识到，这恐惧源于一种入侵，就像您刚刚说的那样，那个把我叫醒的'人'侵入了我的精神，它完全是邪恶的，对我的灵魂——至少是向善的那部分——充满恶意。我大汗淋漓、全身颤抖地站在那里，对着屋子里的每一件东西疯狂大笑，但同时，我的内心充满了白色的恐怖。而且这东西还在把它……把它……"

他迟疑了，胡乱摆弄着自己的手帕。

"把它的什么？"

"……把它的意念放进我的脑子里，"他继续说道，紧张地扫了房间一眼，"其实就是控制我的想法，把我惯常的思维关掉，然后再灌输它自己的意念进去。我当然知道这听起来有多疯狂！但确实是这样，我只能这样表述。还有，尽管整个过程中我都吓坏了，但它用上的纯熟手法让我找到了一个全新的笑点，那就是与之相比，我们人类的办法是多么愚拙！我们还在用多么无知和愚笨的办法去教导别人、去给别人灌输观念！

这使我爆发出又一阵狂笑，因为我知道了一种更高等、更凶残的方法！然而我的笑声空洞又恐怖。邪恶与悲剧性的意象步步紧跟着幽默和滑稽。噢，医生，我又要说了，这折磨简直能将人毁灭！"

作家继续压低声音倾诉他的经历，字字句句透出紧张和不安。约翰·塞冷斯尽力把头伸向作家，想要抓住他故事中的每一个字句。

"您从头至尾没有看到任何东西——任何人？"他问。

"我的眼睛并未发现什么。我没有视觉上的幻觉，但头脑中却逐渐出现了一个女人清晰的形象——身材高大，皮肤黝黑，白色的牙齿，有明显的男性气概，左眼垂得几乎要闭上了。哦，那样一张脸啊！"

"再见到能认出来吗？"

彭德的笑声极其痛苦。

"我倒希望能忘记啊，"他轻声说，"只求能忘掉！"然后他突然往前一坐，十分激动地握住医生的手。

"我一定要告诉您，我是多么感激您，感谢您的耐心和理解！"他颤抖着声音大呼道，"您并没把我当作疯子。我不可能向其他人这样倾诉，哪怕刚刚的四分之一都不行。但在您面前我非常自在，而诉说出我的痛苦又是多么如释重负——光是这样，您已经给了我无法言说的帮助！"

塞冷斯医生按了按他的手，沉着地看向那对充满惊惧的眼睛。他非常温和地回应了患者的话。

"您的情况非常特殊，但令我尤其感兴趣，"他说道，"因为它并未直接威胁您的物理存在，而是影响到关乎您精神存在的核心——您的内化生活。此时此刻，您在外象世界中的心智并不会受到永恒的影响，但在离开肉身之后，您的灵魂会处于一种扭曲、变形并且污秽的状态，您的灵魂会疯狂，这将是一种比存在于这个世界的疯狂更加彻底的疯狂。"

房间里一阵出奇的安静，两人坐在那里相互对望。

"您的意思是……噢，天哪！"作家极其困难地开口说道。

"一些细节上的问题我们留到稍后再谈。现在我唯一需要告诉您的是，我绝不会在有把握帮助您之前，就说出上面的话。相信我，这一点您不必担心。首先，我对这种特殊药物的作用十分熟悉，它的副作用能帮您获得一种属于另一领域的力量；其次，我坚信世上存在着超感官感应，而且经过了长期并痛苦的实验，我对心理通灵有了颇为深厚的知识。接下来，我们就只需要对您进行心理上的关怀以及一些实际的治疗了。大麻向您敞开了一部分通往另一世界的窗口，提高了您的精神振动频率，因此您变得异常敏感，使得栖息在这座房子中的古老力量攻击了您。现在我唯一不明白的，便是这些力量的确切属性，因为它们若是十分寻常，我凭自己的通灵能力就能感受到，但到目前我还觉察不出什么。不过现在，请继续说下去吧，彭德先生，将您奇妙的故事讲完，到那时，我们就来讨论治疗的手法。"

彭德将椅子拉得离这位友善的医生更近一些，继续用同样紧张的语调讲起了接下来的故事。

"我用笔记下了些自己的体验，然后终于回到楼上睡觉了。那时已是四点，我一路都笑个不停，笑那楼梯扶手的荒谬、笑楼梯间窗户的那副古怪样儿。家具的陈列中透出一股讥讽，我又想起了楼下房间里那个夸张的脚凳。但除此之外就再没什么烦人事儿了。我一夜无梦地睡到天明。前一晚上的实验似乎只遗留下了一丝轻微的头痛，还有手和脚，因为血液循环放缓而有些发凉。"

"恐惧也消失了？"医生问。

"我似乎将它忘记了，或者只将它归结于紧张。恐惧的实感消失了，至少那时是这样。整个白天我都在写作，我逗乐的功力变得不可思议地敏锐，笔下的角色也不费吹灰之力，打心底里显得幽默，我对自己实验的结果感到无与伦比的满意。但当速记员离开以后，当我拿起她打出的稿子，兀地记起她曾突然惊讶地瞥了我一眼，还有我口述时她那怪异的眼神。我对自己读到的东西非常吃惊，几乎不能相信这些是从我口中说出的字句。"

"为什么？"

"太扭曲了，这些字词，凭记忆确实是我讲出的，但意思看起来非常奇怪，我被吓住了。感觉全变了，本应该人物逗乐的地方，出来的笑话却邪气十足，言语间的那些暗讽都糟糕透了。好笑的成分还是有，但光怪可怕得很，令人难受。我想要研究为何如此，但只变得更加沮丧。这故事让我打战，那些微小的变化使故事的精髓变成了恐怖，或是说一种伪装在欢乐下的恐怖。幽默故事的框架还在——如果您能明白我的意思，但人物已经变得恶毒，他们的笑全是邪恶的。"

"稿子能让我看看吗？"

作家摇摇头。

抱猫的少女　皮埃尔-奥古斯特·雷诺阿

画布油彩　56cm×46.4cm　1868年　美国华盛顿国家美术馆藏

"我把它毁了，"他小声说，"虽然它让我十分不安，但最终我还是说服了自己，说这只是药物的遗留作用而已，我的大脑一定是被药物弄得失常了，竟能从一般的字句和场景里解读出令人毛骨悚然的恶意。"

"那个人消失了吗？"

"没有，多少还在。当大脑全神贯注在工作上时，我就把它给忘了。但一空下来，一做梦，只要我没有专注在什么事情上时，它就又会在我旁边出现，恐怖地操纵我的心神……"

"具体是怎样的？"医生打断道。

"邪恶、阴险的念头灌进了我的大脑。我开始幻想犯罪，头脑里出现十分恶毒的场景，还有一些非常恶劣的想象。我本性对这些是非常陌生的，本来是不可能发生的事情……"

"黑暗力量向人性的施压。"医生喃喃说道，迅速做下笔记。

"啊？我不太明白……"

"请您继续说吧。我只是在做笔记，稍后您会全知道的。"

"即便当我妻子回来以后，我仍然能在这屋子里感受到它的存在。它以一种最紧密的方式与我的内在人格绑在一起。外部世界的我也体会到了一种奇怪的被束缚感，我不得不恭敬礼貌地对待它——我为它开门，给它搬椅子，在它的周围表现得小心翼翼，尊敬它，顺从它。到最后一切都是它强制的了，只要我稍不留意，就会觉得它好像在满屋地追我，一间挨着一间房子、不遗余力地围捕我的灵魂。我自己感觉，这种情况在我妻子回来之前就已经发生了。

"不过，还是先把药物试验讲完吧，因为第三天晚上我又吃了一次。感觉和第一次很像，药效也延迟发作，然后就是被那不对劲儿的邪恶大笑弄得翻云倒海。但这次有一点不同，时空的错觉倒了过来，我感觉时间变短而不是变长了。穿衣下楼大概只用了二十秒，后来我待在书房工作的那几个钟头，感觉上也不过才十分钟而已。"

"过量的服用确实常有这种效果，"医生插话说，"你可能会觉得自己只消几分钟就走了一里路，或者一刻钟才前进了几码。没遇到过这种事的人确实不容易理解，而这也可以从旁证明，时空只是意识的不同形式罢了。"

"这一次，"彭德接了下去，他情绪激动，说话越来越快，"药物发挥了另一种不同寻常的作用，我的感官发生了匪夷所思的变化，我不再通过独立的五感来感知外部的事物，却是经由了一条全新全能的通道。如果我说我听到了图像、看到了声音，我知道您是能够了解的。当然，没有什么语言能够将这形容清楚，而我也只能打个比方，例如说，我清楚地看见时钟指针在嘀嗒作响，看到了铃铛的叮当声。几乎与此同时，我听到了房间中各种不同的色彩，特别是您背后书架上那些书籍的颜色。音色低沉的是红色的装订线，旁边法文书的黄色封皮发出的声音很尖厉，像极了椋鸟们那细碎不休的叫嚷。棕色书架在咕咕哝哝，对面的绿色窗帘则不断像细浪般发出汩汩声，好似木号角的阵阵低音。然而，只有当我盯住它们每一个，并且将它们放进脑海时，才能听到那声音。您能明白的，并不是说整个屋子里是一场大合唱，而是，当我将心神集中在一种颜色上时，我既能看到它，也能听到它。"

"这又是印度大麻的一种已知效用，虽然非常罕见。"医生评论道，"它又让您大笑了，是不是？"

"只有书柜发出的嘀咕声把我逗乐了，它那样子真像是一只想要引人注意的动物，让我想起了马戏团里的熊——这倒是一种可悲的笑料。但这种感官的错乱并没有迷糊我的大脑。相反，我的神志相当清醒，我感到自己的知觉变强了，体会到了无与伦比的活力，头脑也相当敏锐。

"还有，我被一种无法遏制的冲动驱使，想要拿起铅笔作画——从前我可没这本事。但我发现自己除了人头画不出别的东西。事实上也只是一个人的头——从来都是它，那黑皮肤、身形巨大、左眼垂得相当厉害的可怕女人。我画得好极了，让我非常吃惊，您自然会想象到……"

"它脸上有什么表情？"

彭德顿了一下，四下张望着将两手挥向空中，缩起肩膀。他很明显地打了个寒战。

"黑暗——我只能用黑暗来形容，"他放低音色答道，"一张属于黑暗并且邪恶灵魂的面孔。"

"画您也毁了？"医生果断地问道。

"没有，我都留着呢。"他笑着说，站起来从身后一张书桌的抽屉里找出了那些画。

"就是这些，您看吧，"他将一沓叠活页纸推到医生眼皮底下，"不过是些潦草的画线，早上一看都变成了这样。我一颗头都没有画出来过，除了这些线条、涂点和弯弯绕绕。我前一夜看到的图画完全是主观形成的，我用意念将乱涂的寥寥几笔拼凑成一个形象，而它也仅仅存在于我的脑海之中。就像之前错乱的时空感一样，这也全是幻觉。药效一过，幻觉也就消失了。但有些东西还在，我是说那个黑暗的灵魂，仍然在缠着我——即便是现在，它也还在。它是真实的，我不知道怎样才能摆脱它。"

"它附在了这房子上，并非专门针对您。您必须搬家。"

"是啊。但我恐怕负担不了，我们只靠着我的工作养家，而且——唉，您也看到了，自从变故发生，我已经写不出来了。我笔下的故事都很可怕，毫无欢乐可言。笑声都已扭曲，字里行间暗含的意象全然是恶毒的。太可怕了！再这样下去我真要疯了。"

他面色焦虑，茫然地望向屋子里，好像在空气中搜寻什么幽魂。

"我的实验触发了屋子里的这股力量，它那么凌厉、那么突然地一击，消灭掉了我幽默感的源泉。虽然我还在继续写我的搞笑故事——您知道我是有些名声的，但我的灵感已经枯竭，写出来的大部分东西都只有烧掉……是的医生，我不能让其他人看到啊。"

"写出来的全不是你自己的心性？"

"彻底不是一路！就像是旁人写的……"

"啊！"

"还很吓人！"他用手蒙住眼睛，轻呼一口气，"但却可恶得聪明绝顶。所有恶劣的暗意都伪装成了极为逗乐的玩笑话。我的打字员辞职了——这是当然的——而我也不敢再另外雇人……"

约翰·塞冷斯站起来，没有说话。他不慌不忙地在屋子里踱起步来，似乎是在查看墙壁上的照片，或是辨读散落在房里的书的名字。很快，他在壁炉前停下了，他背对着炉火，静静地注视着病人的双眼。彭德的脸颜色发灰，有些走形，上面写满了疲惫与惊吓的神情。长时间的交谈已让他精疲力竭。

"谢谢您，彭德先生。"他精致宁静的脸上焕发出奇异的光彩，"感谢您的真挚和坦诚，但我认为已经没有多余的话需要问您了。"他深沉而长久地注视着作家憔悴的面孔，刻意吸引住他的眼神，然后回馈给他一个充满信心的目光——即便最脆弱的灵魂都能为之振奋。

"现在首先要做的，"他带着愉悦的笑接着说，"是立刻给您一颗定心丸，您完全不必惊慌，因为您的神志同我一样正常。"

彭德沉重地舒了一口气，试着对医生报以微笑。

"就我目前的判断，这只是一例非常特别同时也非常邪恶的精神入侵，您或许能明白我的意思……"

"这个说法很古怪，您之前也提过。"作家非常疲惫，却还是十分积极地聆听医生的诊断，没有放过其中一字一句。医生一次也没提到过精神病院，他充满智慧的关怀之心深深感动了彭德。

"也许是吧，"医生答道，"用您的话说，它带来的痛苦也非常古怪。但那些古老的国家里的人们却是知道这东西的，在一些现代化的地方，也有人了解这种掩藏在病态之下、流动在两个世界之间的自由效应。"

"那您觉得，"彭德急切地问，"主要是因为大麻？不是因为我本身有什么严重的问题——不是什么没法儿治的病？"

"完全是服药过量造成的，"塞冷斯医生强调道，"药物对您的精神状态产生了直接影响，让您变得超级敏感，所以察觉到一种频率更高的振动。我还要告诉您，彭德先生，您的实验还可能招致更加危险的后果，您接触到了一个无形但基本具备人类个性的东西。您自身也有可能轻易地被抽离出人类世界，这种意外的结果极为可怕。如果发生了那样的事情，您就不可能坐在这里给我讲故事了。本来我并没有吓唬您的必要，但提一提总是好的，这样您能更好地理解您的经历，也不会低估自己的遭遇。

"您看起来很茫然，并不太明白我到底想说什么。这很正常，因为您在我看来只是那种泛泛意义上的基督徒，只懂得遵守基督教严格的伦理道德，却对真正灵魂的东西全无认识。除了一点对圣经里'天界里的恶魔'的幼稚理解，您大概从没想过，一旦万幸还横在您与外部世界之间的那条薄弱的阻隔被打破，又将会有什么情况发生。但我所经历的学习与训练，已让我远远地跃出了正统观念的藩篱，我也做过一些无法用言语向您解释清楚的实验。"

他停下了，注意到彭德表现出一种充满战栗的兴趣。医生精心计算过自己说出的每一个字，他也十分清楚地知道，自己想要从眼前这个痛苦的男人心中激发出来的情感具有什么样的价值和效果。

"以我从经验里得到的知识来看，"他镇静地继续说道，"我可以将您诊断为一例'精神入侵'患者。"

"那么，这种……入侵，到底是什么？"已然稀里糊涂了的幽默作家结巴着问道。

"我没有任何理由不向您承认，我还不知道，"塞冷斯医生回答道，"我可能得先做一两个实验……"

"在我身上做？"彭德吓得有点喘不上气。

"确切地说不是，"医生深沉地笑了笑，"但或许需要您的协助。我需要测试一下这座房子的状况，想看看是否能将这个困扰你的奇异人格辨认出来，看看这股力量到底是什么……"

"现在您完全不知道它是谁、是什么，也不知道它为什么要折磨我……"对方问道，他现在既充满好奇，又十分惊诧，同时也忧心忡忡。

"我有一个很好的猜想，只是没有证据。"医生回答道，"药物的作用改变了您的时间和空间感，并且将您的各种感官融合起来，但这些和入侵都没有多大关系。任何服药过量的人都会有这些体验，您这段经历的特殊之处在于其他东西。您看，您现在接触到一种暴戾的情感，它有一种特定的目的和欲望，仍然活跃在这栋房子里。它产生于过去一个曾经住在这里的人格，邪恶并且非常强大，而它现在仍然在这里。究竟是什么时候产生、究竟为何到如今还维持着如此强大的能量，我现在不得而知。但我清楚，这些力量如今只是受最初那种可怕的原动力驱使，在机械地行动而已。"

"您的意思是，它并非直接被一个生命体……并不是被一个有意识的意念所操控？"

"有这样的可能，但这并不意味着它的危险就少了几分，要处理起来反而更加困难。我不可能只用几分钟，就向您解释清楚这类事物的本质，因为您并不具备足够的知识背景和基础。但我有理由相信，当人类躯体随着死亡消散，他所具有的能量依然可以维系一段时间，继续以一种盲目、无意识的方式发挥作用。一般来说，这种能量会迅速消解掉，不过，一些人格极为强大的能量可以存留很长时间。并且，在某些情况下——我认为您所经历的就是其中之———这些能量会与一些非人类实体相结合，如此一来，它们的存在就能无限延长，并将变得难以置信地强大。如果那最初的人格是邪恶的，那么被它余下的能量所附体的事物也会变得邪恶。我认为，这次我们遇见的是一个活在很久以前并且极为邪恶的女人，她非常强大也非常聪明，她的意念和企图还留在这座房子里，这十分不同寻常，非常可怕。现在您开始明白我想表达的意思了吗？"

彭德定定地盯着他的同伴，眼睛里是彻头彻尾的恐惧。但他不知道说些什么，医生接了下去——

"您这次的情况最初是由药物引发的，一些能量以原始的强度袭扰了您。它们完全印盖住了您的幽默感、幻想和想象力等一切带来欢愉和希望的事物。它们试图——或许只是无意识地——想要将您自己的意念从脑海中驱逐，取而代之。您是一例精神入侵的受害者。与此同时，您成了一个实实在在的通灵者，同时也是通灵现象的受害者。"

彭德抹了抹自己的脸，叹了口气。他离开椅子，走到火炉前取暖。

"我听起来像个江湖骗子，或者就是个疯子。"医生大笑，"但没什么关系，我来是为了帮助您，而只有您愿意听从我的建议，我才能向您提供切实的帮助。这其实非常简单，您必须马上离开这里。噢，您不必担心您的难处，我们可以一同解决。我可以为您安排另一个住处，或是从您手中接过这座房子的租约，稍后再将房子推倒。我对您的病案非常感兴趣，一定会关照到底。所以您不用焦虑，明天您就能重起炉灶，开始工作了！药物为您——也为我——开启了一条捷径，通往一段充满趣味的体验，我非常感激。"

作家使劲地拨弄着炉火，他的情绪像潮水一样涌了起来。他紧张地望向房门。

"没有必要惊动您的妻子，也不用让她知道我们谈话的细节。"医生静静地接着说，"告诉她您的幽默感和健康状况都将迅速恢复，向她说明，我会借一套房子给您用六个月。同时，我可能会借用这里一两夜，好进行我的实验。这样可以吗？"

"我只能从最心底表达我的谢意。"彭德有些结巴，他找不出言语来描述自己的感激之情。

然后他迟疑了一阵，紧张地注视着医生的脸。

"您打算怎么实验？"他终于问道。

"用最简单的方法，亲爱的彭德先生。虽然我是个受过专门训练的灵媒，能够感受到无形实体的存在，但迄今为止，我在这座房子里还什么都没有发现。这让我确定这里的力量不寻常。我所计划的实验，是要让这个邪灵现形，将它从巢穴里引诱出来，这样我才能够耗尽它，让它永远地消散。它控制不了我，"医生接着说，"我可以说是有免疫力的。"

"天堂在上！"彭德激动地喘着气，他跌坐到一把椅子上。

"说'地狱在下'可能更合适呢！"医生大笑出声来，"但是，说真的，彭德先生，这的确是我的计划——当然需要您的允许。"

"当然可以，当然可以，"彭德大声说道，"我当然同意，也尽我所能祝您成功。我有什么理由反对呢？只是……"

"只是什么？"

"我向苍天祈求，您绝不是要单独进行实验吧？"

"噢，天哪！不会，我不是一个人。"

"您会找上一个神经强健、灾难当前能够靠得住的同伴，是吧？"

"我会带上两个同伴。"医生说。

"啊，那更好，我心里舒坦些了。我相信您一定认识些先生……"

"不是什么先生，彭德先生。"

对方猛地抬起头。

"不，也不是女人和小孩。"

"我不明白了，那您会带上谁？"

"动物。"医生看到作家的惊诧样儿，禁不住笑了，"两只动物，一猫一狗。"

彭德的眼睛睁得老大，眼珠子都快要落到地板上了。他没有再说话，径直带医生走向了隔壁的房间，他的妻子正准备好茶在等待他们。

二

几天以后，如释重负的幽默作家和他的妻子没有花一分钱，便搬进了伦敦城另一处装潢过的小房子。另一方面，约翰·塞冷斯正筹划着他即将开始的实验。他已经准备好要在帕特尼山顶上那座空荡的房子中过上一夜。他只要了两间屋子：一楼的书房，还有它头顶那间卧室。其他房间的门都将锁上，仆人也一个不留。他已经定好了第二天早上九点钟接他的汽车。

与此同时，他的秘书也接受了任务，调查那座房子的历史以及所有与它有关的事项，他得弄清这里从前住客的一切，不论陈年旧事，还是最近发生的。

塞冷斯医生认真谨慎地挑选了实验中用来测试异状的动物。他相信，并且已然做过了奇特的实验来验证，动物能够比人类更容易也更真切地感受到超自然现象。人们通常认为，野生环境中的动物由于时刻充满警惕，感官确实非常敏锐，但在约翰·塞冷斯看来，许多动物的敏感远不止如此。他深信，动物拥有一种极为高等的感知力量，他将其称为"动物的通灵"。他在马、狗、猫，甚至是鸟类身上进行的实验中都得出了相应的结论，不过在这里，我们无须详谈。猫又最为特殊。他相信，猫几乎能一直保持一种清醒并且更为开阔的知觉。这种知觉极为细腻，即便是照相机也难以精确捕捉，正常人的感官也无法触及。他还发现，在一些超自然现象面前，狗会表现出惊惧，但同样情况下的猫却往往平静而满足。猫对灵异事物有一种特殊的亲和感，好像那是它们的专属领域。

因此，他在挑选动物时花了些心思。他希望两只动物能在测试中用各自的方式显现出不同的反应，而不是单纯地把自己对刺激做出的反应感染给对方，这在约翰·塞冷斯看来没有意义。所以，他选择了一只狗和一只猫。

医生选择的猫从小就与他生活在一起，现在已经完全成年。它小时候既温柔又爱冒险。它任性、充满幻想，常常自顾自地在房间角落里玩着那神秘的游戏。它喜欢扑向虚空，向着侧旁一跃，然后用软软的足垫落到地毯的另一端。它玩耍得严肃而诚挚，好像这是维持它生活的必需品一般——它才不是表演给那些愚蠢的人类看的呢。它梳洗起来十分复杂，但洗着洗着会突然抬头，像是被什么无形的东西惊住了，歪起小脑袋，抬起一只丝绒般光滑的爪垫，谨慎地伸到空中探寻。随后它却心不在焉起来，扭头看向另外一边了——只为了让旁观者不明所以。然后它会突然回归到那费力的梳洗之中，不过会挪个位置。除了胸前的一片白色，它周身都是煤一般的深黑。它的名字叫作黑烟。

"黑烟"既形容出它的脾性，又描述了它的外貌。它的动作、独立的个性，还有那隐藏在毛球身躯中的神秘感，连同它精灵般的不可捉摸，全都配合了它的名字。一个细腻的画家兴许会将它绘作一缕浮烟，唯一暴露那内在的火焰的，是两颗炽燃的眼睛。

它所有的力量都化为了聪敏——那隐秘的智慧、猫儿无法言喻并难以捉摸的直觉。而它，正是医生需要的猫。

对狗的挑选却不那么容易，因为医生有许多狗。一番周折之后，他选择了一只苏格兰牧羊犬，因为一身黄色的皮毛得名"火焰"。的确，它略微有些老了，关节已经僵硬，甚至开始有些耳聋。但另一方面，它是黑烟十分特别的一个朋友，从幼猫时代，黑烟就感受着它父亲般的关怀，它们之间有一种微妙的相互理解。正因为如此，两只动物间的平衡关系成为火焰的优势，鼓舞了它的勇气。尽管生了一副好脾气，火焰却是一个勇猛的斗士，若是有一个正当的缘由，它也会变得狂暴，会喷发出不可抗拒的怒火。

医生从牧羊人手里领回它的时候，它还是只年幼的小狗。那时它鼻孔里还残留着山间的气息，不过是一副由稀少的骨头和牙齿撑起的小皮囊。现在，它长成了一只挺健壮的牧羊犬。它的嗅觉比不上大多数同类，黄色的毛发并不顺滑，有些硬。它的眼睛是满圆形，和同类们长着的那条细缝不太一样。只有主人能够抚摸它，它不喜欢生人，十分鄙夷陌生人的爱抚——在有人胆敢摸它的前提下。这只老狗很有些家长习气，做事相当认真，对生活怀着十足的奔头。它一辈子都在为大事打算，如同整个族群的名声都落在了它的肩头一样。见识过它如何逆境求生，你就知道它的厉害了。

但是，在与黑烟的关系中，它却表现出难以置信的温和。它就像父亲一样，同时又有些腼腆和羞怯。它看出黑烟需要的是强力但充满尊重的管教，猫咪的无常让它困惑，而它喜欢直接，也从不矫饰，猫咪精妙的伪装让它难以适应。不过，尽管无法解开猫科动物的恼人谜题，它从未对黑烟表现出轻蔑或居高临下。它像父亲一样关照着它的黑毛球朋友，充满爱意、十分直接地记挂它的安康。它就像在照看一个任性又天才的小孩，生怕它惹出什么祸事来。作为回应，黑烟则献上了它无与伦比的淘气表演。

这些简单的交代对理解接下来的故事非常必要。

此时的黑烟正团在自己的毛皮里睡觉，牧羊犬则警觉地坐在它对面的座位上。约翰·塞冷斯发动汽车，他们在11月15日的晚餐过后开始向目的地进发。

然而雾太浓，他们一路都只能慢慢前进。

当他终于把小汽车打发回去，已是晚上十点钟了。他用彭德的钥匙打开房门，走进这栋昏暗的小房子。大厅里煤气灯调得很暗，书房里生起了炉火。仆人们也根据指示备好了书籍和食物。缭绕的雾气跟着他进了房门，充斥着门厅和走道，让人有种冷冷的不适感。

塞冷斯医生的第一件事，便是在书房炉火前放上一碟牛奶，将黑烟锁了进去。然后，他带着火焰在房子里走了一圈。他挨间推着房门，确认每间屋子都已经锁好。狗一路欢愉地跟在他身后，它往屋子的角落里打探，又自己跑向四处看了看——它在期待什么。它知道接下来的事情将不太寻常，因为今天不同于往日，现在它本应该趴在炉火前睡觉的。门一扇一扇地被试过，都锁住了。它一直在看主人的脸，脸上浮现出一种善意的理解，但同时，它对主人的行为并不赞同。然而它依然认为主人所做的一切都是对的，它尽力隐藏起自己对这段不知所谓的巡回的厌烦。如果主人愿意在深夜做这样的游戏，它当然不会反对。于是，它也跟着玩耍起来，并且表现得非常卖力与认真。

一番无甚成果的巡视后，他们回到了楼下书房。塞冷斯医生看见黑烟正在火苗前安静地梳洗脸颊，盘子里的牛奶舔得干干净净。猫儿进入陌生环境后，习惯首先做一番检视，显然，黑烟对这个新地方还算满意。医生往火炉前搬了一把扶手椅，拨弄了一下炉火里的煤炭，再将书桌和台灯摆弄成方便读书的样子。他准备好，要不动声色地观察两只动物，他不想被它们发现。

尽管年龄上有些差距，两只动物已经习惯在每晚睡前一起玩耍一阵。游戏总是黑烟先挑起来，它会十分放肆地拍打狗的尾巴，而火焰也放下身段，笨拙地配合它。这节目对于狗，与其说是乐趣，更是种责任，每每游戏结束它都欣慰不已，有时它也会干脆拒绝猫咪的挑逗。

而今晚的场合，就是它决意不愿玩耍的时候。

医生的视线小心翼翼地越过书顶，看到猫开始了今晚的嬉戏。它先是一脸无辜地望着卧在地板中央的狗，狗将鼻子搭在爪子上，眼睛大睁着。然后，猫站起来，不慌不忙、步伐轻柔地径直向门口走去。火焰的目光跟随它，一直到它走出了视线。但只见猫突然扭过头，伸出一只爪子，开始试探着拨弄起狗的尾巴来。狗轻轻晃了晃尾巴作为回应，黑烟换过只爪子，继续拍打，不过狗并没有像往常一样起身和猫闹。猫儿干脆将两只爪子都搭了上去，但火焰仍然一动不动地躺在那里。

猫纳闷儿了，尾巴游戏已经让它无聊。它绕到狗面前，直直盯住朋友的脸，想弄明白到底怎么了。也许它从狗的目光中接收到一些说不清的信息，明白了今晚并不适合玩乐，也可能它仅仅是发现朋友的态度很坚决。不论什么原因，它失去惯常的执着，停止了纠缠。狗的姿态让黑烟立刻放弃了，它原地坐下来，又开始梳洗。

但医生注意到，它的梳洗显然是装装样子，它在掩饰自己的真实目的。它在最起劲儿的时候突然停了下来，开始瞪眼观察四周。它的心神在奇异地游荡，它凝视着窗帘、阴影中的角落，还有它空荡荡的头顶，身体一连好几分钟僵直而笨拙地杵在那里。突然，它回头向狗递了一个眼神。火焰迅速蹿起来，腿脚生硬地绷起，它开始漫无目的却毫不倦怠地在地板上走来走去。黑烟跟在它后面，脚步非常轻缓。看它俩的样子，像是在十分小心地搜寻什么。

医生仔细注意着每个细节。他小心翼翼地越过书顶观察，没有做出任何干扰的举动。在他看来，牧羊犬一开始就微微有些不安，而猫的内心，则涌起一阵模糊的悸动。

医生继续观察它们。房间里充满浓雾，从他烟斗中飘出的烟气又让空气更加厚重。屋子另一头，家具蒙上一层看不清的迷灰，密密的云气悬在天花板下的阴影中，他什么都看不清。灯光只点亮了地板上方五英尺的空间，再往上就暗了下来，这让房间显得比原本高出了一倍。不过，在灯光和炉火的关照下，地毯上的每一寸都清晰可见。动物们在地板上静静搜寻，牵头的有时是狗，有时是猫，它们偶尔停下相望一眼，就像在交换信息。屋子虽然并不宽敞，但有那么一两次，医生的视线还是在浓雾与阴影里迷失了。医生认为，动物们表现出的好奇心，绝不仅仅是被陌生而怪异的环境所搅起的激动，但他现在无法验证自己的观点。他刻意隐匿自己的目的，哪怕最微弱的情绪也不愿让动物们有所觉察。他只负责接收信息，不能影响它们的判断。

动物们非常细致，认真查验着每一处家具，每个地方都嗅过一遍。火焰压低了头走在前面，身后是步履淡然的黑烟。猫咪似乎漫不经心，却没有丝毫懈怠。最后，它们回到原处。年迈的牧羊犬在先，它在炉火前的垫子上躺下，下巴搭在主人的膝盖上。主人叫它的名字，拍了拍它黄色的头，它安适地微笑了。黑烟归来得稍晚一些，它做出一副只是偶然经过的模样，看了看炉前空荡荡的盘子，又望向主人的脸。它舔干盘中最后一滴牛奶，跳上他的膝盖，随后蜷起身子。终于能够睡觉了，猫咪显得十分开心。

塞冷斯开始观察这间屋子。一切都那么沉静，只有狗的鼻息化作时间的脉搏，提醒他时间正在流逝。窗外的夜冷峻袭人，雾气凝结成水珠，一滴一滴阴郁地敲打窗沿。炉中火焰渐渐暗淡，烧着的炭在轻轻塌陷，声响越来越弱了。

已经过了十一点，塞冷斯医生将注意力重新拉回书本。他眼看着纸面上的文字，却无法深思它们的意义。对他来讲，阅读的趣味在于思想的涌动与经验的汲取，此刻他却难以静心于此。他的内心已被侵占，他在观察，聆听，等待。虽然并没抱有太大的希望，但他也不愿对突如其来的状况毫无准备。况且，他敏感的动物朋友们都已禁不住睡眠的诱惑，全都离开了岗位睡着了。

翻了一阵子书，他发现自己的脑海里只有彭德的奇遇。不必再与眼前这些无聊的段落纠缠了，他把书放下，任思绪在这件案子上游走。但他极力压抑着，不愿妄下推测。他知道，这些猜想会像风一样，把他隐隐如余火的想象吹熄。

夜静得越发深沉了，只有百码之外的马路上偶尔传来的车轮声，间或将这静谧划破。浓雾使得车马都跑不起来了。他听不见行人脚步的回响，街边也不再传来断断续续的说话声。雾迷蒙了夜晚，无尽的神秘像面纱一样包裹着黑夜，它就像命定的审判，悬在这被魔魇了的小屋上空。屋里是那么平静，楼上的一切都像被一条厚厚的毯子裹住，什么都一动不动。他只看到雾气越来越浓，湿冷越发刺骨。他当然在不时地发抖。

牧羊犬已进入酣睡，偶尔弄出些响动，打声鼾，叹口气，抽一抽腿脚。黑烟卧在他的腿上，只有最细致的观察者，才能在这一团柔软温暖的黑色毛发中发现它在微微伏动。你很难在这圈耀眼的皮毛中分辨出头和身子的相接之处，只是那如黑色绸缎般光滑的鼻子，还有它粉色的舌头泄露了秘密。

　　塞冷斯医生注视着猫咪，感到十分安适；牧羊犬的鼻息也让人镇定。炉火烧得不错，两个钟头之内他都不必操心。他没有一丝一毫的紧张。他特别希望自己能保持住平常心，不去强求什么，要是睡得着，他也十分乐意眯上一阵。屋内这么寒冷，等火苗燃尽，他自然就会醒来，到那时就可以把这两个睡熟的家伙带到床上去了。尽管所有的征兆都让他确信今晚不会风平浪静，但他并不愿意用外力逼出这段奇遇。他希望自己和动物们都保持惯常状态，这样，等恶灵最终出现的时候，它不会被任何刺激搅扰，也不会受到过分的关注。他做过太多实验，已经足够明智。并且，他没有任何恐惧。

　　所以，过了一会儿，他便如愿睡着了。在意识如柔软的羊毛一般从眼前轻轻溜走之前，他记得的最后一个画面，是火焰同时伸展开四条腿，微微发出了叹息的声响，给爪子和下巴在垫子上调了个更舒服的位置。

　　当他发觉自己的胸口被压住的时候，已经过去好一阵子了。有什么正在搔他的脸和嘴巴。脸颊上温柔的一触叫醒了他，有东西正在轻轻拍他。

　　他猛地坐起来，发现面前一双半绿半黑的眼睛在闪闪发亮。黑烟用前爪爬上了他的胸口，把脸凑到了他眼前。

　　汽灯渐渐燃尽，火也快要灭了。定下神的塞冷斯医生却发现猫咪十分兴奋。它两只爪子正交替搓摩着主人的前胸，医生感觉到刺痛。猫小心翼翼地抬起一条腿，轻轻拍打着他的面颊。他看见猫背上的毛全耸了起来，耳朵向后趴到脑袋上，尾巴正在剧烈地摆动。猫当然是有意将他唤醒的。他一意识到这点，便将猫放在了椅子的扶手上，自己"噌"地站起来，转身面向背后的那片空地。不知怎么回事，他不自觉将地手臂交叉在胸前，做出一副防御的姿势，像是要挡住什么威胁他安全的东西。但眼前什么都没有，房间里只有浓雾在空中缓缓地游来荡去。

他睡意全消，完全清醒过来，接着把灯调亮了些，窥向四周。他立刻发现了两件事：首先，黑烟非常兴奋，而且是愉悦的兴奋；另外，牧羊犬已经不在他脚边那块地毯上了，它爬到离窗最远的一个墙角，正睁大双眼趴在地上，警惕地注视着房间。

医生立即从狗的行为中觉出了反常，他唤它的名字，走过去轻轻拍它。火焰站了起来，摇起尾巴缓步走向地毯，嘴里发出一阵半是吠叫半是呜咽的低沉声音。很明显它感到了不安，而主人正要给它些安慰，但这时，医生的注意力突然被另一只动物朋友的古怪举动吸引住了。

眼前的景象让他一阵心惊。

黑烟已经从扶手椅背上跳下来，站在地毯正中。它尾巴高高竖起，四肢绷得笔直。它沿着一条狭窄的路线稳步地来回走着，喉咙里发出一种猫科动物在极度欢愉时独有的声响，绷直的腿脚和弓起的后背让它显得比平日大了许多，它黑色面庞上的笑容快乐至极，眼睛放光。它正处于狂喜之中。

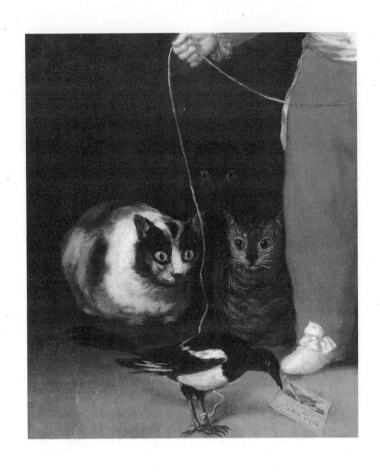

唐曼努埃尔·奥索里奥·德苏尼加肖像（局部）　戈雅·伊·卢西安恩斯

画布油彩　127cm×101.6cm　1787—1788年左右　美国纽约大都会艺术博物馆藏

每往前走几步，它都会突然转身，沿着原路退回去。它的脚步轻极了，喉咙像低沉的小鼓一样发出呜呜的呼噜，那样子完全就像在摩擦一个隐形人的脚踝。医生站在那儿注视着猫，脊背一阵发凉。他的实验终于变得有趣了。

　　他叫上牧羊犬一同观赏这位朋友的表演，想看看狗是否也察觉到了地毯上的东西。狗用它意味深长的表现呼应了猫，它走到主人膝边，但拒绝再继续向前查看，医生再怎么催促都没有用，它摇起尾巴，微微呜咽了一阵，然后半蜷着站定了。它的目光在猫和主人间游离，很明显，它既困惑又警觉。狗的呜咽逐渐低沉，最后降到了喉咙眼儿，这时呜咽声一跃成为愤怒的号叫。

　　医生向狗发出命令。它从没有违逆过这样的要求，但这一次，它虽应声站了起来，却仍旧拒绝向前。它试着小跳了一阵，像要下水一样，在地毯上转来转去，然后装样子地吠了几声。目前为止，狗还没有确切地表现出害怕，但它还是很不安和焦虑。它怎么都不肯靠近那只走动的猫。它甚至绕着猫走了一圈，但始终都小心翼翼保持距离。最后，它回到主人腿边，使劲儿地磨蹭医生。火焰对眼前的一幕一点儿都不喜欢，这点已经非常清楚了。

　　一连好一会儿，约翰·塞冷斯都没有打扰猫咪的表演，只是非常专心地观察它。然后，他唤起了动物的名字。

　　"神秘兮兮的小黑烟，你到底在干吗？"语气是在哄它。

　　猫咪抬头看看他，脸上的笑容仍然满是狂喜。它眨巴眨巴眼，但因为太过愉快，没办法停下脚步。主人继续对说话，唤了它很多声，但每次它都只对他眨眼睛。猫沉迷于内心的欢愉，嘴巴张开又闭上，身体由于兴奋而膨胀，绷得紧紧的，但那来来回回的走动一次都不曾停下。

医生把它的动作看得清清楚楚。每次它都向前迈同样六七步，然后突然转身，按原路返回。地毯上绣的大朵玫瑰帮他标记出猫的路线，每次它都沿同一个方向、同一条路，完全就像是在冲着什么实在之物厮磨。毫无疑问，地毯上站了个医生看不见的东西，它使狗警觉起来，却给猫带来了无法言喻的欢愉。

"小黑烟，"他再次叫它，"小黑烟，你这只黑色的小谜团，干吗高兴成这样？"

猫再次抬头望了他一眼，而后继续巡逻起来。它开心极了，也专注极了。医生全神贯注地观察着眼前这只神秘小兽的古怪举动，一瞬间，他心中荡起了一丝不安。

医生对猫科动物的神秘有了全新的认识，特别是这些普通的家猫。它们有自己隐秘的生活、奇特的疏离感，还有层出不穷的诡诈。在这些难以琢磨的行为之下，它们的本性对于人类是多么不可知啊！他注视着这只小东西在地毯上踱步时那不可名状的曼妙姿态，它在调笑一股黑暗力量，在邀约一个可能令人惧怕的访客。他心中升起的感情非常奇异，近似敬畏。猫对人类的漠不关心、对平庸俗物表现出的淡然优越感，在他心中都有了全新的含义。它们真实生活的隐秘意义，对其他那些诚实得近乎粗笨的动物来说，是如此遥不可及。它们仪态中的绝对镇静，使他联想起了一句鸦片吸食者的话："没有神秘伴随在旁的尊严，不是完美的尊严。"他突然意识到，在帕特尼山顶上这间着了魔、飘满浓雾的房子里，他是多么需要这只狗的陪伴啊。他感受到了火焰的忠实和可靠，这让他欣慰不已。狗在他脚边发出的野性号声令他愉悦，而眼前走来走去的这只猫只让他不安。

意识到黑烟已经不再听他说话，医生决定行动起来。猫会不会也磨蹭他的腿？这一次他要做得出其不意，看猫会怎么表现。

医生快步上前踩到地毯上，挡住了猫咪的去路。

但谁能算计到猫！就在他踏上地毯那玫瑰花图案，走到入侵者位置的一刹那，它突然坐下了，而且停止了呼噜。它扬起脸，那双绿眼睛里简直透着世间最纯真的眼神。它在笑——医生可以发誓，它又变回了那个完美的孩童。就在这一秒钟，它恢复成了一只单纯的家猫。似乎医生在它眼中才是古怪的那一个，而它自己却正常得不得了。这只猫变脸比变天还快，戏做得堪称完美。

"真会演！"医生止不住笑出声来，他弯下腰去抚摸它发亮的黑色脊背。但一碰到它，猫咪却兀地转过来，充满敌意地冲他"咕噜咕噜"叫，用爪子使劲儿挠他的手。然后它一溜烟儿地跑开了，像片影子一样飞快地穿过地板，又立刻安静地在窗帘旁边坐下，若无其事地开始洗脸，仿佛全世界值得它关心的，只有自己的脸颊和胡须是否干净一样。

约翰·塞冷斯抖抖精神，长舒了一口气，他意识到表演已经暂告段落。围观了一切的牧羊犬现在又回到炉火边的毯子上躺下，停止了吠叫，显然，刚才那一幕并不讨它的喜欢。在医生看来，似乎有个东西在他熟睡之时进入这个房间，惊动了狗，却让猫感到开心，现在这东西离开了，一切又回复到从前，不论是什么给猫儿带来了如此的欢愉，现在它都暂时退回去了。

这是他的直觉。黑烟也明显感受到了，因为它已打定主意要回到火炉旁边主人的膝盖上。塞冷斯医生表现得耐心而且笃定，他再次拿起了书本集中精神读起来。动物们很快睡着了，火苗在炉中欢快地跳跃，而冰冷的雾没有放过屋子的每个漏隙，不断地涌进来。

屋子里平静了好一段时间，塞冷斯医生也终于有机会做些详细的笔记。他细致地分析了刚刚观察到的一切，尤其是两只动物的反应，以后可以用在其他的案子里。只有像塞冷斯医生这样一个训练有素的通灵者，才能从刚刚这一幕抓取出诸多细节并且记录下来，旁人则绝对无法也没有能力做到。但他却看得明白，他已经搞清了一部分事实，余下的仍需要观察和等待。现在他至少已经确认，当他睡着在椅子上、头脑完全放空的那段时间，一股十分强烈并且活跃的力量侵入了这间屋子，而此后将要发生的事情，更可能让他相信，这不是什么盲目的力量，而是一个特定的人格。

目前为止，这股力量还没有影响到他自身，却已在两只结构更简单的动物上表现出了明显的作用。它深深切中了猫咪的灵异所在，立刻诱发出一种欢愉的状态（这种对情绪的强化作用，或许和一些药物对人的效果一样），但对于迟钝一些的狗来说，它引起的仅仅是警觉，一种似是而非的恐惧和不安。

医生突然介入的能量暂时驱散了它，但他依然确信——即便现在已经坐下写起笔记，感觉还是那样明显——这东西依然在他附近，就算暂时不在房间里，也在某处蓄势待发。它正在像从前一样生息，正在汲聚发动第二轮攻击的力量。

除此之外，直觉告诉他，两只动物间的关系已经发生了微妙的变化，猫已经一跃到至高的上风，它充满自信，十足地把握住了自己那块灵异的领地。而刚刚的攻击却削弱了火焰的气势，它难以领会发生的事情，感到无所适从，虽然它还没被吓怕，但却已在酝酿力量对抗即将到来的恐惧。对于猫而言，它不再是个父亲般的守护者，黑烟已在当下的局面中掌握了主动权，它和猫咪都意识到了这一点。

医生于是坐下来，静候时间的流逝。他神经绷得很紧，他想知道下一轮攻击何时到来，而攻击的对象又何时会从动物转到自己身上。

书放在旁边的地板上，笔记已经做完。他一手搭在猫咪身上，脚背上搭着狗的前爪。三个伙伴就这样在温暖的炉火前惬意地打着瞌睡。夜一点点溜走，一切在午夜将近时更加安静了。

凌晨一点刚过，塞冷斯医生将汽灯熄灭，点上蜡烛准备上床睡觉。这时黑烟突然醒了，它坐起来，响亮而尖厉地叫了一声。它既没有伸懒腰，也没有梳洗或转身——它正在竖起耳朵听。医生观察着猫，意识到这一刻屋子里一定发生了什么说不出的变化。四面墙壁围成的空间里，力量的格局迅速发生重构，原本的平衡被打破，新的东西掺入进来，之前的和谐已不复存在。最敏感的黑烟首先发现了这点，而狗也没有落后太多，因为医生看到脚边的火焰也已苏醒，它躺在那里瞪大眼睛，后腿同时大力一蹬坐起来，开始吠叫。

正当塞冷斯医生准备用火柴把灯重新点上的时候，他听到背后房间里有动静。他停下了。黑烟从医生膝盖上跳下来，向前穿过地毯走了几步，然后它停住步子，定定盯住一处。医生在小毯上站起来，注视着猫咪。

就在他站起来的一刻，那声音又响了一下。这一次，他发现声音并不像他先前想象的那样来自房间内部，而是从外面传来的，并且发声的地方不止一处。一阵急切的刮擦声从玻璃窗上传来，同时门也从外面发出"唰唰"的声音。黑烟很沉着，它直直地摇着尾巴向前穿过地毯，坐在了离门不到一尺的地方。很明显，那搅乱了屋中宁静的东西正在一步步逼近，马上就要发生什么。

这天晚上，约翰·塞冷斯第一次犹豫了，想到门厅那条充满浓雾的狭窄走道，还有此刻这极不安适的环境，医生感到不快。他发现自己微微起了些鸡皮疙瘩。他当然知道，外面的东西并不需要真正打开门窗才能进来，门和窗户都是抵挡不住这种入侵的。但门一旦打开就非同小可，而且具有象征意味，这无疑让他畏缩了。

然而慌乱只是一时的。黑烟不耐烦地转过头，使得医生记起了自己的初衷。他走到这只正静坐观望的小东西前面，小心翼翼地将门完全拉开了。

接下来发生的一切，都映照在壁炉架上那只独自摇曳的蜡烛燃出的微弱光线里。

他往外看到了浓雾弥漫的昏暗门厅。他当然什么都没发现——除了帽架和墙上一列非洲矛枪排成的暗线，还有它下方油布地面上立着的那张古怪的高背椅。有那么一瞬，雾气似乎在移动，而且非常古怪地变浓了，但医生将这归结于自己的臆想。门开了，外面什么都没有。

黑烟显然不这样想，屋子后方地毯上的牧羊犬发出的低沉吠叫似乎更加证明了这一点。

猫咪既得意，又镇定自若。它站起来走到门边，接着缓缓地将屋外的什么引进了门来。那样子太过明显，它左右蹿来蹿去，十分热心地点着自己的小脑袋，尾巴像根旗杆翘得老高。它不停掉转方向，迈着轻巧的步子来来回回，如鱼得水，极为满足。它在欢迎入侵者，同时认定它的同伴——也就是医生和狗——也同样欢迎他们。

　　入侵者回来，发起了第二次进攻。

　　塞冷斯医生慢慢退后到了炉膛前的毯子上，他站定下来，高度集中了精神。

　　他发现火焰正站在身旁，面朝房间一动不动，头以一种奇怪的方式迅速甩动。它眼睛睁得滚圆，后背僵直，脖颈和下巴伸出向前，绷得紧紧的腿随时准备扑出去。它站在那里盯向前方，脊背上的毛发好似被狂风扫过，全部张了开来。虽然极其困惑，而且可能已经有些害怕，这只狗仍然显示出了凶悍，随时做好进攻或防卫的准备。昏暗的灯光下它就像一只黄色巨狼，两眼静静喷发出黑暗的火焰，令人无限生畏。这就是战斗状态的火焰。

　　此时的黑烟却正在配合那步履缓慢的隐身客人，从门口走向屋子正中。还差几步的时候，它停住了，脸上出现微笑，又开始眨眼睛。它流露出一种刻意的安抚态度，有些磨蹭地站在地毯上，显然，它是想向入侵者介绍它的牧羊犬朋友兼盟友。它拿出了最扬扬得意的派头，轻轻叫着，笑着，诱劝的目光在两者之间游移，在两方人马之间试探性地轻快打转。猫咪和狗一向十分懂得彼此，火焰现在当然明白了黑烟的意图，它也勉强地默许了。

但年老的牧羊犬一步都没有向前。它龇出牙齿，嘴唇翻得大开，连牙龈都露了出来。它纹丝未动，眼睛直瞪瞪的，两肋不停地起伏着。医生又往后退了些，他不想放过最微小的细节。也就是这时，他突然意识到，猫领进来的同伴不止一个，而是好几个。它正在这些东西之间蹿来蹿去，挨个儿打量它们，想要狗对它们全部都表现出友好。最初的入侵者搬来了援兵。与此同时，医生更加意识到，这次的入侵绝不仅仅是什么虽富有毁灭性但却不具人形的盲目力量，它就是一个完整的人格，而且是一个强大的人格。它还有意邀请了一大帮同伴前来，它们或许没有那么强大，但绝对和它相似。

他靠在墙角的壁炉架上等待着，整个人都已做好了防御的准备，他现在已经完全意识到，眼前这场进攻的对象已经从动物波及他自身，他必须提高警惕。他的双眼竭力在这雾蒙蒙的一片中搜寻，想要看看猫和狗到底都瞧见了什么。但这是徒劳的，屋里只有烛光在摇曳，他没发现别的东西。黑烟脚步轻柔地在他面前的地板上溜达，像一片黑色的影子。它抬起头，两眼微微放光。它依然在用肢体和嘴里的呜呜声暗示自己的意愿，想要向客人介绍自己的同伴。

但没有用处。火焰定住了，它像尊石像一动不动。

接下的几分钟里只有猫还在走动。而突然之间，情况发生了转变。火焰开始朝墙壁后撤，它一边走一边左右摆脑袋，偶尔还回过头冲着身后紧贴的什么咬上一口——它们正在逼近它，包围它。它不安的情绪开始显露出来，而在医生看来，纯粹的恐惧已经盖过了原本的愤怒，将它完全慑住了。它狂野的吠叫声中伏满了危机感，像是在啜泣。好几次，它都想钻到主人的双腿下，似乎那是条求生的通道一样。它在试图躲避什么，而那些东西已逼得它无处遁形。

原本不可征服的斗士竟然表现出了恐惧，这极大地震动了医生。他同时感到痛苦和忧虑，因为他从未见过狗表现出屈服的迹象，而现在目睹这一切令他难受。然而他知道，狗一定不是轻易放弃的，他明白自己不可能确切地与动物们感同身受，火焰一定是因为感受到、看到了些极为可怕的东西，才变得如此怯懦——它所面对的东西一定比失去生命还要恐怖。医生迅速说出几个词语鼓励它，用手顺了顺它立起的毛发，但没什么效果，这些动作早不足以安慰它，老狗在之后没多久就被彻底瓦解了。

与此同时，黑烟却留在后面观看这场围攻，没有加入进去。它充满愉悦与期待地坐在那里，觉得一切都如同自己期望的那样，进行得顺利极了。它在地毯上蹭着前爪，动作非常缓慢也非常卖力，好像是要从罐子里搅起蜜糖来吃一样。它的爪子尖钩起地毯里的毛线，发出的声音此时特别刺耳。它仍旧在微笑、眨眼，并且呜呜叫着。

突然，牧羊犬发出一声痛苦的短吠，它使劲儿一跃到一旁，龇出的白色牙齿在黑暗里划出一道光。然后它擦过主人的双腿，一阵猛冲到房子中央，差点儿把医生挂倒，接着跌跌撞撞、步伐凌乱地朝着墙壁和家具走去。这一声吠叫别有深意，因为医生从前听过这样的呼喊，那是斗士在奋起挣扎时发出的呼喊，他知道老狗再度鼓起了勇气。也许它仅仅是选择了破釜沉舟，但这场战斗无论如何都将是惨烈的。塞冷斯医生同时明白自己不能够干预，火焰必须用自己的方式对付自己的敌人。

然而猫咪也听到了这可怕的吠声，同样，它也理解其中的意思。这可超出了它的想象——两只动物一定是越过这间昏暗的鬼屋交流了彼此的痛苦。接着，黑烟坐起来迅速往四周看了看，它无助地"喵"了一声，一溜儿跑进了窗边那块阴影里。只有具备猫的灵性才会理解它的表现，但不管怎样，黑烟最后站到了朋友一边，而且这只小兽物是认真的。

　　牧羊犬在这时也努力移到了门边，医生见它像一阵黄光一样冲进门厅，猛地越过地板上的油布跑上楼去，下一秒又突然飞奔下来，连滚带翻地落在了楼梯最底下。它蜷缩着呜咽，害怕极了。医生看见它畏畏缩缩地钻回屋里，靠着墙边蜷身向猫爬去。啊，连楼梯也被占领了吗？门厅里也有？地板到天花板全被它们塞满了？

　　这念头加深了牧羊犬的窘态带给他的忧虑，而他自身的不安也的确在过去的几分钟里不断累积，就要达到极限了。他感到越来越虚弱，他意识到，比起已然战败的狗，还有那只上了大当的猫，他现在已经成为这场攻击的主要目标。

　　后来的事发生得太快，也完全出乎人的意料，塞冷斯医生几乎记不得午夜到日出之间帕特尼山顶上这间小屋里发生了什么。一切像一阵恐怖又神秘的风刮向了他。昏暗迷离的灯光下，医生的眼睛根本跟不上走在深色地毯上的猫咪的步伐。他累极了，接着吃了一惊，他发现自己完全看不清眼前的任何东西。事后他想不起到底见过什么，也不清楚一切是怎样步步发生的。他怎么也不明白自己的视力出了什么问题，为什么猫在他眼前先变成了两只，然后便无休无止地增加，最后，他起码看到了一打的黑烟轻轻在地毯上跃动、轻快地往桌椅上跳。屋子里满是它们的黑影在游荡，黑得像地狱一样，每个方向都有它们发亮的绿瞳喷射出的耀目火焰。四面墙壁像立满了镜子，而他看到的是层层反射交错出的映像。彼时的他也弄不清楚房间为什么突然变大了，身后那堵墙怎么往后挪了那么多？牧羊犬愤怒而恐惧的号叫有时听起来是那么邈远。天花板似乎也升高了，好多家具看起来也变了形，并且一溜儿蹭出去老远。

眼前的一切实在太迷乱，他困惑极了。医生觉得，这间原本熟悉的小屋已经并进另一维度，转变成一个他不认识的房间。这个陌生的地方塞满了猫，并用奇异的空间感扑向了医生的视觉。

上述变化其实发生于稍后，在这之前，医生还集中注意力观察了一阵黑烟和牧羊犬的动向——不过，那也已经是在潜意识里了。他太过激动，跳动的烛光又那么昏暗，牧羊犬也让他担心，再加上眼前这被浓雾扭曲了的空气，一切的一切都使他不可能定下神来。

起初他唯一意识到的，是牧羊犬冲着离地大约一尺高的空气一遍遍凶猛地重复它威胁的短吠。有一次，它确实是朝前方跃了出去，十分暴躁地又扑又咬，发出的声音像一只激斗中的恶狼那样凶狠。但下一分钟它就畏缩了，直退回身后那面墙壁里。它躺下来，然而没过一会儿就又蹿了起来，它屈膝蹲伏着，蓄足了势头，一边号叫一边向下猛啄脑袋。而此时，黑烟站在窗户边，它的叫声中满是深沉的悲伤，似乎是想将敌人都吸引到自己这边来。

就在此时，所有可怕的攻击似乎突然放过了狗，径直朝向医生来了。牧羊犬又猛地向前冲了一次，然后却一跤跌回墙角里。它发出的狂野怒吼足以把死人叫醒，然而咆哮声最终下降成为低吟，再然后，牧羊犬终于精气耗尽，一动不动了。医生当即难过得无法再忍受，他想要去救狗，却还没来得及走出半步，就发现眼前被一阵比雾还要浓厚的东西笼住了。这东西不仅迷糊了他的视线，也将墙壁、动物还有迷蒙黑暗中的那一苗火焰统统罩住——还有他的意识，也一并模糊了。他辨出一些形体在屋中静静移动，他认出了这些东西，因为他在从前的实验里见过，而他并不喜欢它们。邪恶的思想开始在他脑中堆积，一些罪恶的暗示在诱惑他。他的心有如被冰块包围，他的神志在颤抖，开始失去记忆——他已记不起自己是谁、在哪里、在做什么。他力量的根基被动摇了，他的意志已经麻痹。

这便是小屋被暗黑如夜、眼放绿火的群猫所占领的时刻。整个屋子变换了次元，他现在身处一片更大的空间。狗的低吟已在远处，他身边是飘来浮去的猫群，在静声地进行撕抓扑咬的邪恶游戏，在地板上空编织它们黑暗的意念。他竭力想定下心神，想要记起自己从前因为这份危险的职业陷入相似的可怕境地时，曾经用上的那些咒语。但他想不出任何成形的字句。他的神志与记忆已被笼上一层迷纱，他感到眩晕，并且发觉自己的力量已经涣散。他精神的内核陷入了混沌，已经施展不出任何治愈的能量。

这是法术——过后他意识到，自己当然是着了魔。那层迷纱背后藏着一个强大的人格，它施展的法术使他产生幻觉。但当时他并没有完全意识到这点，况且那法术十分了得，虚幻与真实在他脑中早已丧失疆界。那股曾企图将猫在欢愉中摧毁并用恐惧慑住狗的魂魄的力量，此时正瞄准了他。

他背后的烟囱里好像在呼呼刮风，一路摧枯拉朽地正俯冲下来。窗户在咯吱作响，蜡烛挣扎着闪了闪，终于灭掉了。空气已经被寒冰凝住，死亡的冷寂将他包裹，他头上突然响起一阵巨大的声响，似乎天花板骤然上升了好高。他听见门在远处关上，感觉自己在灵魂最深处已经惶然无依，他已经迷失。战斗的高潮就要来临，但医生还没有放弃抵抗。他已身处这股被彭德唤醒的力量旋涡之中，他知道自己必须战斗到底，否则只能认输。他正在与来自寒冻彻骨的边缘世界的某种东西进行较量。

　　突然之间，那个躲在幕后操纵一切的人格，竟在他周围那片迷乱的薄雾里缓缓地升了起来。他的身体就像暴风雨中的一片树叶，被一股力量侵袭了。他意识到自己正注视着一张巨大、黑暗而且支离破碎的面孔，这张面孔正紧贴着他的脸，就在他的眼前——即使已被摧毁，它仍然十分可怕。

　　这是张完全毁掉的脸，骇人极了，破碎的五官处处烙满了邪灵的印记。它的眼睛、面颊和头发刚好升起到与医生齐平的地方。于是，这一男一女对视着，目光都直捣彼此的内心。医生无法判断他们相望了多长时间。

　　约翰·塞冷斯用他善良无私的灵魂，对抗着女人的黑暗游魂，对抗着这来自冥暗世界的纯粹邪恶力量。

　　正是这高潮震撼了他，唤醒了他内心深处的力量，它们开始一点一点复苏。他付出了艰苦的努力才重新清醒过来，而这也不是靠了什么异乎常人的本领——他已经看透自己的对手，并呼唤内心的善念来击垮它。他内心的力量受了那残暴法术的威逼，刚刚从休眠中苏醒，所以，面对他的呼唤，它们先是微微一颤，并没有像往常一样从容地出动。然而最终，力量还是从他内在的灵魂一跃而起——那是他花了极长时间、付出极大代价才唤醒的灵魂。他重新充满了力量与自信，他开始沉稳规律地呼吸，并同时将那对抗的力量吸进体内，然后转变成自身的能量。他停止抵抗，任由对手将那凶残的能量灌进他的身体，而他因此得到巨大的补充，变得强大起来。

他敢这样做，是因为懂得灵魂的一点诡诀。他明白力量其实无所不在，并且在本质上是相同的。一种力量的好坏，取决于它背后的动机是善还是恶，而他的动机是完全无私的。只要他没有失控，他就知道如何间接地吸收这些邪恶力量，然后将它们转为己用。并且，由于他动机纯粹，他的灵魂又是如此无畏，这些力量无法对他造成伤害。

因此，医生直面彭德无意间招来的这个恶魔，吸引它，用他无私的心将它散发出的能量净化，转变成了自己的经验和知识，并且让他更加强大。他的控制力已经回归，他一点点地完成了自己的任务，即便这过程中他仍在颤抖。

这是一场艰苦的作战，虽然空气冰冷刺骨，汗水还是淌满了他的面孔。然后渐渐地，那张黑暗、恐怖的脸淡去了，他的灵魂从法术中解脱，墙壁和天花板也恢复了原来的样子。那些鬼影重新融进了雾气，群猫的身影也去无踪迹。

他已经回归了自身，可以完全掌控自己的意志力量。他用特殊的低沉语调，发出一种有节奏的声音，穿过空气，像海水那样升起。他扬起的音调向屋中注入了一种强大的振动力，覆没了原本的一切异常。同时他加上了姿势和动作，还念了一些咒语。他持续地向外吐出那些词语，直到越来越高的声量主导了整个房间，并且控制住所有对抗的鬼魂。就像他深知邪恶力量可以被高尚的情操转化，长期的学习也教会了他声音的秘密——声音可以直接作用在那浮游于物质世界之外的邪恶领域。他先将自己的灵魂复原，接着给这屋子和屋子里所有的住客带来了平静。

角落里的老狗首先意识到了一切的复原，火焰突然开始发出一种介乎吠叫与嘟哝之间的欢愉音调，这是犬类为了让主人安心时发出的声音。塞冷斯医生听见牧羊犬的尾巴敲打着地板，狗的叫声与这敲打声深深触动了医生的内心，他似乎明白了这只笨拙的老狗经历了怎样的痛苦。

接着，窗边阴影里传出一阵有些尖厉的"呜呜"声，那是猫咪在宣告自己恢复了常态。黑烟向前穿过地毯，它似乎对自己非常满意，脸上挂着的笑容无邪极了。它不再是只鬼影，而是只实实在在已经重新淡定自若起来的猫咪。它十分优雅地挑选着自己的行走路线，但也没有忘记显摆一下从埃及皇家的祖先那里继承的尊严。它镇定的眼光不再闪烁，双眼中散发出的已不是狂热，而是智慧。很明显，它意识到自己诡异又难以预料的个性不经意间为伙伴们带来了麻烦，现在它急于补偿。

它走到主人跟前，使劲儿地磨蹭他的腿，嘴里还含着那高声的呜叫。然后它蹲下，一边用小爪子拨弄主人的膝盖，一边抬起头用恳求的目光望着主人。它转头向牧羊犬所在的角落做出一副讨人怜爱的样子，轻轻地用尾巴拍打地面。

约翰·塞冷斯当然明白。他摸了摸这小东西蓬起的毛，看到自己的手在它背上划出了一道亮蓝色的静电火花，然后他俩一起走向了蜷在角落里的狗。

黑烟跑在前面，它把鼻子杵在朋友的嘴巴周围，一边"呜呜"打着呼噜，一边磨蹭它，小小的喉咙里散发出的情感真是温柔。医生端着点亮的蜡烛跟了过来，他看见牧羊犬筋疲力尽地侧靠墙壁躺着，下巴上还挂着白沫儿。他叫它的名字，虽然它摇摇尾巴睁开眼睛表示回应，但还是那样虚弱和颓丧。黑烟继续磨蹭它的脸颊、鼻子和眼睛，甚至跳到它身上，将爪子伸进厚厚的黄色毛发里轻轻揉捏它的身体。火焰时不时伸出舌头舔舔自己的朋友，它想要回应它的善意，然而奇怪的是，它竟常常找不准猫咪的位置。

　　塞冷斯医生凭直觉意识到一定发生了些灾难性的事情，他的心揪紧了。他摸摸这副令他心疼的身体，想查验它身上是否有瘀伤和折断的骨头，但他什么都没摸到。他拿来剩下的三明治和牛奶想要喂它，但这只老狗十分笨拙地推翻了奶碟，两只爪子也没能抓牢三明治，医生不得不自己拿起食物喂它。黑烟在这段时间里一直"喵喵"叫着，样子十分可怜。

　　约翰·塞冷斯明白了，他走到房间另一头，大声地召唤它："火焰，老伙计！过来！"

　　放在从前，这只狗会立即向前，大叫着扑向他的肩头，而现在，虽然样子十分笨拙与古怪，它还是站了起来。它开始向前奔跑，试着将尾巴甩得轻快些，但却先是撞上一把椅子，然后直接冲向了桌子。黑烟跟在旁边小跑着，十分卖力地想给它指指方向，但那是徒劳。塞冷斯医生用双臂抱起了它，将它像婴儿一样揽在怀里。它已经瞎了。

三

一星期后，约翰·塞冷斯到作家的新居拜访，他发现作家恢复得很好，并且已经再次投入到忙碌的写作中，焦虑和不安已从他眼中退去，他现在既愉快又自信。

"幽默感找回来了？"他们找了个看得见外头公园的舒服位置坐下，医生笑着问。

"一离开那鬼地方就好了，"彭德感激地回答道，"这都多亏了您……"

医生的动作示意他打住。

"这没什么，"他说，"我们等一下再来讨论您往后的安排，还有您如何退掉那房子再找个地方。那座鬼屋当然必须推倒，任何敏感一点的人都没法住在那里，后来的住客也可能遭受与您一样的苦难，尽管，在我自己看来，那个恶灵的邪法已经消耗殆尽了。"他向作家讲述了那晚自己和动物的经历，而听者显然是瞠目结舌。

"我没法儿假装明白您在说什么，"彭德听完以后说，"但能够彻底从这场噩梦中解脱出来，真让我和妻子如释重负。我只是对那房子从前的故事还有些兴趣，六个月前我们搬进去的时候可没听人说过什么。"

塞冷斯医生从口袋里掏出一张打字机印出的稿纸。

"这点好奇心我倒可以满足你。"说着，他将纸页快速扫了一遍，又重新放回口袋，"我的秘书找一个'灵媒'做了些催眠术——他常在这类案子里帮我们的忙，我得到了一些有用的消息。看起来，那个纠缠你的前任住客是个十分暴戾的女人，最后死在绞架上。她造下的孽曾让全英格兰陷入恐慌，被捉住也纯属偶然。她死的时候是1798年，也就是说，那时还没有这房子，她住在从前修在这里的一座更大的宅子——那时候这儿还不属于伦敦，还是乡下呢。她很聪明，意志非常强，并且是受过训练的那种，胆大包天，什么都不顾忌。我确信，为了达到目的，她不惜用上了那些最低等的恶毒法术。这样说来，攻击你的那些恶毒情绪就完全讲得通了，也解释清楚了为什么她都死了这么久，却还能继续活着的时候干的那种罪恶勾当。"

"您是说人死之后，灵魂还能够有意识地……"作家倒抽一口气。

"就像我从前告诉您的，我认为，一个强大的人格力量，在其肉体死亡之后仍然能以原先的水平继续活跃，它们强大的意愿和目的性，可以在原本激发出它们的肉体消散很长一段时间之后，继续对与之发生感应的一些其他大脑产生效应。"

"如果您对法术稍有些了解，"他接着说，"您就会明白，人的意念是动态的，它们有自己独立的存在形式，并且可以那样存在几百年。这是因为，在距离人类现世生活不远的地方，存在另一个领域。那是死亡世界的边缘，里面飘浮流荡着几世纪堆积下来的无用之物。各种形态的恐惧与病态将那块地方塞得水泄不通，而有些时候，它们能被一个更高级意念的力量所控制和激发，再次具有活跃的生命形态——而控制它们的力量，应当是谙熟那低级的恶毒法术的。调查的结果使我相信，这位女士有这般邪恶的本领，她生前获得的力量在她死后仍然不断累积，若不是遇到了你，再由你碰上了我这个煞星，她还会变得更强大。

"任何情况都有可能招致她的攻击，因为除了药物，一些暴力情感、灵魂上的特定情绪，还有精神上的躁动——如果可以这么形容的话，都能向我刚提到的那块灵邪地域，敞开我们的精神内在。在您这个事件里，就是偶然使用了一次烈性药物。"

"不过现在，还是先告诉我，"医生顿了顿，递给作家一幅铅笔画，上面是他在帕特尼山那夜看到的那张暗黑的面孔，"您认得这张脸吗？"

彭德接过画，仔细看了看。他震惊了，看样子在发抖。

"一点儿不差，"他说，"就是我一直想要画出的那张脸——黑皮肤，嘴和下巴都很大，还有下垂的眼睛，就是这女人。"

塞冷斯医生接着从他的小笔记簿里掏出一张老式木刻画，这是他秘书从《新门监狱囚犯册》[1]里翻出来的。木刻和铅笔画上从不同角度显示了同一张可怕面孔，作家默不作声地比较了一会儿。

"我真想感谢上帝，幸好我们的感知能力有限。"彭德叹了口气，静静地说道，"长久与灵异的世界相通，一定是件极为痛苦的事情。"

"的确如此，"约翰·塞冷斯的语气意味深长，"要是如今所有自称能通灵的人都所言不虚，社会上自杀和发疯的人，

1　《新门监狱囚犯册》（ *The Newgate Calendar* ）是伦敦著名的新门监狱（The Newgate Prison）在18至19世纪陆续对外出版的囚犯小传集。——译注

可要比现在多得多了。也难怪，"他接着说，"那死去的怪物会用它的意念屏蔽掉您的幽默感，它想把您的大脑为它所用。您经历了一场有趣的冒险，菲利克斯·彭德先生——我还不得不加上这一句——并且幸运地逃脱了。"

作家正准备向医生再次道谢，门上突然传来一阵抓挠的声音，医生立刻站起来。

"我得走了，我把狗留在了门口的台阶上，但看起来……"没等他自己过去，门就被完全推开，一只黄毛的大个儿牧羊犬跑了进来。狗摇起尾巴，开心地扭动着整个身子，它一跃穿过了地板，扑到主人胸前，一双老眼里充满了欢笑与快乐——现在，它们又如白日一样，明亮如初了。

白猫 皮埃尔·勃纳尔

厚纸油彩 51cm×33cm 1894年 法国巴黎奥赛博物馆藏

吉卜赛

【美】布思·塔金顿

钟姗 译

布思·塔金顿（Booth Tarkington，1869—1946），美国著名小说家、剧作家，以《了不起的安德森家族》和《爱丽丝·亚当斯》两度获得普利策文学奖（小说类）。本文节选自塔金顿的儿童小说《彭罗德与萨姆》，是他的经典作品《男孩彭罗德的烦恼》的续篇。

11月一个美好的周六下午，男孩彭罗德那条瘦小的老狗——公爵，觉得自己好像又回到了青年时代，在后院廊檐下和一只陌生的猫干起架来。这样一时冲动激起的鲁莽非常不像他，不像那个历经岁月沉淀总是平和而略带感伤的公爵。他不再想冒任何风险了。他更喜欢静思冥想，很多事情能不做就不做。他也越发习惯于沉浸在空想中，哪怕明知不可能实现。即便睡着的时候，公爵身上都笼罩着一种惆怅的气息。

因此，当他在金属垃圾桶背后的角落睡觉，那只大胆的猫试探着登上走廊台阶时，他表现得全然无谓。猫受到了鼓励，决意扩大自己搜寻食物的地盘——厨师粗心地把一条三磅重的白鲑的骨头掉在了垃圾桶脚下。

这只猫，作为猫来说，未免太高大、太独立，也太有男子气概了点。很久以前，他也曾是一只黑白相间、圆滚滚的小猫。那时他还住在房子里，主人给他取名叫"吉卜赛"，一个极其相称的名字，因为他很早就开始了放荡不羁的生活。没等长成，他已经不着家了，还在外面交了一群坏朋友。他变得又瘦又长，四肢很有力，独特的个性也日渐凸显。养他的小女孩的父亲有次很肯定地说，这只猫绝对是美洲野马和马来西亚海盗的合体。不过以吉卜赛后来的表现看，这样类比实在对美洲野马和马来西亚海盗中最不守规矩的成员都太不公平了。

不，吉卜赛绝不是只适合小女孩的宠物猫。温暖的壁炉、搭在地毯上的小窝，这对他来说太精巧了，中产阶级的舒适体面让他备感压抑，困在清教徒式理想的和睦家庭里，他还在小时候就觉得窒息。他渴望新鲜的空气、自由的生活、阳光还有音乐。一天，他义无反顾地抛弃了布尔乔亚式的生活，走进5月的晨曦。带着一块晚饭剩下的牛排，吉卜赛从此步入了残酷的地下世界。

他体格健壮，胆量惊人，手段又冷酷，很快，附近一带的流浪猫都对他俯首称臣，个个畏惧。吉卜赛不结交朋友，也没有一个心腹知己。他从不连续两次睡在同一个地方。他被警察通缉，但至今仍逍遥法外。他的外表也令其他猫胆寒。他昂首漫步时，那缓缓按节奏摇动的有力尾巴释放着危险的信号。他庄严而有威慑力的步伐、颤动的长胡须、伤疤，还有那黄色的眼珠——冰一样冷，欲望在眼底燃烧，撒旦的桀骜——这一切，让他像一个随时端着枪的决斗者，危险至极。他的灵魂就在那坚定的脚步和眼神之中，清晰可见：他相信命运，他不乞求任何帮助，也不施予任何仁慈，他只靠自己的头脑和身体过活，严苛、傲慢、沉默寡言，但时刻观察着，筹划着——吉卜赛是一个真正的军事家，像信仰宗教般信仰屠杀，并且确信艺术、科学、诗歌等这些世界上美好的东西，都会因此而得到提升。尽管不完全算野猫，但吉卜赛绝对是这片文明社区里最野性难驯的猫了。此刻，就是这个危险分子，正伸长了脖子，迈上走廊最高一层台阶，警惕地凝视着仿佛在安静沉睡的忧伤的公爵。

吉卜赛的审视没有持续太久，他轻蔑地哼了一声："天，我才不用怕这样的家伙！"他径直朝鱼骨头走去，带肉垫的脚没有在木板上发出任何声音。那块鱼骨头诱人极了，很长，还有好大一部分鱼尾连在上面。

等猫来到离公爵的鼻子一英尺的地方时，公爵被自己的嗅觉神经叫醒了。这个忠实的哨兵，即便在公爵睡着时也保持警觉，现在它发出了有未知者入侵的警报，要求身体予以注意。公爵昏昏沉沉地睁开一只眼，映入他眼帘的是一只怪物。

这感觉很奇怪：恐怖的一幕，忽然出现在环绕四周的熟悉场景中。下午的阳光正温煦地洒在廊檐和后院。远处是马厩，里面传来木匠小铺的"嗡嗡"声——这是公爵的小主人彭罗德今天早上和萨姆·威廉姆斯还有赫尔曼一起开办的。靠近公爵身边的，是安安静静的垃圾桶，常用的扫帚和拖把靠在走廊尽头有菱形图案的墙上。走廊台阶下是厚石板砌的蓄水池，金属盖子挪开了，靠在圆形的池口边。半小时前，小木匠们来打开水池盖，把一截木头泡进了池子里，说是要"给它干燥一下"。身边与往常别无二致的一切令公爵觉得安心，可他似乎命中注定就要鼻尖碰鼻尖地遇上一个噩梦般古怪的家伙。

吉卜赛拦腰咬着鱼骨，大鱼长长的脊椎从他脸的一侧伸出，鱼刺在长胡子间若隐若现，鱼尾巴垂在他凶猛脑袋的另一侧。在这之上是两只黄色的眼睛，发出严厉的光。在仍有点睡眼惺忪的公爵看来，眼前这个庞然大物俨然是一个整体——骨头仿佛是其中活生生的一部分。他眼中的吉卜赛，就像伟大的法布尔先生透过放大镜看到的昆虫一样。但公爵做不到法布尔先生看见虫子的脸时那种镇定自若，他和面前这张伸出尖刺的脸之间可没有放大镜！事实上，公爵一时无法考虑清楚现状，如果他能想明白，他应该会对自己说："看起来非常奇怪又可怕，虽然仔细瞧瞧，好像只是一只猫嘴里叼着一根鱼骨头。无论如何，这个小偷比我见过的所有猫个头都大，眼神也很不可爱，我还是尽快离开比较好。"

然而，公爵被他一睁眼所看到的一切狠狠吓到了，完全失去了理智。一只眼睁开的刹那，另一只眼和他的嘴巴也随即大张，安静的后院响起了一声惊恐的尖叫。瘦小的老狗手忙脚乱地站起身，不由又鼓足劲激动地狂吠了一番。这时，一阵低音提琴般低沉而有魔性的声音响起，接着升高成哀号，渐渐越提越高，最后变成摇曳的女妖般的啸叫。这是吉卜赛的作战号角。听到这声音，公爵也癫狂了起来，他控制不住地主动朝这个怪物扑了上去——搏杀开始了。

嘴里还紧紧咬着鱼骨，吉卜赛冷静地将耳朵后收，身子也像演奏中的手风琴一样开始收缩。他的背越拱越高，好似在模仿温和的单峰骆驼。测试自己的拱立高度当然不是他的用意所在，吉卜赛半蹲下来，像打旗语一样猛地抬高右臂，在空中充满威胁性地稍顿片刻后，突然疾风骤雨似的一阵挥打。但右爪只是佯攻，左爪才是真正的武器。吉卜赛的左爪看起来只是在公爵的右耳轻轻落下三掌，可从公爵的叫声就能明白，那绝不是轻柔的爱抚。狗痛得大叫"救命！""谋杀啊！"

这个平静的小院从没有过今天下午这样的惨叫、喧闹和混乱。吉卜赛会说的脏话——当然是猫语——可不比意大利人少，他是顶尖高手。老公爵也被迫开始回忆起自己很多年没说过的狠话，跟吉卜赛边打边骂起来。

木匠小铺工作的"嗡嗡"声渐渐停了下来。萨姆·威廉姆斯从马厩探出头，吃惊地瞪大眼睛。

"上帝作证啊！"他大喊，"公爵正和一只超级大猫打架呢！快来看！"

边叫着，他已经边朝战场跑去。彭罗德和赫尔曼紧跟在后。听到援军赶来，公爵士气大振，叫声越发响亮，打算趁势猛攻敌人。但他又误判了。这次是右边，吉卜赛伸在空中的右爪猛挥下来，公爵灵敏的鼻子好好体会了一把被痛击的滋味。

一块土块儿"砰"地砸中垃圾桶，吉卜赛瞥了眼跑来的男孩们。他们从两边包抄，截断了走廊台阶这一退路。无畏的猫继续凶猛撕抓公爵的鼻子，只是攻势隐隐有点收缓——他准备带着鱼骨头撤了。吉卜赛丝毫也不害怕，他一直相信，凭他是谁，只要他想，都可以狠狠抽一顿。越来越热闹了，但没什么能拦住他离开。

尽管可以当面尽情嘲笑公爵这个太弱的对手，吉卜赛还是觉得，要是没能使出猫科动物典型的那一招——经常被不确切地当作是吐口水，他就不算对得起自己。在他的概念里，那才是一场战斗中真正不可或缺的。但是连最不会打架的猫也知道，要想完成这一动作，或达到最好的效果，嘴巴必须张到最大，大到看得见食管，这才能吓得敌人落荒而逃——这威胁就是干这个用的。而吉卜赛要是张嘴，鱼骨头就丢了。

稍做考虑后，他决定把战场留给敌人，自己带着鱼走。吉卜赛连跳了两大步。第一跳就到了走廊边缘，毫无停顿地，他立即收缩肌肉，把自己压成一支铁弹簧，猛地弹起，高高飞向空中。那画面虽然只一瞬，却令人热血沸腾：走廊被抛在身后，吉卜赛的身姿在阳光灿烂的天空划出一道优美昂扬的弧线。他骄傲地仰起头，俨然野性力量与自信的化身。大概嘴里叼着的白鲢长长的鱼骨和下垂的尾巴妨碍了他的视线，也可能他在跳起时，以为蓄水池上还盖着圆圆黑黑的盖子——如果那样的话，他跳得其实很精确，因为吉卜赛准准地落进了水池的洞口。在男孩们惊喜的叫喊声里，吉卜赛消失在了水中，嘴里还紧咬着他的鱼骨，自负的脑袋抬得老高。

好大一片水花溅起！

猫与生鲑鱼段、两条青花与乳钵　让－巴蒂斯特－西梅翁·夏尔丹

画布油彩　80cm×63cm　1728年左右　西班牙马德里提森－博内米萨美术馆藏

祖　特

【美】盖·怀特摩尔·卡罗尔

钟姗 译

　　盖·怀特摩尔·卡罗尔（Guy Wetmore Carryl，1873—1904），美国幽默作家、诗人，曾居巴黎。本文选自作者1903年的短篇故事集《祖特及其他巴黎人》。

　　大军团大街[1]上，让-巴蒂斯特·卡耶的杂货铺和希波利特·赛儒家的美发沙龙是肩并肩的相邻店面，两家却积怨深重。据艾斯贝朗丝·赛儒说，这是由于亚历桑德琳·卡耶为人刻薄。而亚历桑德琳·卡耶则称，只怪艾斯贝朗丝·赛儒太虚伪奸诈。其实，一切纠纷真正的根源就是祖特，而祖特此时正笑眯眯地坐在让-巴蒂斯特家的门口。除了阳光和午饭，她什么都不在乎。

　　希波利特当初打算盘下美发沙龙时，表现出了相当的机智：他立刻和一位退休商人的女儿结了婚——结成了那神圣同时又世俗的联盟。这位姑娘的嫁妆直朝五位数奔去，而她的心

1　大军团大街：位于巴黎十六区和十七区边界的一条大街，1864年改为此名，以纪念拿破仑的一支主力部队。——译注

灵，希波利特说，就跟她的容貌一样美——关于这后一点，连最客观的人都得承认，确是事实。店面变更九天就完成，创了这个街区的奇迹。大军团大街的最西头颇为热闹，骑自行车的路人熙熙攘攘，还总挤着一群身穿奇装异服、在汽车上捣鼓各种花样的家伙。这条街上有很多咖啡馆，侍者们一定很需要修脸服务。而且，到希波利特当老板的时候，地铁一号线的马约门站已经启用，站口离他的店还不到一百米。这些地铁口长得就像穷凶极恶的黄色郁金香（看不懂的新艺术），每天吞吐着几千的乘客。潜在客源是不用担心了，问题是，怎么让客人真正上门，又怎么去把生客变成熟客。这时，艾斯贝朗丝的聪明才智和她一万法郎的嫁妆起了至关重要的作用。她一句话就指明了方向，美发沙龙后来的红火，有一半都得归功于此。

"想吸引客人来，"她双手叉腰道，"首先店面一定要抢眼！"

在她的主张下，一切都要尽量高调。她指挥希波利特跑遍了圣安托万郊外的各种器材店，几个小时地和木匠还有装修工人热切讨论。最后，美发沙龙里外焕然一新，墙面粉刷漂亮，有挂着镀金框的长镜子，还添置了一台结构复杂、镍层闪闪发亮的新机器，它的名字很威风——除菌机，店里专门为它挂了一块表示"我们有除菌机"的告示，刚好从门外能看见。

整个店如获新生，原先简单写着"克尔贝，剪发"的黑白花纹招牌上，现在换成了"玛拉科夫沙龙"，顿时引人注目许多。窗架被满满的香皂、化妆水还有各种香水压得"咯吱"作响，每个窗角都挂着一串鲜黄色的海绵。玻璃上的白色亮珐琅字母人人走过去都要瞅两眼，因为它明明是用英文写的，却突兀地夹杂着法语词，还故意写成"香玻"这种样子[1]。希波利特雇了两个助手，让他们穿上白帆布夹克，他老婆则穿一件崭新的蓝色真丝衬衫，满脸带笑地坐在柜台后面。美发沙龙开业大吉，艾斯贝朗丝的理论很快就得到了充分的证明，整个街区都注意到了这家店，人们纷纷前来一试。玛拉科夫沙龙的生意红红火火地开张了。

然而，每个伊甸园里都得有条毒蛇，对赛儒家来说，扮演这个角色的，就是亚历桑德琳·卡耶。卡耶杂货铺闲散的店主本人才懒得去咬牙嫉妒别人呢，可是他老婆已经快被隔壁店的开张和走红气得心里滴血了。他们自己的店年久失修，越发破败，周边新开的大咖啡馆又都去批发商那里直接进货了，铺子的收益逐年下降，就快没钱赚了。

进价售价之间曾经可观的距离越缩越小，亚历桑德琳为此烦恼不已。她想要改变，但又变错了地方——转而去进那些价廉质次的商品，只让销售情况变得更糟。就在赛儒家的玛拉科夫沙龙欣欣向荣、扬帆起航时，他们的邻居正在彻夜召开家庭会议，句句话都离不开损失惨重和气急败坏。赛儒家富丽堂皇的店门、潮水般涌入的顾客、满街人对希波利特节俭能干的赞不绝口，已经够让亚历桑德琳难受了。

最后，她又看到了艾斯贝朗丝，满面红光，笑容可掬，幸福地坐在她的小柜台后面，而自己却身处一堆灰扑扑的瓶瓶罐罐中间。再想起家里越积越多的债、越来越微薄的收入，亚历

1　法语的"香波"是"shampoing"，原文中用的是"schampoing"。——译注

桑德琳心中像打翻了胆汁一样苦涩。出于礼貌，更多是因为好奇，她曾去隔壁拜访过。自那之后，那股惬意的紫罗兰和丁香的香气就在她脑中挥之不去，眼前总恍惚出现擦得锃亮的镀镍机器和闪光的大镜子。她自己店里的空气是沉重的，带着环绕身边的蔬菜、奶酪、咸鱼、沙丁鱼和一盒盒饼干混杂出的辛辣臭味。亚历桑德琳的生活忽然变得难以忍受了。如果说没有什么比一个人自己的成功更令人开心，那么也没什么比自己邻居的成功更给人添堵。更甚的是，她的邻居并没有来她家回访，这让她更是怒火中烧。

除去这些，其实亚历桑德琳心里真正最大的刺痛，连她不管事的丈夫都耿耿于怀的，是他们叛逃到敌人阵营的重要朋友，亚伯·弗里克。结婚前，卡耶太太的体重还是五十公斤，不是现在的九十公斤，那时亚伯正是这家杂货店最年轻的雇员，同时也是她的追求者中最痴心的一位。1871年的动荡中[1]，他的英勇表现引起了上头的注意，市政府让这个杂货铺小工兼民兵摇身一变成为国家法律的捍卫者。但即便到那时，他仍忘不了初恋，直到让-巴蒂斯特盘下杂货铺，并用杂货铺女主人之位把亚历桑德琳娶到手，亚伯才算彻底死心。之后，好心的警察局长莫名将亚伯调来了十七区，于是旧日老友又续前缘了。回家路上在卡耶太太的店里坐坐，对这位面色红润的警官来说，既方便又舒服。随便聊几句，怀怀旧，开个玩笑，再顺手得一盒沙丁鱼或一小包茶叶回去。可是，正在他老朋友

1　1871年普法战争法国战败，巴黎工人起义，同年5月，巴黎公社革命失败。——译注

店里的东西质量开始下降时，玛拉科夫沙龙出现了。他对友谊的忠诚动摇了。弗里克先试着去希波利特那里考察了一番，随即就被迷住了，成了常客，几乎天天都能听到沙龙中传出他爽朗开心的笑声。他是个英勇的男人，也是个好客人，一点不多事，完全信任希波利特的服务，任由他给自己又修又烫又喷香。他每次来都受到热情的欢迎，赛儒太太笑意盈盈，还不时送他发蜡、香水等小礼物。

卡耶太太每天隔着自己的窗户，哀怨地望着亚伯在隔壁来了又走。他现在经过的时候都不看一眼旁边的杂货铺，当然更少跟他的昔日爱人哪怕点头打个招呼了。有次，她故意在门口拦住他，准备送他的沙丁鱼都拿在手里了，他却说正赶时间，快快地溜掉了。黑暗的念头难以抑制地席卷了亚历桑德琳的灵魂，她在内心最深处起誓，一定要报仇。尽管还不知道到底要怎么做、做什么，她不祥地绷紧了嘴唇，决心等待时机。

卡耶太太这悲惨的生活中只有一个慰藉，那就是祖特——一只异常漂亮、体格庞大的白色安哥拉猫。亚历桑德琳把她从小猫时养起，她吃得太多，又遗传性地不爱运动，经年累月，就长成了现在这个样子，也养成了对别的什么都不在乎的习惯。正是这种无所谓的气质，她才有了"祖特"这个名字——在巴黎俗语中，这个词把一切都表达了，又什么都没说[1]。最主要的是，它是一种对这红尘俗世彻底、超然的漠视。要说到漠视，祖特可是此中好手。就连对卡耶太太——她从自己

---

1 zut在法语中是表达轻蔑、愤恨等意的感叹词，类似"去他的""见鬼""呸"等。——译注

盘子里给它精挑细选地喂食，轻柔地给它梳理皮毛，还一有时间就爱抚它——对这样的卡耶太太，祖特都爱理不理到了轻蔑的程度。当她趴在门口晒太阳时，坐在小桌后的主人望着她眉开眼笑，各种肉麻过分的夸赞穿过店里污浊的空气传到她耳边——

上帝啊，她是不是太美了点？是能想象到的美的极致了吧！看她的眼睛，天空一样湛蓝，怎么会那么智慧和宁静？是的，我的上帝，这只猫咪是万里挑一的，她简直是只神圣的小喵喵！

卡耶太太要求丈夫也要确认这些赞美，让-巴蒂斯特于是回答，对，的确是这样。毫无疑问，这是一只很棒的猫，潇洒漂亮、性情温柔（有点夸张了）、充满爱心（令人怀疑）、勇敢无畏（这是纯粹的撒谎了）。好家伙，她真是猫咪中的猫咪！对了，送奶酪的小子什么时候回来，难道要去一个下午吗？对丈夫这种突然打岔，卡耶太太会给予严厉教训——"不过猫咪还是很棒的！"——然后继续埋首于她的账簿，直到她的目光再次不由自主地被祖特吸引，再次滔滔不绝地衷心赞叹起来。对这一切，祖特连耳朵都懒得动一下。在女主人的甜言蜜语包围下，她只万分厌倦地闭起她宝蓝色的眼睛，或者转头去专心清洁身体，就像在说："想说就说说吧，我听着呢。不过真的好无聊。"

时间久了，亚历桑德琳已经对祖特这种态度习以为常，不以为忤。她可以接受她的宠物对自己冷冷淡淡的，但当祖特开始主动对别人示好、对她忘恩负义的时候，卡耶太太可就受不了了。一天早上，她出门推销生意归来，愕然发现这没良心的小东西竟得意扬扬地坐在玛拉科夫沙龙的门口。她怒火上涌，俯身一把将猫咪揪了起来。

"坏东西！"她大叫，故意让艾斯贝朗丝看到。明里是在骂猫，暗里可是句句朝她的邻居而去。"看看你自己干了什么？为了一个不明底细的陌生人就要把我抛弃吗！你还有没有点良心？他们要把你从我身边偷走！不！打死也不行！那群无赖！"这一串话完完整整地越过猫咪的脑袋，直达赛儒太太。气冲冲的杂货铺老板娘大步走回自己店前，进门之际，又扭头对着隔壁空空的门口发泄了一通。

"无赖！"她重复道，"一无是处的东西！抢走我的朋友还不够吗？还要来偷我的心肝？咱们走着瞧！"她的语气忽然和缓下来，"我的宝贝儿，你这么漂亮、聪明，这么好，上帝啊，把你让给别人？打死也不行！"

艾斯贝朗丝和这位怨气冲天的邻居之间的暗涌算是终于浮出水面了。其实艾斯贝朗丝对猫的喜爱一点不比后者少，她一直都很渴望有一只白色的安哥拉猫，所以这天早上，当祖特步入玛拉科夫沙龙时，她受到了比平日习惯的宠爱更热切的照顾。可能是周围环境太新奇，也可能这里让她有种特别的冲动，祖特一扫通常的冷淡，居然变得活泼起来，她发出长长的、满意的叫声来表达感谢，而平时她一年能"喵"上一次，她主人已经要乐坏了。艾斯贝朗丝赶紧给贵客端出一碟牛奶，猫咪喝完之后，又给她盛上满满的鱼。祖特在店里四处巡视，在椅子腿上蹭痒，其他顾客，还有穿得像白鸭子的助手们，都很喜欢她。弗里克红润的脸皱成一团，希波利特正在给他干枯的头发一缕一缕地上紫罗兰味儿的护发油。看到祖特，他忍不住出言讥讽：

"瞧啊！他们的猫咪也来光顾了！这下全世界都放弃卡耶家了！"

其实直到亚历桑德琳把她的小宝贝一把抢回去，并嚷出那番激烈的话来，艾斯贝朗丝才意识到她邻居压抑已久的不满。开业以来，她一心忙着给丈夫帮忙，收钱找钱、算账记账，完全没去管过邻居们。即便她有空闲，也绝对想不出到底什么地方把卡耶太太惹到了。然而就算她自己能忽视刚才在店门口发生的吵闹，其他人又会怎么看？这么一闹，她的声誉也要有点不清不白了。

"她怎么了？"希波利特停下手上的活儿问道，他正给浑身香喷喷的弗里克做最后的收尾。

"我哪知道？"他老婆耸耸肩，"她以为我要偷她的猫！我……"

"很简单，她就是恨您。"弗里克接上话，"这不是显而易见的吗？她又老又肥，店里生意越来越差。而您，如此年轻，"他躬身行礼，"美貌，前程锦绣。她嫉妒您，就是这样！糟糕的个性。"

"哦，天哪——"

"不过那又能对您有什么影响？就让她去吧，她和她的猫。再会，先生，夫人。"

"哗啦啦"地把几个苏扔进装小费的罐子，在希波利特和白鸭子一样的助手们响成一片的"谢谢先生""再会先生"声中，警察大人出门了。

但他说的话留下了涟漪。赛儒太太一整天都在回想早上的事：亚伯·弗里克所说的原因总让人不够信服。仅仅因为物质条件的对比吗？以艾斯贝朗丝爱好和平的个性来说，她不愿与任何人为敌，同时，她敏锐的商业直觉也告诉她，一个不友好的长舌妇一定会妨碍到玛拉科夫沙龙的生意。在这街上，流言是传得最快的，印象一旦产生，就很难根除。完全可以想见，卡耶太太必定会尽力四处散播关于赛儒家小偷小摸的谣言，而这将使他们失去刚刚赢得的顾客们，只留下满室凄凉的空桌椅。

艾斯贝朗丝忽然想起了卡耶太太那次的拜访。自己还没有回访！天啊！这不就是原因所在吗？作为这条街上最年轻的商户，居然故意无视前辈邻居友好的示意！希望现在弥补还来得及。当天傍晚，等到生意不那么忙的时候，赛儒太太立刻从柜台后溜了出来。她不安地理了理头发，向隔壁走去，想要化解这场风波。

卡耶太太倨傲地坐在柜台后面，冷若冰霜地对待这位客人。

"是你啊。"她说，"你一定是来买东西的。"

"请给我拿点鸡蛋，夫人。"艾斯贝朗丝略感突然，但还是得体地接上了话，满足对方的暗示。

"要优质品还是……"亚历桑德琳一副讥诮的神情。

"当然是优质品，夫人。请给我拿六个。啊，天气真好，春天的感觉终于到了。"

对方以沉默应对这友好的攀谈，只从她的高脚凳上下来，动作很猛地吹开一个小纸袋，让它像个小热气球一样膨胀起来，然后把篮子里的鸡蛋往进捡。她把每个鸡蛋都对着光查看半天，故意格外仔细地把它们挨个擦干净。卡耶太太忙着的时候，祖特从藏身的角落走了出来，把两条前腿抻得长长地伸懒腰，冲艾斯贝朗丝打了个哈欠，以示问候。艾斯贝朗丝抓住机会，想借猫咪来打破尴尬的局面。她再次努力友好地说："您的猫长得真英俊，夫人。"

"她是女孩子，"卡耶太太一下从篮子边转回头来，"而且她从来不在乎陌生人怎么夸她。"

第二次的冷漠拒绝了。卡耶太太一点也没有要拉拉邻居家常的意思。

但赛儒太太自觉有错在先，所以还是鼓起劲再试一次，"没有见卡耶先生来沙龙玩啊，"她接着说，"我们很乐意为他……"

"我丈夫都是自己刮胡子。"亚历桑德琳自得地回击。

"那他的头发……"艾斯贝朗丝冒险追问。

"我来给他剪！"对方吼道。

这时，赛儒太太犯了错误。她笑了。她紧接着有点困惑，又想赶紧挽回——太迟了——地说："对不起，夫人，我只是觉得有点好玩。毕竟，十个苏剪一次发并不算贵……"

"不幸的是，"卡耶太太立刻打断了她，"这世上并不是每家人都有闲钱去装饰墙壁，去买大镜子还有除菌机！这些鸡蛋二十四个苏，但我们可不会因为这个就趾高气扬。你下次最好去别处买吧！"

赛儒太太再也无言，只得充满意味地耸了耸肩，拿两法郎[1]放在柜台上。亚历桑德琳把找的钱几乎是扔了回来。赛儒

---

1 1法郎等于20苏。——译注

太太拾起桌上的零钱，努力控制住自己，转身朝门口走去。可是卡耶太太觉得这样还不够，怎么着也要再给她最后一击。

"或许你丈夫会喜欢给我的猫咪洗个头！"她喊道，"她好像挺中意你们那个'沙龙'的！"

为了息事宁人，艾斯贝朗丝已经忍下了对方所有的无礼，但她可受不了别人侮辱她丈夫的手艺。她在门口轻轻拧过身，心中的怒火凝聚成两个字：

"泼妇！"

"你这头猪！"亚历桑德琳在柜台后尖叫。两人就此分手。

即便到了这步，其实休战也不是不可能，只要祖特能对她所挑起的这场大战表示满意，不要再惹是生非了。可是不行，不知是玛拉科夫沙龙的牛奶和鱼比卡耶杂货铺那些吃惯的美味好吃，还是出于什么说不清的猫科动物本能，祖特被那发蜡的紫罗兰和丁香味儿迷住了，很快又跑去了沙龙。之后一次又一次，直到变成了每日惯例。猫咪每天都漫步到美发沙龙来，在这边非常理所当然地吃点东西，享受一阵。不论艾斯贝朗丝对卡耶太太有多讨厌，她对祖特的喜爱都没有减少一分，正相反，祖特来得越多，她对时髦漂亮的安哥拉猫就越发着迷，越想自己也有一只。但白色安哥拉猫可是件奢侈品，价格不菲，即便玛拉科夫沙龙生意兴隆，它的主人也还没手大到花八十法郎去买个消遣的宠物。所以，在挣到更多钱之前，赛儒太太只能盼着邻居家的猫咪多过来玩玩，过过眼瘾。

卡耶太太可不会这么轻易放弃她的所属权。祖特第三次来沙龙的时候，她气呼呼地跟了过来，看到这家伙正在赛儒家爱心满溢的注视下舒服地吃着小鱼。可怕的一幕爆发了。

"如果，"卡耶太太脸涨得通红，边怒吼边冲艾斯贝朗丝威胁地挥着拳头，"如果你们非得把我的猫勾引出来，能不能至少别给她喂吃的？我谢谢你们！我给她喂的已经足够了，而且，我怎么知道你们那碟子里都放了些什么！"

她用极其蔑视的眼神扫视着店里穿得像白鸭子的助手们和惊呆了的顾客。

"你们大家，"她继续说，"给评评理！这些人把我的猫偷了过来，还喂她……喂她……我不知道的东西！简直太过分了，闻所未闻！这种事情……打死也不行！"

这时，一向温和的希波利特站了出来。

"我明白粗鲁的人就是这样，"他大声说，手里还拿着剃刀，"在自家店里可以肆意侮辱登门的邻居。但是我告诉你，在这里，休想！我老婆告诉我你对她说的那些话了。小心点！否则我对你不客气！滚，带着你的猫一起滚！"

他边用力地说出"猫"，边把祖特踢进了她震惊的主人怀里。这个希波利特，真是好样的！

一小时后，这段小插曲就详详尽尽地传到了亚伯·弗里克耳中。当天晚上，他在时隔数月后，第一次又来到了卡耶太太的店里。她热情地迎接他，既往不咎，只盼望能与这位厉害的朋友重修旧好。但警官眼里发出的光比她的还要直接。

"你为了自己发泄情绪，"他严厉地说，目光越过老板娘拿出来招待他的一小把葡萄干，紧盯着她，"就去骚扰我的朋友。我劝你注意一点，没有人能长期在巴黎卖劣质鸡蛋而不走漏风声的。我知道的很多事没有说出来，不代表我不能说出来。"

"哦，我们这么长时间的友……"亚历桑德琳被戳到了软肋，声音颤抖地说。

"……才保护你到了如今。"弗里克不为所动，"留神别把它滥用了。"

自那以后，祖特去沙龙玩的时候，再没人打扰了。

可是这位流浪者越玩心越野，在外的短期逗留变成了长期驻守，最后直接在玛拉科夫沙龙过夜了！那边专门为她准备了一个纸盒子和一张小毯子。终于，命运的早晨来临了，卡耶太太平时挂在嘴上的"打死也不行"找到了真正的用武之地。

希波利特的生意越发火爆，那天一大早，店里的三张椅子上已经客满，还有其他人在旁边等着。空气中飘荡着紫罗兰和丁香的香味。一个白鸭子样的助手正在给一位身穿皮衣风尘仆仆的粗壮司机洗头，另一个助手灵巧地挥动着剃刀，给一个瘦弱紧张的少年剃下他嘴唇上方和两颊初次冒出的胡茬儿。而这边，希波利特本人正用喷雾器往亚伯·弗里克气色极好的脸上洒香水。这一派动人的忙碌景象中，总感觉要上演什么戏剧性的事情。这次的主角，就是祖特。她带着几分矜持的骄傲，从角落里铺着毯子的小盒处缓缓走出，嘴里叼着一个软绵绵的东西。等她把这东西放到玛拉科夫沙龙中间的地板上，众人才发现，那是一只白色的安哥拉小猫崽，纯白如雪！

"太漂亮了！"弗里克边擦着他香喷喷的下巴边说。的确如此。大家赶忙检查祖特的小窝，发现里面还有四只新生的小猫，不过它们身上都带着黑色或黄褐色的斑块，它们妈妈拿出去炫耀的是最出众的一只。

"它们都是您的了！"关于小猫们的归属，弗里克喊道。"上帝，是的！不到一个月前，也有这么件类似的案子，是在第八区——奥什大街的一个看门人，她起诉了对方，但法院最后驳回了她的要求。它们都属于您了，赛儒太太。恭喜恭喜！"

我们知道，赛儒太太并不是那种睚眦必报的人，但卡耶太太对她无缘无故的欺侮实在伤人太深——她毕竟也只是凡人。

因此，她在自己的小柜台前坐了下来，写下了如下这段讽刺的留言：

卡耶太太：

我们在此送还你的猫，还有她的小猫——除了一只以外。那只小猫浑身雪白，比它的母亲还要漂亮。我们一直很想有一只白色的安哥拉猫，所以就留下这只作为对你的纪念。很遗憾不能接受你全部的大方馈赠，恐怕以后也没时间给你的猫洗头了，因为我们要忙着照顾自己的小猫了。弗里克先生会告诉你这是怎么回事的。

万盼笑纳我们的好意。

希波利特&艾斯贝朗丝·赛儒

亚伯·弗里克把这封信，以及祖特和她的四只小猫带给了亚历桑德琳·卡耶。当这个暴怒的女人想冲上来撒野时，亚伯·弗里克把一根手指作势竖起在嘴唇前："还是多操心这些可爱的小猫吧，夫人，我也会多操心那些劣质鸡蛋的！"

亚历桑德琳不作声了。弗里克走后，她整整有五分钟说不出话来，这还是有生以来的第一回。她盯着趴在她脚边的白色安哥拉猫，四只杂色小猫围在母亲身旁。强烈的挫败打击终于慢慢散去了，她重重叹了口气，只蹦出了两个词：

"哦，祖特！"

在巴黎俗语中，这个词把一切都表达了，又什么都没说。

五十三次之内·冈崎的场合（局部） 歌川国芳 浮世绘

猫　町

【日】萩原朔太郎

程俐、褚凤云、张舒扬 译

　　萩原朔太郎（はぎわら さくたろう，1886—1942），日本早期象征主义诗人。著有诗集《吠月》《黑猫》《纯情小曲集》《冰岛》《回归日本》等。萩原朔太郎处于日本资本主义日趋没落的时代，他的彷徨和苦闷影响他诗歌创作的基本倾向，但他以口语写诗，语言富有音乐感，对诗歌形式的创新做出了一定的贡献。

　　1997年パロル舍出版社出版了他的散文诗小说《猫町》，当时由金井田英津子插画。

> 你拍死了一只苍蝇，
> 而苍蝇"本身"并没有死，
> 死的只是苍蝇的表象。
>
> 　　　　　　　　——亚瑟·叔本华

一

　　对旅行的向往，已逐渐从我的幻想中消失。以前，只要在头脑中稍稍描绘那些有关旅行的意象——火车、轮船、未知国度的异国风光，就足以让我心情雀跃。可过去的经验告诉我，旅行不过是单纯的"同一空间里同一事物的移动"罢了。无论去到哪里，总是同样的人，住在同样的村庄或城镇，重复着同样单调的生活。不论是哪里的乡下小镇，商人们都是一边在店头拨弄算盘，一边瞅着外面发白的街道度日；官员们都是在机关里一边抽着卷烟，一边在心里盘算着午餐，日复一日过着单调的日子，目送自己逐渐老去的人生。旅行的诱惑，在我疲惫的心境中映射出百无聊赖的风景，犹如生长在空地上的梧桐；到处重复着单一法则的世俗生活只会令我心生厌倦。我早已对任何旅行失去了兴趣和憧憬。

许久以前，我便以自己独特的方式进行着种种不可思议的旅行。我所说的旅行，是在得以置身于时空与因果之外的唯一一瞬间，即巧妙地利用梦幻与现实的分界线，在主观构成的自由世界里遨游。大多数情况下，我都在蛙类聚集的沼地或是极地附近企鹅栖息的海边徘徊。在那些梦幻的风景中，一切都是鲜艳的原色，大海、天空都呈现出玻璃般通透的蔚蓝。清醒之后，我依然记得当时的情景，以致时不时在现实世界中产生异样的错觉。

这种借助药物的旅行，严重损害了我的健康，让我日益憔悴，脸色惨白，皮肤苍老暗沉。我开始注意自己的健康。后来，我在散步途中偶然发现了一个能满足我的旅行怪癖的新方法。遵照医嘱，那段时间我每天都在家附近四五公里方圆（大约三十分钟到一小时）的区域里散步。那天我也和往常一样，在那附近溜达。我走着固定的路线，和平时没什么不同。可唯独那一天，我意外穿过了一条陌生的胡同。随后，我便完全搞错了路，迷失了方向。本来我就是个大路痴，因此认路的本事很差，一旦到了不太熟悉的地方便会立刻迷路。而且我还有个边走路边耽于冥想的怪毛病，即使路上有熟人向我打招呼，我也浑然不知，有时还会在自家附近迷路，以致不得不向人问路而闹出笑话。我甚至还曾沿着住了许久的屋子外墙连续绕上几十圈，由于方向感的偏差，我怎么也找不到近在眼前的大门入口。家里人说，我是鬼迷心窍了。所谓鬼迷心窍，可能就是心理学家所说的半规管[1]上的毛病吧。因为按照某些学者的说法，我们之所以具有感知方向的特殊功能，就是因为内耳中半规管起作用的缘故。

言归正传，我一边为迷了路而困惑不安，一边估摸着回家的方向，急忙赶路。就在我绕着树木繁茂的郊外住宅区转来转去时，无意中来到了一条热闹的大街上。那是条我从未见过的漂亮街道。街面打扫得很干净，铺路石上露水濡染。所有的店铺都很整洁清爽，擦得锃亮的玻璃橱窗里摆放着各式奇珍。咖啡店的屋檐下花树繁茂，给街道增添了几处宜人的树荫。十字路口的红色邮筒也很美丽，就连香烟店里的姑娘也如杏子般明丽可人。我从未见过如此富有情趣的街道。这条街道究竟位于东京的何处？我已然忘了位置，不过从时间上估算，它就在我家附近，徒步只需半小时的散步区域里，又或者是近在咫尺——这点我确信无疑。但又为何相隔咫尺之地，却有这么条

1　半规管：semicircular canals，人耳中维持姿势和平衡有关的内耳感受装置。——译注

至今鲜为人知的街道呢？

　　我觉得自己像在梦中。那地方让人觉得并非是现实中的街道，而是投射在幻灯屏幕上的画中街道。然而那一瞬间，我又恢复了记忆和理智。细细看来，那就是我家附近的一条乏善可陈的普通郊外街道。和往常一样，十字路口立着个邮筒，香烟店里坐着个患了胃病的女店员；各家店铺橱窗中总是摆着过时的商品，积满了浮灰，显得无精打采；咖啡店的屋檐上装饰着假花编成的拱门，乡下气十足。一切的一切，不过是我平日里所熟悉的乏味无趣的街景而已。所有的印象在一瞬间都发生了翻天覆地的变化，而这如施了魔法般不可思议的变化，仅仅是因为我迷路而对方向产生了错觉的缘故。我把一直在街南端的邮筒看成了在相反的北边街口，把街道左侧的店铺当成了反方向的右侧。仅是这么点不同，却让我看到了一条罕见的全新街道。

　　那时，我在错觉中的不明街道上，凝视着一家商店的招牌。我总觉得这招牌上的画似曾相识。随后在记忆恢复的一瞬间，所有的方向都发生了逆转。于是乎，左侧的街道一下子到了右侧，而原本面北而行的我正朝着南方走去。那一瞬间，指南针的针尖飞转起来，东南西北的空间位置全都掉了个个儿。同时，整个宇宙起了变化，眼前的街道完全变了味道。也就是说，刚才看到的奇妙街道，实际是存在于颠倒南北的宇宙逆空间中的。

　　自那次偶然的发现以后，我便故意制造一些方位上的错觉，屡次在这神秘的空间里遨游。特别是这种旅行，对于具有前文说到的那种缺陷的我而言，是很容易体验到的。话说回来，即便是拥有健全方向感的人，也和我一样，有过看到这种特殊空间的经历吧。譬如，诸位深夜坐火车回家。刚从车站出发时，火车是由东往西直线行驶的，可过不了多久，你从瞌睡中醒来，却发现不知从何时起火车已朝着相反的方向行驶，变成由西往东了。理智告诉你这绝无可能。可你明明白白地感觉到，火车的确正在与你的目的地背道而驰。这时候，试着朝车窗外眺望一下吧，平日看惯了的沿途车站、风景都无一例外地发生了罕见的变化，眼前看到的是个完全不同的世界，你甚至无法从记忆中找到一丝印象。然而，待最后到站，在往常的车站下车时，你才如梦初醒，原来自己还在现实中的正确方向里。一旦意识到了这点，先前看到的奇异景色和事物又都变回了司空见惯的寻常琐物。也就是说，对于同一个景色，你先从背面看，之后又按平时的习惯从正面看。如此一来，同一事物因视角的转换具有了迥异的两面。同一现象中隐藏着一个"不为人知的背面"，再没有比这更包含形而上学之奥秘的问题了。小时候，我总是对着挂在墙上的油画，执着地思考一个问题——在这画框的景色背面究竟隐藏着一个怎样的世界？我曾几次取下画框，窥看油画的背面。于是，孩提时的疑惑成了我长期以来试图解开的谜题，即便如今我已然成人。

下面说的这个故事，为解答我的这个谜题提供了关键的线索。作为读者，如果能够从我这不可思议的故事中领悟到在事物和现象背后隐藏的某个四维空间的世界，亦即风景内在的真实性，就会觉得这个故事是真实的。但是如果诸位读者无法付诸想象，那么基于我亲身经历的以下事实，也不过是一个因吗啡而中枢神经中毒的诗人颓废而不得要领的幻觉罢了。总之我还是鼓起勇气写写看。不过，本人并非小说家，无法用渲染和各种情节来取悦读者，我所能做到的，仅仅是把自己经历过的真实事件，如实地记录下来而已。

二

　　那段时间我一直逗留在K温泉。9月将逝，彼岸节[1]过后的山区，已完全是一派秋天的景象。大城市来的避暑客人们，都已经踏上归程，剩下只有为数不多的温泉客人，还在静静地疗养病体。秋意渐浓，旅店寂寞的中庭里，落叶萧萧。我整日穿着绒布衣服，一个人在后山徘徊，无所事事地消磨着每一天。

　　在离我所在的温泉地不远的地方，有三个小小的镇子，虽说是小镇，也不过是些村庄那么大的小小群落。其中的一个小镇虽小，却也一应俱全，既有各色的日用品供应，也有一些大城市风格的餐饮店。从温泉到那些个小镇，都有各自直通的道路，每天都有定时接送的马车往返。尤其是温泉与繁华的U镇之间，更有一条小小的简易铁路。我有时乘坐那条铁路线到镇上购物，有时也在镇上的酒吧里喝酒消磨时间。不过我最大的乐趣，在于乘这条线去往U镇的途中。那玩具一样可爱的小火车，在落叶林与能俯瞰山涧的峡谷间，上上下下，蜿蜒驰走。

　　有天，我在中途下车，徒步向U镇的方向走去。那是一条视野良好的山岭小径，让人忍不住想在上面信步而行。小径

1　彼岸节，日本的节气，是以春分或秋分为中心的一周，在这期间，人们要去祭拜祖先的坟墓并为他们的亡灵祈祷。——译注

沿着铁轨，在林中婉转曲折。处处繁花盛开，红色的土壤在阳光下闪亮，时有被砍伐的树干横过路面。我一边仰望天上的浮云，一边不由想起本地山中流传已久的古老传说。当地开化未久，至今还残留着许多原住民的风俗和迷信。这里流传着许多的流言和传说，至今仍然有很多人对这些坚信不疑。我所居住的旅店的女佣和附近村来温泉疗养的村民，都带着某种害怕与厌恶的心情，对我讲起种种民间故事。比如说，某个村落的居民被狗神附身了，或者另一个村落的居民被猫神附身了。被狗神附身的居民只吃肉，被猫神附身的居民则只能靠吃鱼过活。

周边的人把这些特别的村子统称为"附身村"，并敬而远之。"附身村"的居民们每年一度在没有月亮的暗夜里举行祭祀仪式，仪式的情形，村子以外的普通人是完全看不到的，偶有人亲眼见到，也不知为何都三缄其口。据说那里的居民们有特殊的魔力，藏匿着来历不明的巨额财富，等等。

在讲完这些故事之后，他们还补充说，就在前不久，温泉附近还有这么个村子。虽然现在村子已经不在，村民也早已离开，但他们恐怕还在某处继续着秘密的集体生活。作为确凿的证据，据说有人曾亲眼见过他们的神祇（魔神的真身）。在这些人的话里，充斥着农民特有的偏执，不管我愿不愿意，他们都试图把自己对迷信的恐怖及其真实性强加于我。不过，我总是抱着别样的目的，津津有味地听着。在日本诸岛信奉着此种迷信的族群，其祖先大抵是有着迥异的风俗习惯的异族人或者入籍人士，子孙后代至今依然信奉着祖先的神祇。或者再进一步推测，应该是天主教徒藏身其中的族群。不过，宇宙间总有些人类无法解释的秘密。正如霍拉旭[1]所说，理智不可能让我们通晓一切。理智总是试图把所有事物转化为常识，给神话加以种种通俗易懂的解释。可是，宇宙所隐藏的深意，往往高于通俗易懂的层面，故而所有的哲学家，在他们穷尽真理以后，总是在诗人面前脱帽致敬，因为诗人直觉到的超越常识的宇宙，才是货真价实的形而上的存在。

我就这样浮想联翩，独自一人在秋天的山间小道上漫步而行。那条山间的羊肠小道，渐渐通向山林的深处。那条铁轨，我当作唯一的通往目的地的路标的铁轨，已经不知在何时消失得无影无踪。我迷路了。

"迷路了！"

从浮想中惊醒的时候，心里发出了这般忐忑的声音。我忽地不安起来，慌忙开始寻找归路。我向后折返，试图回到来时的道路，谁知道这样反而更加迷失方向，在错综复杂的小路中越走越远。我渐渐走到深山里，眼见着小径在荆棘丛中消失无踪。就这样徒劳找了很长时间，却连一个樵夫都没有遇上，我变得更加不安，像小狗一样焦躁地在路上来回打转，试图找到线索。然后，我终于发现了一条有着清晰的人和马车足迹的小径。我小心追随着那些足迹，朝着山脚走下去。无论是到哪边的山脚，只要到了有人烟的地方，就能够放心了。

几小时之后，我走到了山脚，谁知竟发现了一个意想不到的人间世界。那里没有贫瘠的农家，却有着繁华的城镇通衢。从前有个朋友跟我说过在西伯利亚铁道上旅行的故事：列车在

1　莎士比亚戏剧《哈姆雷特》中的人物。——译注

满目荒凉的无人旷野行驶了几天几夜之后，终于在一个沿线的小站上停靠，不想那里竟然是世间少有的繁华都市。当时他有多震惊，我此刻就有多震惊。数不清的建筑物傍山而建，楼群和高塔在阳光下熠熠生辉。在如此偏僻的山中能见到这样的繁华城市，实在是令人难以置信。

　　我好像看着幻灯一样向着镇子越走越近，终于自己也走进了其中。我从镇上一条狭窄的岔路上走进去，左旋右绕，终于走到了繁华的大街上。这条街道给予我非常独特的印象。那些鳞次栉比的店铺和建筑，无一不设计别致，富有艺术感，而又彼此契合，使小镇有一种整体的美感。这一切并非刻意营造，而是在久远的时光里慢慢沉淀，巧合般形成了如今的景象。这景象把镇子的悠久历史和居民从前的记忆，带着古典而优雅的风范娓娓道来。镇子不大，主干道也不过五六米宽，其余的小路在店铺与住宅中穿行，形成了一条条狭长幽深的小径。那些小径如同迷宫般曲折反复，时而化作青石板铺就的下坡路，时而穿行在二楼飘窗的影子下，化成幽暗的隧道。路旁处处花树繁茂，附近都可以看到水井，俨然一副南国小镇的景象。日影迟迟，整个镇子被绿树环绕，树荫森森，更显幽静。镇子里红楼处处，从庭院深处，远远传来优雅的音乐之声。

　　主干道两旁多是带玻璃窗的西式建筑。理发店的店前可以看到突出的红白两色的圆柱形标志，油漆的招牌上写着Barbershop（理发店）字样。街道上既有旅店，也有洗衣坊。镇子中央的十字路口有家照相馆，秋日的晴空落寞地映照在那像气象台般的玻璃房子上。钟表店的老板戴着眼镜，坐在商店门口不作声地忙着手里的活计。

道路上人来人往，热闹非常，然而却又出奇地安静，到处都静悄悄的，仿如拖曳着深深的睡梦的影子。这大概是因为在步行人群之外，没有喧闹的马车之类的交通工具通行。然而也不光是这样，人群本身也是寂静无声的，无论男女，都是高雅大方，行止有度。特别是过往女性，全部美态过人，顾盼生姿。无论是商店中购物的客人，还是在路上攀谈的行人，大家都彬彬有礼，低声交谈，一片祥和。他们的言语及谈话，与其说是用耳朵在听，不如说是用某种柔软的触觉，通过触碰来体会其话语间的含义。尤其是女性的声音，好比触及肌肤的轻抚，有着一种甘美且让人如痴如醉的魅力。所有这些人物和形象，像缥缈的影子般来去往返。

　　我首先注意到的，便是这整个小镇的气氛，是在极其细心的设计之下人为构筑而成的。不只是建筑，这镇上的氛围也在全神贯注致力于完成某种极为重要的美学构思。这种匠心遍及所有细节，就连空气中微小的振动，都被细密地控制着，唯恐破坏对比、匀称、协调、平衡等美的法则。加之这种美的法则，需要非常复杂的精确计算，使得整个小镇的每一处神经，都在极端的紧张下不停地战栗着。说话时提高调门是不被允许的，因为那会破坏和谐；在大街上行走时，活动手指时，进食时，思考问题时，挑选和服的纹样时——一切的活动始终要与小镇的气氛保持一致，为了不破坏与周围事物的协调对比而加以万分小心。小镇本身便如同一幢由极薄的玻璃建成的危险而脆弱的建筑，哪怕是一丁点的失衡，都会使整幢房屋轰然倒塌，粉身碎骨。为了维持稳定，每一根经过精妙计算组建而成的支柱都不可或缺。通过它们之间的对比与协调，平衡才勉强得以维持。然而最可怕的是，这便正是构成这座小镇的真正的、现实的事实。一个疏忽造成的微小差错，也意味着它们全体的崩溃与消亡。整个小镇都因为对失衡的畏惧与惶恐全力绷紧了神经。看似富于美感的构思并非只为单纯地满足美学的情趣，而是在隐藏一个可怕的、更为迫切的问题。

注意到这件事后，我突然非常不安，在这充满张力的空气之中，感到每一根神经都被无情地拉紧。小镇独特的美好风景，如同梦境一般的幽静氛围，现在反而令人不快，仿佛在某种可怕的秘密笼罩之下悄悄交流着无数的暗号。一种莫名的不祥预感，带着苍白的恐怖色彩在我脑中左奔右突。所有知觉都得到了解放，我切实地感觉到了所有微妙的色彩、气味、声音、味道，甚至其中蕴含的意义。周围充满了死尸般的腐臭空气，气压眼见着不断升高了。正在发生的一切无疑是某种凶兆。就是现在，有什么意外要发生了！要发生了！

然而小镇没有任何变化。街道上依旧熙熙攘攘，却又安静无声，行人们依旧优雅前行。远处传来像是胡琴的声音，忧愁地、低沉地一直响着。那是一种充满了不安的预感，仿佛某人在大地震来临前一瞬充满惊疑地观察着这个与平常毫无二致的小镇。稍有不慎，假使某人在此倒下，完满的和谐将会破裂，整个小镇将会陷入混乱。

我好比一个意识到自己陷入了梦魇中的人，努力想要醒来，拼命挣扎，在可怕的预感中焦躁难安。清澈的蔚蓝天空下，触电般的空气密度愈来愈大。楼房开始不安地变形，病恹恹地变得纤细。四处出现越来越多塔状的建筑。房顶也变得异样地细长，像瘠瘦的鸡脚一样，瘦骨嶙峋，形状奇异。

"就是现在！"

就在我因为恐怖心脏狂跳，不禁叫出声的那一瞬间，一个小小的、乌黑的像老鼠一样的动物从大街中央倏地跑过。那景象无比鲜明地映在了我的眼前。不知为何，在这景象中，我感觉到了一种异常的、唐突的、打破整体和谐的印象。

瞬间，万象归于静止，空留深不可测的沉默横亘。我不明白发生了什么。然而下一秒，任谁也无法想象的，前所未闻的可怕景象便展现在了眼前。成群结队的猫占据了小镇的大街小巷，浩浩荡荡地阔步前行。猫、猫、猫、猫、猫、猫、猫，哪里都是猫的身影。留着髭须的猫儿们从各家各户的窗口探出脸来，夸张得如同裱在画框里的肖像画。

我因为战栗简直无法呼吸，几近昏倒。这地方并非人世间，莫不是只有猫居住的小镇么？究竟是怎么一回事？这怎么可能发生呢？我的脑子到底是出了点问题了。我看到的莫非都是幻影？不然就是精神错乱了。我自身宇宙的意识失去了平衡，崩溃了。

我开始害怕起自己来。我强烈地感觉到那可怖的、最终的崩溃已经逐渐逼近，从不远处向我袭来。战栗在黑暗中划过。然而下一秒，我又恢复了意识。我静静地使自己平息下来，睁开双眼再一次望向那事实的真相。此时那不可思议的猫的身影已经从我的视界中消失，街道上什么事情都没有发生，一扇扇窗户空荡荡地大敞着，来往的人流并无异常，道路平淡无聊得仿佛褪了色，显得发白。别说是猫了，街上连个猫影都没有。情景完完全全地变了个样。街道两旁林立着平凡无奇的小店，白日里干巴巴的道路上、乡间随处可见的风尘仆仆的人们在疲慝地行走。那魅影般的小镇一整个消失不见了，仿佛忽然将花牌[1]翻开来似的，完全变成另一个世界。这里真实存在的，只是一个再普通不过的乡下小镇。而且，这不就是我熟悉的那个老U镇么？那家理发店的老板还和往常一样，摆着空荡荡的椅子，望着来往的行人；萧条的街道左侧，门可罗雀的钟表店店主正像往常一样打着哈欠关上店门。这一切都是我再熟悉不过的、再平常不过的、单调的乡下小镇的日常风景。

此时我已经颇为清醒，同时明白了这一切的究竟。我又犯了那个愚蠢的"半规管失调"的毛病。从在山中迷路时开始，我就已经丧失了方向感。我自以为从相反的方向下了山，实际上却是又回到了U镇。而且我没有在平常的车站下车，而是从一个完全相反的方向迷失在了小镇的正中央，于是，我把所有景物都掉了个个儿，从倒错的方位目睹了一个上下左右前后全部逆转的、全新的四维宇宙——景色背面的世界。通俗来讲，我就是所谓的"鬼迷心窍"了。

三

我的故事到这里就结束了。但我此时又产生了一个全新的、奇妙的疑问。中国的哲人庄子曾经梦到自己是一只蝴蝶，醒来便提出了疑问，到底梦里的蝴蝶是自己，还是现在的自己是自己呢？这一个千古的谜题，至今也无人能解。因错觉产生

1　花牌，这里指日本一种纸牌游戏。花牌一组48张，一面绘有代表一年12个月各月的花木的图案，另一面一般为黑色或褐色。——译注

的世界，是"鬼迷心窍"之人看到的，抑或是理智的、有着常识的眼睛所目睹的？说到头来形而上的现实世界，究竟是存在于景色的背面还是表面呢？大概任谁也解答不了这个问题。但是现在仍残存于我记忆中的，正是那不可思议的非人间的小镇，窗户里、屋檐下、大街上都映着鲜明的猫的身影的，那奇异的猫镇的光景。我鲜活的知觉，在已经过去十余年的今天，仍然可以再现那可怖的景象，一切立即活灵活现、清清楚楚地映在眼前。

　　人们讥笑我的故事，说这不过是诗人病态的错觉、荒唐无聊的幻影、妄想的产物。但我切切实实地看到了那唯有猫居住的小镇，猫化作人的模样群集在街道上。不论实际的理论如何，他人的说法又怎样，在这宇宙的某个角落，我曾经"看到"了那样的小镇——于我而言，再没有比这更毋庸置疑的事实了。面对世间的各种冷嘲热讽，我也仍对此坚信不疑。那里日本[1]口耳相传的奇特部落，只有猫的精灵居住的小镇，确实在这宇宙的某个地方，实实在在地存在着。

1　指日本本州岛面向日本海侧的国土，包括了山阴地方、北近畿、北陆地方、旧出羽国（东北地方日本海侧）。——译注

哦！好痛！ 歌川国芳 浮世绘

猫和老鼠

【美】拉尔夫·威廉姆斯

衡鹏 译

"拉尔夫·威廉姆斯"是美国科幻小说作家拉尔夫·斯隆（Ralph Slone，1914—1959）的曾用笔名，这篇短篇科幻小说，讲述发生在阿拉斯加州的一段神秘故事。

看守者需要消灭一种非常可恶的害虫……而且明确知道他需要怎样一位歼灭者来消灭害虫……

哈恩第一次受到看守者的注意，是因为它对第七世界的猎物数量产生了影响。第七世界由看守者管辖，保持着一种自然生态的平衡，用于创造类似其他星球智能生物的繁衍实验。哈恩是如何来到那里的，看守者一无所知。当哈恩处在能自由移动的幼体阶段时，它就如同一只虱子，可能通过某次维裂谷[1]而四处漂流；它是搭顺风车或寄居在一位合法旅客身上而到了那里，甚至看守者自己就是那位旅客。

1　维裂谷：位于不同时空之间的一种过渡地带，物质及生物可以穿过而进入另一个世界。多出现在科幻作品中。——译注

不管如何来到，现在，哈恩已经在那里了。没有天敌，没有竞争，它在那个世界迅速地扩张。目前来看，其在管辖世界中的影响还算有限，但是，一旦哈恩开始繁殖，事情就会发生转变。采取行动势在必行。

天性和工作经验使然，看守者不愿直接干预其管辖世界的生态平衡，这一原则在捕食者的控制领域同样适用。他想过要从哈恩的那个世界引进天敌，但是立刻放弃了。这个主意恐怕和哈恩的入侵一样糟糕。

然而，在某个相邻的世界中存在着一种与哈恩没有密切联系的生命，根据分析，此生命形式可能对哈恩造成威胁，而且易于控制。

这种方法值得一试。

10月3日，艾德·布朗穿着冬季外套，沿着自己布置的陷阱路线来到地下小木屋。

他把N. C.公司的日历挂在墙上，开始记录日期。

10月8日，通往另一个世界的洞打开了。

与此同时，艾德也没有闲着。整个夏天，小木屋都是空荡荡的。他从贮藏室里搬来了床具、火炉，以及其他一些必须装备，木屋现在可以居住了。可那里的老鼠真是肥硕，虽说可以用来制作皮具，但同时也很恼人。他在清理地窖底部，准备清出地方存放土豆的时候，发现那里到处是老鼠打的洞。

老汤姆，它啊，它会立刻来处置这些老鼠。汤姆是一只黑色短尾的大猫，已经十一岁了，从小就跟随着艾德。它没有其他同类的陪伴，这样也就没了打扰，可以专心致志地从事捕鼠工作。通常，它逮到的老鼠有很多并不是用来吃的，它会把多余的老鼠整齐堆放在捕鼠线路旁边，或者放在门口，或者堆在地窖的木板上。它是阿拉斯加内陆最厉害的捕鼠大师。

艾德把地窖门用木棍支起来，这样老汤姆就能够来去自如。艾德继续忙碌自己的事，有条不紊又高效地工作着，可与汤姆相媲美。他在这片森林中不知不觉已经待了四十来年，头发也日益稀疏灰白。他刨出春天种下的土豆，绕海狸湖四周一圈，把每间房子的毛毯都核对了一遍。他又乘着独木舟将必备品运到上游的木屋里。一群肥肥的绿头鸭随着浮冰从河流上游飘下来，被他捉到了。他还砍下烧火的木柴，堆起来，在第一场雪的时候把它们移进帐篷。

第五日清晨，他提着水桶前往船码头打水，在那儿，他发现了通往另一个世界的洞口。

艾德从没有见过通向另一个世界的洞，更没有听过有这样一个东西。在离家门不到五十英尺的地方发现这样一个事物，和所有人一样，他感到非常讶异。

然而，经验告诉他，眼见为实。这一辈子他看过太多奇怪的事，多看到一件不会使他过于神经紧张。他站在可以看到洞口的地方一动不动，小心翼翼地观察着。

那洞口离打水的路径有两三步远，就靠在倾斜的老桦树旁，正正方方的，与周围格格不入。经他仔细判断，洞口大概有一人大小，六尺高，三尺宽，从底部可以清晰地看出自己的世界是如何过渡到另一个的。洞左边，两个世界完美地融为一体，右边却含有这个世界的标记，即一个覆满苔藓的世纪树桩，然而洞里面却相当平整，因此，树桩就将两个世界分割开来。而且，两边的植被也不相同，这边处处苔藓，那边却绿草油油。

但是洞口的上部却很难区别出来，并没有什么清楚的界限，只有仔细观察才能看到一点差别。另一边的世界，大地向低处广袤铺展，前面是低矮的灌木植被。大约一英里之外，小山丘四处起伏，上面长着某种硬木林，茂密繁盛。

他谨慎地走到一边，洞口的景色就变得狭窄，仿佛洞口是直直地对着来时的路。他又移到老桦树旁边，躲在后面，从那里并看不出有洞存在，只是阿拉斯加常有的景色，桦树、玫瑰丛和云杉。然而，移到正面，洞口再次出现。

他砍下一只约八尺长的赤杨枝，稍加修整，就往洞那边戳去。枝条没有受到什么阻力。他又戳了几下那边的草地，挑起几丛草皮。他取回树枝，尖端上沾着另一个世界的土壤，看着闻着都和其他土壤没啥区别。

汤姆伸长身体，移到晨光中，又阔步昂首地走来巡查。经过一番对洞口的细心观察，它蹲下来，收起爪子，继续审视那个洞。艾德从口袋里掏出一个压扁的圆形罐头瓶，在嘴唇上抹上一丁点鼻烟，然后坐在倒置的水桶上，也观察起来。此时，观察似乎是唯一合适的事情。

正是群聚的时光，哈恩有大把事情可做，但是它却空出一块时间来观察这个通往另一个世界的洞口。目前，什么都没有发生。另一边，一个大型两足动物发现了这个开口，还有一只小型四足动物陪在他的身边，可是两只动物都未有想要踏过洞口的迹象。阳光照在洞口，初升的大太阳黄灿灿的，空气清新，弥漫着诱人的香气。

那只两足动物朝洞口喷洒出一股细细的棕黄色液体，很显然，这是一种毒液。哈恩慌忙退回安全地带。

通往另一个世界的洞口始终在那里，静止不动，仿佛自从宇宙之初就已经存在了。洞那边没有生物跨过来，这边也没有什么东西跨过去，只是树叶随着微风时而抖动，云朵在天空随意漂流。艾德意识到，早晨已过去大半，而他还没有吃早餐。他离开洞口，留下汤姆在那独自观察，他抬起硬邦邦的身体，沿着小路继续前进，拿着刚才的水桶去打水。在木屋门口，他仍然能看见那个指向另一个世界的洞。他一边做着早餐，一边留心着那洞口。

喝完第二杯咖啡，他注意到另一个世界的景象开始变得暗淡，那种逐渐变暗的方式很特别。他放下脏脏的碗盘，上前几步细细审视。原来只是另一个世界的天色变黑了。那种感觉很是奇特，就如傍晚时分，从阳光闪烁下的小屋门口望出去一样。洞口的边缘现在洒下一片非常清晰的暗影，斜照的阳光之外，那边的景象模糊了，几步之遥的地方已经再也分辨不清各种细节。

这时，天空出现了星星。艾德不是天文学家，但是常年的森林生活却让他很了解星空。他认不出双眼所见的任何一颗星辰，可以说，这比那个洞让他更加深感不安。

洗完盘子，他就出去砍下两个带枝丫的云杉枝条，除去细枝后，把它们分别插在洞口两边。接着他取来系海狸陷阱的细绳，来来回回缠在两个枝条上，绳子上又绑上一个锡罐当作报警装置。似乎，某个人或物将那个洞放置在了那儿，可是没有留下一点痕迹。如果有什么东西跨过这个洞口，艾德想知道那到底是什么。为了以防万一，他又做了一些补充陷阱，而且在洞口前设置了隐蔽装置。

然后，艾德回去继续自己的琐事。那个洞口发生什么就让它发生好了，冬天仍将来临。

他把皮条浸在油里，用来缝补自己的雪地靴，又跑到河中涡流边缘，从那个之前洒下捕银鱼的网中提起两条鱼。汤姆已经把地窖鼠洞里的耗子捉得差不多了，可是棚屋的地基周围还是有许多老鼠在打洞。艾德拿铁锹铲开一个坑，让汤姆能钻到棚屋的地板下面捕鼠。他接着取出针线、棕榈叶和蜡，给自己的冬季鹿皮鞋缝缝补补。

时不时，他还会巡查一下那个通向未知世界的洞。什么都没发生，只有天空中的奇特星辰在缓慢移转。最后，老汤姆没了兴致，离开洞口，搜查棚屋下面的鼠洞去了。不多久，木屋里就不停闪现忙碌的声影，老汤姆又拾起了老本行。

临近夜晚，艾德开始思考，这边的活物要是穿到洞那边会产生什么变化呢。在更加了解那边的世界之前，他是不会亲身尝试的，但他认为可以搜罗出一个替代品来。森林中，一棵云杉下面安装了一些活捕装置，那是艾德为了保护鱼类和其他野生动物而活捉貂鼠的陷阱。其中一个活捉器仍然完好，他修了修，然后放置在地窖窗前的杨木林中，那里出现过野兔的踪迹。

入睡前，洞口那边的世界还是一片黑暗。他让木屋门半掩着，以便能从床上看见洞口，他还用00号鹿弹[1]给猎枪上了

---

1 鹿弹：猎枪使用的一种大型铅弹，也叫鹿弹。——译注

膛，放在身边。

艾德已年近六十，即使脑子里没什么干扰，睡眠也并不是很踏实。晚上十点钟，另一个世界开始出现光亮，他也醒了，穿上衣服前去观察，可是什么都没有变化，洞那边看上去和昨天一模一样。他继续回去睡觉。

第二日早晨，活捕器里捉到了一个野兔。艾德用一支杆子把活捕器连同野兔一同塞进另一个世界中，然后开始观察。什么都没发生。不一会儿，野兔开始啃起伸进笼子里的长叶草。艾德取回笼子，仔细查看兔子的情况。看起来兔子很健康，而且和其他关在笼子里的兔子一样，显得很快活。

那一天，另一个世界临近中午才开始变暗。晚上七点，两个世界都已是黑暗一片，艾德听到锡罐的报警声，紧接着其中一个捕兽夹传来"啪嗒"一声。

他用手电筒一照，发现一只小型有蹄动物，几乎和汤姆差不多大小，它的一只腿受伤了，正在夹子中不停抖动挣扎。它有一对锐利的尖角，只几尺长，但是很锋利。艾德把那只动物绑起，从夹子中取出来，但是被那只动物戳了好几下，很痛。他重新系好报警器，然后将捉到的动物拿进木屋进一步观察。

从它的样貌、牙齿和尖角可以判断出来，这是一只成年食草动物，但只有大约十五磅重。艾德还判断它大概是一只雌兽，杀了它之后，剖开一瞧，乍一看感觉和这边的动物很相似，仔细检查后，却不那么熟悉了。

它的血液仍然是红色，而不是什么黄、蓝或者绿色；骨头还是骨头，只是样子比较奇怪。

艾德切下一片心脏上的肉，扔给汤姆。那猫谨慎地闻了闻，然后愉快地吃了下去，还"喵喵"地叫，想要更多。艾德把整只动物都扔给了汤姆，自己也煎了一片肉。闻起来尝起来都还不错，但是他只品尝了一丁点肉，觉得还要做些调查才能放心。不管怎样，开展进一步的调查似乎是可行的。

同样，哈恩对事情的进展很是满意。拒绝笼子里那只鲜嫩的四足动物对它来说有些困难，可是另一个世界的居民好像很拘谨，哈恩可不想把他们吓坏。至少它已经知道，生物可以自由通过那个洞，而且它可以把小型食草动物送过去，说明洞那边也一样可以传送生物过来，附送的信息是，那边世界的防卫是如此薄弱。群聚时刻到了，正如它此刻占据的这个世界一样，那个崭新的世界正向幼体哈恩展开怀抱。

真是一个群聚的大好时刻。哈恩在生长茎上又冒出三个繁殖芽出来，准备恣意享受这段时光。

凌晨一点钟，那边的世界已经破晓。艾德现在已把那个世界的时间确定下来，一天大致有二十七小时，约有十三小时为黑夜。显然，根据植被来判断，那里的纬度不高，而且很有可能是夏末。

日出前不久，他就起床去巡查那只兔子和老猫汤姆，两个都还不错。汤姆有点饿，还想要那边的肉吃。艾德把多余的肉丢给它，然后打了一个轻便的背包。他沉思了一会儿，又带上给人引路时防卫用的点450式猎熊枪。这种71型猎枪，能以每秒两千一百英尺的速度打出四百克的子弹，在那边不管遇上什么危险，有了这把枪一切都不必惧怕了。

踏入那边世界的第一步有点不安，但是和一般的步伐也没什么区别。唯一的不同是，现在艾德已经位于另一个世界，正向后观看。从那边来看，洞口边的树桩像是被锋利地切断了，他跨过来时将树桩踢倒了一点，连带将兔笼踢回了洞外，有几块苔藓皮和地上的土壤也随他带到了这边的世界。不知怎的，这让艾德觉得舒服了一点，因为这样，两个不同的世界就有些永久连接起来的意思了。

可是，这种感觉来得快，去得也快。艾德返回自己的世界，拿来一把斧子、一把锯子，装上更多的弹药和盐，还带了一件厚厚的睡袍和可能派上用场的其他物品。他将这些物品带过去，堆叠好，在上面盖上一块旧旧的油布，又砍下几根树枝，削去皮，然后插在地上来给这边世界的洞口做标记。

然后，他转头观察四周。

他站在一个山丘的半腰，沿着羊肠小道向下是一条小溪，那里好像有刚刚烧过的痕迹。小溪那边有一些烧焦的树桩，旁边的植物都很微型，其间还散布着新生的树苗，长得欣欣向荣。下面的山谷，还有远处的山丘上都长着高木，是一种有些像橡树的落叶木。这里的南方就是他那个世界的东方，太阳看起来要小一些，但是却更加明亮。天空是深蓝色的。在这个世界，他感觉自己轻了不少，脚下好像多了一个弹簧，这种感觉他已经有二十年没有体验过了。他看看指南针，正指向太阳的方位。

他仔细地观察那条小道。应该有很多东西走过这条路，但是最近几周比较少。路上有他抓到的那种动物的蹄印，更大的蹄印，还有各种大小模糊不清的爪印，但是没有一个看着像人的脚印。小道经过一个烧焦的树桩，树桩的高度超过人所能及，一棵老树的根瘤四周有一些印记，跨度很大，并非是人所能走出来的。

他一点都没有注意到生物哈恩，这可以理解，因为哈恩的伪装非常高超。

他从小道上往下走，边走边留心观察，偶尔会走出小道，然后又回来观察生物留下的印记和粪便，他注意到灌木上有动物啃食的痕迹，大多是以前的，还停下来审视一团团毛发和偶然发现的羽毛。在半山坡，他惊动了一只松鸡大小、浑身灰褐色的鸟类。

在与森林相接的地方，小道上的印迹变得多起来。在林中蜿蜒数百米后，出了树林，小道前出现了一条舟楫大小的溪流。就在这儿，它分岔了，一条岔路穿过小溪，向上延伸至另一边的山丘，而另一条则随着小溪进入山谷。

哈恩跟随艾德的脚步，细心观察着。它需要来自另一个世界的样本，这个两足动物正合适，但是首先它得尽可能多了解一点这只动物。在艾德返回自己的世界之前，哈恩可以随时将他抓住。为了保险起见，它在入口前面放了一些带刺物。

除了待在法国的那段短暂时期，艾德这辈子一直是个猎人，从未遭受其他人的捕猎。在森林里无忧无虑地生活，一个人很难变老。但是走进这样一种新环境，他变得像老狼一般谨慎。小道分岔的地方，向上延伸至一个小山丘，他在分岔处站了几分钟，四处观望，然后向下走，在第二个浅滩处跨过了小溪。他避开了第一个浅滩，这样一来就躲过了哈恩在那儿为过路人设下的陷阱，但其实他没有意识到。

小溪的另一边，一条小道逶迤沿溪直下，汇入隐藏在树林中的小湖泊，然后又爬上另一个低矮的山丘，最后落入那边的山谷。艾德一路沿着这小道，开始发现更多生命迹象——地上、树头到处是鸟类和小动物——这些让他思索。这个村庄让他有一种被遗弃的感觉，一种受到围捕的感觉。在刚踏入洞口的时候，这种感受更为明显，这里也并未减少很多。

哈恩不太喜欢涉水，它能够过河，但是不喜欢。

艾德看看太阳，开始下山了。如果在这块地方举办什么活动的话，那个黄昏中的浅滩也许是个最佳场所。他沿着山脊走了一会儿，来到一个能够看见浅滩全貌的地点。微风从山谷里向上吹来，山那边的风好像更大一些。他又往下走，在浅滩上方四分之一里的地方跨回小溪，他向上爬，沿着山坡一直走，最后来到一个能同时看见浅滩和分岔点的位置。他蹲下来，舒舒服服地靠着一棵树，把枪放在双膝上，从背包里掏出冷烙饼，又往里面裹上几片鸭胸脯肉，这就是他的午餐。

吃完烙饼，他又开始喝水壶里的水，这个世界的水可能无害，也可能有害，冒险尝试是没有意义的，应该让他的猫先尝一尝。接着，他抹上一点点鼻烟，仰坐在树上等待着。

在艾德跨过小溪后，哈恩就跟丢了——它高高地架起一根倒在地上的树干，帮助自己跨过溪流——之后就失去了艾德的踪迹，然后他再次跨回小溪这边。现在，他已经坐在那儿有好几分钟了。看起来，现在是获取猎物的大好时机。哈恩准备安置一个带刺物，还派遣了一个搬运助手前去站岗。

过了一会儿，艾德开始感到不安。这里的树木都很高大，树丛底部有一个开口，像是公园的样子。最近的植被在他左边有五六十码远，是一群小灌木丛，旁边倒着一棵树，一束阳光正好从中穿过来。

看上去没有什么危险，但是却令人不安。似乎就在这个地方藏着某种大型动物，可能对他进行袭击。这种意识越来越强烈，艾德颈背上的汗毛倒竖了起来。他的动作几乎看不出来，并且也没有意识到自己的动作，他全身抖擞了一下，感知着自己所处的位置和双腿的僵硬——坐在那里已经有好一阵子了——感知穿过两膝之间的猎枪，以及拇指和枪锤之间的距离。

他审慎地观察那片灌木丛，并向左边喷出一股水，水洒在了几尺之外的灌木叶上。

之后回忆时，艾德发誓他喷出的烟叶水把灌木叶烧焦了。事实上，这说得有点夸张，带刺灌丛尽管很敏感，对烟叶水却并非那么敏感。水滴喷洒时，那丛灌木叶发出"噗噗嘶嘶"的声音，好像是装满水的茶壶沸腾时不停地颤抖。

艾德的反应已经不如年轻时那样迅速，但是现在却更能应付得当。他处于高度警戒状态。灌木叶一开始抖动，就被他的猎枪轰停。这么打一枪，后坐力几乎让他的手脱离了猎枪，但当时他并未留意到。他连忙起身，几乎是瞬间弹跳起来。紧急时刻经常会发生这样的场景，一种时空停滞的感觉，一个人全身心只关注转瞬即逝的现在——这解释有些学术化，事情发生得很迅速，你也迅速移动自己，然而还是有充足时间来做出决定，能够仔细考察事物，决定该干什么，然后精确地做出动作，以最少力气获得最佳效果。

不管身边的这个东西是何怪物，现在都不重要了——被子弹射穿后，它甚至都没有抽动几下。艾德注视着那片小灌木丛，里面又传来"沙沙"的移动声。他迅速上前两大步，在一边剥开几棵灌木，抬起枪对着灌丛，突然一块光秃的地方闪过一个暗影，他开了一枪，听见子弹穿进肉中的闷声，又开了一枪。通常，没有看清猎物他是不会开枪的，然而现在可不是过分讲究的时候。灌丛里没有了动静。

在那儿，他站着等了好长一会儿，竖起耳朵仔细听，四周再没传来什么响声。他松了枪锤，往枪膛里连装了三次子弹，向第一次击中的那个东西慢慢走去。

由于距离较远，子弹并未炸开，但是也没有这个必要。子弹已经将那只动物炸碎了——点450号鹿弹在出枪时拥有达两吨的冲击力。看着那堆遗体，艾德推断那动物和兔子差不多大小，皮毛光滑，肌肉结实，长了许多条腿，身体较扁，杂灰毛色，在树叶中可以完美地进行伪装。遗体一端是它的头部，紧连着一条肌肉紧实的长脖子，因此几乎完好无损，头上有一双亮闪闪、圆突突的眼睛，还有一张小得可怜的嘴。艾德按了按它骨骼底部的肌肉，这时，那张嘴一开，从下面一个不起眼的食道中，滑出来一根两英尺长的脊柱。

距离不太远时，艾德的视力和以往一样好，但是近距离观察时，就需要一点帮助了。他从口袋里掏出放大镜，细心研究那根脊柱骨。看上去脊柱是中空的，从端头开始，背面还有一道道沟纹。一滴奶白色的液滴在脊柱尖端微微颤抖着。

艾德深思熟虑地点了点头。他确定，就是这只动物让他刚才心神不宁。那么，灌丛中的另一个东西又是什么呢？难道是无辜的旁观者？他抬起身子，现在，他感觉到了手腕的疼痛，这里吸收了第一枪的大部分后坐力，右手拇指和食指之间的那块肌肉似乎被枪锤的力量给撕裂了。他朝那片灌木走过去。

灌丛中的那只明显大了许多，打进的子弹也并未将它的肉体打开。它躺在地上，四肢伸开，有八条腿，其中三条叠压在身下，体型如一只熊，张着如盆的大嘴，里面并没有牙齿，这和它那细细的身躯极不成比例，仿佛它的躯体只是为了几条强壮的大腿而造。艾德上前时，它还没有咽气，挣扎着想站起来，但是一颗子弹显然已经打中了它的脊柱，或者打中了与后肢连接的某种神经传导器官。它倒在地上，不停地抽搐，突然，从嘴里吐出一个毛茸茸的小动物。

艾德快速往后退了几步，拿起猎枪就要开火，但是那个吐出的东西明显已经死了。

他走回去继续关注那只大型动物。此时，它也死了。它和那只在灌木叶丛中打死的小动物很像是属于同一物种，因为两只都有光滑的皮毛，长有多条腿。近距离观察后，他发现这只大的有两个嘴，较小的嘴就长在鼻子下面，嘴唇圆圆，在巨大的脸上显得很微小，但是和另一只非常相似。这样两只动物都是艾德以前从未见过的物种。

他放下猎枪，拿出一把刀。

十分钟过去了，他已经对那动物有了一定了解，可是他仍感到非常费解。首先，它的血液是绿色的，有些泛黄，黏糊糊的；再者，它那张大嘴里虽然有咽喉，有相当惊人的肌肉组织，却没有通向消化系统，而是通向一个闭塞的大腔袋，快要占据了整个身躯。它根本没有什么像样的消化系统，只有一个基本器官，外面包裹着一条条血管，器官的一端通向第二张小嘴，另一端则导向更小的排泄口。而且，这只动物内部长了一对挺像样的肺、一个强壮的心脏，除此之外，别无他物——真的没其他东西了。骨头，肌肉，肺，心脏，还有那好笑的孤零零的内脏，就这些。

那只毛茸茸的小动物怎样呢，那只藏在大怪物肚里的动物？它倒是没什么令人吃惊的——就是一只猫科样貌的食肉动物，有点像貂。它的皮毛很招眼，艾德剥了它的皮，显出里面的构造。那肉体的左边，皮肤有撕烂的痕迹，还有一片肿胀呈蓝色的区域，应该是被第一枪打死的小动物咬出来的。艾德蹲坐在腿上，一边观察一边思考。这些罗列起来的现象让他不敢相信，但是却符合发生的情况。

他在草叶上细心地擦拭小刀，之后把它放回刀鞘，站起身来。忽然之间，他再次感到这里不止有他一人。他迅速朝四面看去。

在第一枪打死的动物那儿，一个男人正弯腰观察着地上的遗体，他穿着军绿色马裤呢裤子和夹克，双手搭在膝上。那个男人抬头，正好碰见了艾德的视线。他随意点点头，走向第二个动物，接着用手指戳了戳那堆遗体。过了好一会儿，他再次向艾德点头示意，脸上闪过一个微笑，就消失不见了。

艾德惊愕地张开嘴，凝视着那男人消失的地方，空空如也。到底发生了什么怪事？一连几天，他经历了许多奇异的事情，不管发生什么，他也都能顶住压力接受，但毕竟，他马上就要六十了，已不是个小伙子，这个年龄能承受的东西也总该有个限度吧。这时，他脑海中闪过那间小木屋的景象，里面舒服安逸，炉火燃得很旺，麋鹿肉正在锅里冒着小泡，煤气灯"嘶嘶"作声，还有那瓶塞在屋檐下哈德森湾的朗姆酒。和现在的情景一对比，那副景象是多么诱人啊。

况且，天色渐晚，他也不愿跟跟跄跄地走在这个黑暗的世界。

他抬起背包，钩在左肩的肩垫上，朝家中返回。途中，他一边小心观察路两边的状况，一边还注意着自己的脚步，然而速度仍保持同来时一样快。

其实，他用不着这样小心翼翼。

艾德对例行的收获演习的反应如此强烈，这让哈恩非常吃惊。这只哈恩还处于青年阶段，但是它保留了关于自己世界的回忆，那个世界也存在肮脏和暴力，并且导致了哈恩物种的灭绝。尽管这样，在如此平静的世界，它竟能引发那个男人如猛兽一般的行动，这让它感到非常不快。

还有更加恼人的——看守者突然出现了。在这只哈恩眼中，看守者并不是人类，他的真实身份可不是友善和蔼的。

总而言之，此时此刻，再去冒险是不明智的。哈恩收起所有的移动装备，包括它在洞口前安置的那个带刺物。然后，它蜷缩在自己的窝里，做好防备，开始考虑下一步的安排。

捕鼠　小原古邨

那天晚上十点，艾德边喝那瓶哈德森湾牌的酒，边和老汤姆聊天，反反复复，来来回回，他想了许久。

洞口就在那儿，就算这样，他也没必要非得跑去另一个世界。他完全可以用木头柴火将洞堵住，封上，彻底忘掉它。

他这样思考着，坐在那里，手下意识地摩挲着膝上怪怪的皮毛。对于他这样的老前辈，这个世界有些平庸无趣了。皮毛再也卖不出什么好价钱，他也不如年轻时那般生龙活虎。他的渴求很简单，但为了维持生活，多少得有些最低补给吧。而且在冬天，天气状况越来越困扰他，双手的关节炎一年比一年严重，他的左手已经快拿不起斧头砍东西了，这简直不可想象。再过个五年、十年，或许他会搬进拓荒者之家去养老——如果在这之前，他还能走动，还能有力气砍柴生火，或者没有生病老朽，死在那间木屋里的话。他知道这都是可能发生的，因为他曾帮着埋葬了许多人，那些人都是在破晓时还没能沿河岸赶回家，其他人则必须上山去搜寻他们的踪迹。

另一个世界则比这边更适合生存，那里可以打猎，还有上等的皮毛，看看那世界的外观吧，那些新奇的东西可以完胜市场上的转基因或合成品，而且还没有收入税，这边的家伙会争着抢着付钱买到它们，来给自己的老婆打扮一番的。

那里还是一个崭新的国度。他从未想过自己能走运来到一个新国度，一个美丽富饶的国度。他曾经常常这样想，一百五十年前的人们多幸运啊，他们迁徙到像俄亥俄州或肯塔基州这样年轻、友善、富饶的地方，而不是待在生活艰辛的北部地区。

哈恩是个碍事的家伙——艾德当然不知道它是一只"哈恩"，只有一种广泛的概念罢了——但他认为自己能设法消灭它们。恶棍们要是无法无天的话，男人总是能够把它们消灭。

至于那个穿着军绿色马裤呢的男人，估计只是他的幻觉。艾德并不太相信人的幻觉，但他听说过这事，而且人总有第一次。

艾德叹了叹气，瞧了瞧时钟，又目测了一下瓶中的酒——还有四分之三之多。

就这样，他想，让那扇通向另一个世界的门敞开吧。

他把老汤姆放出去，自己也睡觉去了。

当务之急是要更加了解那只哈恩，一大早他就着手做这件事。他从活捕器里拿出兔子，把它拴在离洞口不远的位置，那块地方露出了里面新鲜的土壤，是他为了清除地上的踪迹而用弹药炸的。

想要更加了解哈恩，并不意味着必须引狼入室，和那怪物共处一室。

前一个夜晚，在入睡之前，他将半罐鼻烟浸在水中。他将这种烟渍水装进一把杀虫枪，在洞口附近的地上也铺洒了一层。通过昨天看到的反应，他判断那带刺物不太喜欢烟渍水，用它可以抵御哈恩的入侵。

他检查了一下捕熊陷阱，发现有三个仍然可以使用——他估计像那样大型的哈恩怪物，恐怕用捕熊的装置才能够对付。但是这样的捕猎行动，只三个陷阱或许不够。艾德自己做了一个捕兽器，材料是一架旧飞机的控制电缆和他自己设计的锁，那锁能自如打开，一旦扣住就非常牢固，永不脱落。他坐在某个地方，以便能看见拴着的兔子，然后取出电缆圈，还有一箱锁，开始制作更多的陷阱。

下午过去一半时，陷阱都做好了，但是兔子那里一直没什么动静，这天余下的时间都是如此。

然而，第二天早晨，兔子不见了。那块光秃秃的地方出现了三条踪迹——其中两条较小，大小应该和一个带刺物相似，好像是搬运者留下的。那里的动作非常明显。两个较小的东西在兔子跟前徘徊了一段时间，不时停下来，似乎感到有些迟疑。最后，其中一个动手了，它碰到兔子时着实慌乱了一阵。然后，它退回去，又坐在地上。

那条较大的踪迹直指兔子，前后来了几次。那光秃秃的地点旁，大踪迹在草上压出非常清晰的痕记。

艾德走回小木屋，里里外外搜寻，找到了一条防蛇长裤，这是一项美国本土运动会赠送给他的一件含有混织夹层的防护衣。这条裤子很重，也很难穿，穿上它，就像给阿拉斯加的猪安上翅膀一样无用，因为那里根本没有蛇；但是艾德拿到这裤子时，它还是崭新且昂贵的，他将其收起来，想着哪一天或许还能派上用场。这一天似乎来临了。

他拉上拉链，带上猎枪和打猎包，出发去追寻那只取走兔子的动物。

那条踪迹在晨露的映衬下非常清楚，沿着山坡一路直直地展开，仿佛那动物在确定地朝着某个地方行进。艾德跟着踪迹走了大概四分之一里路，发现自己脚下是一条经常被踩踏的路，它此时正交叉在另一条路上，后面又交叉到另一条，最后来到的那条路径，无疑是经常使用的。他开始觉得，那只动物可能拥有一个窝巢，而且他正越来越接近那个窝巢。他离开那条路，爬上一棵孤零的高树，那树尽管被火烧焦了，却拼命地生长着。站在树上，他通过望远镜望出去，见到那条路向远处延伸了数百米，直到再也看不清。最后，他的视线定在一棵烧焦的老树桩底下，那里好像就是它的巢穴。

他仔细地给望远镜聚焦，过了几分钟，他看见那里闪过一个东西，似乎是某物溜了进去或者跑了出来。接下来一小时，没发生任何事。然后，小径旁的草丛开始抖动，从里面快步走出一头巨大的野兽，块头和他射杀的那只一样大。那只大物滑进树桩下面，消失了。

这个早晨，再没有东西钻出或钻进了。

原因很简单，因为艾德就在那儿。

在艾德朝那个带刺物和旁边搬运者的灌丛开了几枪后，一天一夜哈恩都待在自己的巢穴里。第二日夜晚，它觉得饥饿难忍，于是冒险走出来，找到了一点食物，但平时安置的那些井然有序的捕猎网已经遭到破坏，它找不到猎物的踪迹，仅有的食物又不足以充饥。所以，它寻寻觅觅，碰到了艾德拴着的那只兔子。

哈恩的第一反应是，绝不要碰那只兔子。那边的世界看起来还算美好，但至今为止，只给哈恩带来了麻烦。可是，那兔子是肉啊，美味的肉，那气味还有形态，都叫它……

那哈恩躲在观察装置中，在目标附近不停徘徊，犹疑不决，这样持续了半夜，最终，它向饥饿投降了。它派遣一名带刺者去处置兔子，一名搬运者将兔子带走。

第二天清晨，它发现艾德就站在离巢穴不远的地方，不安情绪再次袭来，害怕的事情还是发生了。它匆忙将重新设置的捕猎网破坏掉，收回所有的装置。或许，它要是一点不招惹艾德的话，他可能会继续忙自己的事，并且对哈恩的捕猎行动不加干涉。

转眼到了中午，艾德在树上待得浑身僵硬。他爬下树，面对那个树桩，放松了下四肢，一边还观察着附近的环境。他确信，身上那件防蛇裤能保护他不受带刺物的侵害，但是，测试它的威力还得等待危险来临的时候。

往前走了约五十来米，眼前的景象变得清晰了，看起来，那树桩下面真的有一个大洞。他用望远镜仔细观察了一番。洞口前有一座踏得很平整的土墩，旁边裸露的根状物也非常光滑。

走近一些，他闻到一股刺鼻的气味，在巢穴开口的地方，他一阵反胃，差点呕吐出来——一种酸臭、腐烂的恶臭扑鼻而来，就像是秃鹫的巢穴一样。他稍微退回几步。那穴洞很宽阔，也相当深，有两三英尺，但非常暗，看不清里面的构造。然而，他感觉到在洞里不太远的地方，某个东西正在蠕动。

对隐藏着动物的洞穴和兽窝，艾德一直心存敬畏——他曾经帮助搬运过两个男人的尸体，死因皆为把棍棒戳进了灰熊春天的巢穴。尽管如此，他仍然极其想知道洞里到底有些什么。他怀疑洞里面的东西会比目前已看到的还要多。

他的背包里装着那只灌满烟渍水的杀虫枪，还有一把专门为女士钱包设计的手电筒，轻便小巧，每当远离营地时，他都会带在身边。他取出这些工具，并把猎枪靠在洞穴左边露出来的一条树根上。左手拿着杀虫枪，右手持着手电筒，他弯腰朝洞里照去，让身体尽量不接触洞穴的入口。

然而，他必须至少向洞里看上五秒钟，在千钧一发的时刻，这要比听上去漫长多了。

他的第一印象，是里面乱如一团麻——到处是兽眼、慌张地跑动，以及团团肉体。稍后，那堆东西开始现形。离入口大约十英尺的地方，出现了一头扁平的巨物，身体裸露，皮毛粗糙，上面还长着如手指大小的乳头。聚在它身边、身后的则是一群群悬吊者、搬运者、观察者，其中有一些正嘬着乳头吃奶。

过了好几秒，那景象都静止不动。

然后，那团肉体的正前面开始解散，张开了巨口。艾德看见，自己前方是一个一人大小的食道，底部通向一堆黏液，四周粘着一根根骨头的碎片。接近食道底部有一团黏糊糊的皮毛，正在慢慢地溶解，应该就是那只兔子。与此同时，那团小怪物开始各就其位，一群带刺物迎面向他扑来。

艾德丢下手电筒，向里面使劲喷了两次杀虫枪水，然后跳离了洞口。那一刻，巢穴开口的带刺物如沸水涌动，嘶嘶发声，痛苦地不停颤抖。艾德又使劲喷了一次，抓起猎枪就开始逃跑，并不时回头观望。可是带刺物没有追上来，烟渍水似乎把它们牢牢控制住了。

离家还有半程路，艾德必须停下来休息一会儿。这时，他脑海中突然闪过一个画面，黏滑的食道里，艾德躺在那只兔子的位置，一点点溶解，变成了骨头和肉块混合的一堆臭汤。想到这儿，他就不住地颤抖，觉得阵阵恶心。

他到达洞门，那些安置的锡罐、陷阱、烟渍水再也不如看上去那样安全了。他拿起斧子砍下两条壮实的树枝，做成洞口的形状；又制作了一扇板门，装进门框中。接着，他将一条条木桩摆在入口处，还修了一个门槛，紧紧钉在洞门前，这样便可阻止从地下挖洞的企图。

他这样抵御那个世界，确实有他的理由。

哈恩开始越来越讨厌艾德·布朗，非常讨厌。它的三个带刺物已经死了，余下的则溃败得不成样子，这都是拜烟渍水所赐。它也闻了闻那烟渍水，或许再也不能对它们造成严重的伤害。可是现在，群聚时刻快到了——

艾德必须离开。

到目前为止，哈恩在这个世界仅需三种基本移动装置。当然，遇到更加复杂的情形时，它还有其他高级助手。现在，两三个搬运者胚胎马上就要成熟了，与此同时，哈恩可以利用身边可用的一切助手来采取行动。

第二天，艾德一整天都在设置陷阱，此时，哈恩也在准备试一试他那防蛇裤的威力。那保护裤很牢靠，这一点很让哈恩紧张，但它这个物种一旦被充分激怒，就变得桀骜不驯。艾德不清楚身上那条防蛇裤到底有多结实，能否抵挡住袭击。遭到第三次攻击后，他开始在所有可疑的地带内喷洒烟渍水。借助这种方法，他又射杀了两个带刺物，但也让他的行动缓慢了不少。一天过去了，他只制作了四个陷阱。

接着的三天时间里，他制作了十几个陷阱，又捉到两个搬运者。第四天，正当他调整一个陷阱的时候，一条根状物突然变成活物，鞭打了一下他的手。当时，他为了避免在陷阱上沾上气味而戴着手套，那只根牙抓住他的手套，咬破了左手拇指的根部。在他的腿边，放着一把用来切割陷阱栓口的短柄斧。他抓起斧子就朝带刺物剁去，没有让它再次得手，然后他脱掉手套，观察自己的右手。只见手上一道浅伤，上面渗出几粒血珠。他毫不犹豫地用斧子锐利的刃切开受伤处，不停地吸吮毒液，然后吐出来，这样持续了许久。结束后，他朝家中走去。

差一点，他就再也没能回到家。走到洞口时，他变得非常虚弱。他锁上洞门，跌跌撞撞地回到小木屋，一头倒在床上。

几天之后，他才恢复了知觉，但是右手还是处于部分麻痹状态。

此时，情况发生了转变。哈恩开始采取攻势了。

艾德首先注意到的这一情形，是从他的木屋外间歇传来的东西破碎的声音。他强撑着爬到一个能看见他所造的木门的地方，木门遮挡的后面就是另一个世界。木门被那边的攻击者砸得上下震动。他用左手拖着猎枪，挣扎着爬到低处，从板门的缝隙里看出去。那边有两个搬运者，用尽全身力气轮流撞向木门。他把门造得特别结实牢固，可是却抵挡不住这样的攻击。

他仔细确认了怪物们攻击的位置，然后退后二十英尺，用点450鹿弹向门上的木条开了一枪。他让那群怪物又撞击了两下，以获得足够时间在它们撞门时再次射击。冲撞刹那间停止了，通过门缝，他看见一个巨型物体向木门移来。

好一会儿，双方都没有动作。接着，对木门试探性地撞了几下后，剧烈的冲撞再次袭来。这一次，艾德没那么幸运了。

他开枪后，撞击暂停，他感到搬运者逃跑了。他觉得，搬运者可能被射中了，但是并没有致命危险。

大约一小时之后，哈恩返回了木门，这次非常坚决。艾德开始担忧，自己的火药快要用完了。通常情况下，两三盒子弹足够他使用一个冬天。他取来点30-06子弹，这样的弹药他足足装了一大麻袋。这种高级的轻便子弹并没有点450鹿弹的威力，因此他必须射击得更快才行。

另一方面，他一直没有得到休息，本来就渐渐衰弱的身体这下变得更加不堪重负。每当他稍稍倦怠，那边的撞击就卷土重来，他不得不强打精神，再向那道门开上几枪。他让子弹尽量往一个位置射去，并不愿意把门打碎。但是哈恩注意到了这一点，开始攻击木门的其他部位。

攻击持续到第二天，木门倒下了。之前，木门就已摇摇欲坠，艾德也做好了自己的木屋遭到围剿的准备，他将所有的黄油桶都灌上水，并把每个窗户都钉牢。哈恩闯入洞口时，他对其连开了几枪，然后拼命向木屋跑去。一个搬运者全速追赶着他，就像保龄球追赶目标一样，一旦他跌倒在地，就有可能成为那些带刺怪物的盘中美食。他不断回避追击，一只手握着猎枪并紧紧举在身边——时刻准备和怪物进行肉搏——接着仅仅一枪，他将那只搬运者的脊柱炸成了两截。踢开怪物，他重重地将木屋门关上。

之后几分钟，屋外的怪物变得愈加狂野。艾德沿着一个又一个自己在木屋上开出的枪眼，对着哈恩及其爪牙聚集的地方猛烈地进行射击，当那些怪物稍微缓和一些时，他便换上了点30号子弹。

经过首次攻击，哈恩发现，木屋绝对不是一个可以轻易击破的目标。同时，它也没有力气再去发动攻击。过去几天它一直将精力集中在艾德身上，自己却一直没有捕食。它饥饿难耐，而现在正是捕猎的好时候。艾德一直以来都不在营地附近狩猎，既是因为他喜欢看到猎物就在他附近，还因为他担心，有一天自己身体会衰弱到无法行走很远去打猎，他希望美味能近在身边。而哈恩却没这样的顾虑。那群带刺怪物拥向树林，不久，满载猎物的搬运者就列队缓缓地通过洞口，开始返回了。艾德打死了领头的几只，然而哈恩发现，它们可以沿着河边的小路走，这样艾德就只能在它们闪进洞口的时候才看到一眼了。此后，艾德并没有射杀掉很多怪物。

艾德停止开枪。现在，他的点30弹药储存已经不足了。他数了数，点450鹿弹还能再打十八次，220克型号的软尖弹[1]——点30子弹有半盒，其他火药数量大致相同，另外还有一把霰弹。鲁格尔点30和点20子弹还有好几箱，但在这种情形下，它们起不到多少作用。

他看了一眼木屋的门。那门很结实，是用劈砍的三尺长木板做成的，但它不可能永远低档得住这样的攻击。即便门不倒，屋中的水也快要短缺了。

艾德坐在桌子旁，盯着那一小堆弹药，好好想了一会儿。待在屋里迟早是不行的，他必须干些什么，此刻时机正适合，因为哈恩正在这个世界忙着探险、忙着打猎呢。

1　220克型号的软尖弹：一种型号的猎枪子弹，重220克，具有强大制止力，多用于猎杀鹿等大型动物。——译注

他叹了叹气，在屋里一阵搜索。防蛇裤确实发挥了很大作用，但他却不完全信任它的威力。吊顶龙骨那里藏了一些铁板，本来是他买来为营房打新火炉的材料。他取下铁板，将其切成小片。在铁片边缘，他又钻出许多小孔。然后，他拿出修补器，把铁片一片叠着一片缝在防蛇裤的裤腿及一双旧鹿皮鞋上。完成后，他从脚到胯部都像披上了铁甲。穿进这样的裤子非常困难，但是只要他能站起来，他觉得抵御那些带刺物是完全不成问题的。至于更大的怪物，就要看他是否能先发现敌人并及时打出点450子弹。

下一步，他需要一些汽油。储存汽油的地方在一棵大云杉下面，离门口大概有二十来米。他从屋子的小洞中向外看去，四周并看不见有哈恩怪物存在，显然，这会儿它们已经忽略了艾德。他抽身钻出门口，悄悄把门关实，朝存油的地方走去。

一跨出脚步，门槛木板下的一个带刺物就钻出来，向他猛烈攻击。他举起门边的斧子，一下将其砍死，省下了一颗子弹，继续前进。他走得相当快，但却更加留心自己的落脚点，那身防护衣也使他的步伐显得有点笨拙。他取了一罐五加仑的汽油、一夸脱的机油，还有二十英尺的橡胶软管，这是先前用来给河边的小船补充汽油用的。返回途中，又一只带刺物袭击了他，为了不丢掉汽油，他一脚将其踢开，而它锲而不舍，不停地进行攻击，快到门口的时候，他终于用鞋跟把它钉住，慢慢地踩死了它。他一把拉开门，把带刺物扔到里面，随后又迅速将门关上。

截至目前，一切还算顺利。

他将汽油罐结结实实地捆在背架上，把胶管的尾端接上可调节喷头，拧紧。接着，他把一件羊毛汗衫切碎，和各种旧物、烂测深绳，以及其他垃圾裹在一起，做成了十几个可以投掷的重物。他把这些东西浸在油里，然后装进一个野战背包，又把背包扣在背架上。

　　鹿皮鞋上的一块铁片正悬在线上，可能是他在门口扭打时扯下来的。他知道，那些铁甲不可能承受太多袭击与冲撞，一旦和怪物们开战，如果被掀倒在地，赤手空拳与它们搏斗可不是明智之举。然而，他也不能一味使用子弹来制伏带刺者，必须省下火药对付搬运者。他一边修鞋子，一边思考这个问题，然后决定使用杀虫枪。或许用它杀不了带刺者，但总可以暂时控制一下，以躲开它们的纠缠。

　　由于受伤的左臂，艾德背起背包时费了一番周折。最终，他还是摇摇晃晃地将包搬上了桌子。实在太重了，估计该有四五十磅重。背包让他步履蹒跚，这大概是他能够承受的最大限度了。一开始他只是试一试大小重量，但背上后，他想，为什么不现在就出发呢？他给枪装上点450鹿弹，往口袋里填满其他弹药，检查了一下是否带了火柴，又把杀虫枪绑在皮带上，然后，他打开了门。

　　暮色笼罩大地，然而另一个世界还是阳光普照，昼与夜几乎再次完全颠倒。他穿过洞口，受到了第一只带刺物的袭击。他狠狠地喷了一下烟渍水，那怪物不停扭动，死了。继续前进，他的步伐愈加小心而坚定。

　　很幸运，大多数哈恩正在另一边世界捕食。又有两个埋伏的带刺物前来攻击，但是烟渍水再次制伏了它们，艾德一直没有遇到太大的阻力，直到他来到巢穴附近。两个搬运者蹿出来，猛然向他冲去。他对每个怪物各开一枪，接着杀死了啃咬他小腿的一只带刺物。他迅速走上前，心想，不到一分钟，所有的怪物都会倾巢而出。他在巢穴的上坡面放下背包，快速用汽油把野战背包喷湿，往肩上一扔，然后把胶管的一头塞进洞穴开口的地方，他用刀划开汽油罐，放出汽油。一股股汽油朝洞里流去，同时，他点燃一个浸满汽油的炸弹，自己跑到巢穴正面，借助手中第一个炸弹，把余下的都点燃，然后一个个抛向洞里。野战背包突然着起火来，他拽下它，连同炸弹一起扔向了洞里。巢穴里传来"呼哧呼哧"的声音，一股股火焰喷出洞口。

大约五十米远的地方有一棵细细的树，好像是杨树。艾德心想要是能躲到树下，他就能安全远离那些燃烧的哈恩怪物。他拼了命向那棵树跑去，同时，汽油燃烧时迸射的火花溅在他身上，还得不停拍打扑灭。然而，他没有成功。

满地都是四处逃散的哈恩。突然，一只搬运者从他左边的一丛灌木中蹦出。艾德和它搏斗时，哈恩使出了洞中的撒手锏。哈恩繁殖的那两类怪物还没有死绝，但它们的作用已经发挥完，它们对哈恩的使命完成了。艾德听见身后传来一阵咳嗽声，转身一看，烟火弥漫的洞口，正爬出一只新的怪物。

这一只长得和搬运者相似但块头要大出一半，是天生的杀手。它那张巨口长满尖利的毒牙，八只脚上装备着开膛破腹的爪子，如刀一般锋利。它笨重的身躯向艾德移来，与此同时，后面又爬出一只。

艾德尽可能迅疾地连射了四发子弹。重型子弹发挥了作用，但是并没有杀死那只怪兽。它丧命前向前一跃，抓到了艾德，像扔布娃娃一样把他扔到十英尺之外。那只受伤的手最先着地，他感到腕骨一下脱臼了。

他把脱臼的骨头固定好，用另一只手支撑，挣扎着站起来，这时他看见一只带刺物朝他猛冲过来。那只杀手袭击他时，杀虫枪和猎枪都丢掉了。他只能坐在地上一旋转，用脚踢开了带刺物。之后，他看见另一只杀手正向他奔来。他忘记了身边的带刺物，它还有可能袭击他，可是，就算与之抗争，也太晚了。

他捡起刀，努力支起一只腿，半蹲在那儿，他就像一只老灰兔一样，短短的嘴唇嗫着磨损的老牙，脸上露出痛苦和愤怒的狰狞表情。他想着，这一只如何也无法战胜了。

十英尺之外，那只杀手像发条玩具一样，突然跌在地上。它倾倒在地，由于惯性滑过艾德身边，躺在那儿，四肢不断痉挛抽动。艾德盯着它，感到大为不解。那杀手接着将脖子向后弯曲，几乎触到了自己的腰部，石化一般，静止不动了。

艾德向四周望去。离他三英尺的地方，那只带刺物死了，旁边的六七只准备袭击他的怪物也一命呜呼。一阵油腻、难闻的浓烟从巢穴中滚滚而出。怪物哈恩死了。

艾德把刀放在身后，他还没有失去知觉，但是眼前的景象愈来愈模糊。

过了一段时间，他有了力气，站起身来。他看到，前面那个穿着军绿服装的男人正在戳两个杀手怪物的尸体，他并不感到非常惊异。那陌生人看到巢穴中继续流出一股股浓烟，赞许地点点头。然后，他朝这边走来，双眼注视着艾德。他带着一种关心的语调，不知在说何种语言，弯下腰，触摸了一下艾德的手腕。艾德注意到，手腕上立刻出现了石膏，而且并没有什么痛苦的感觉。他的肋骨和肩膀周围有杀手扔他时抓下的伤痕，此时也出现了塑料绷带。这简直是太神奇、太厉害的魔术，因为他那些破烂的衬衣还覆在身体上呢，而他确信，自始至终，衣服都没有脱下过。

陌生人朝艾德露出微笑，拍了拍他的肩膀，然后消失了。似乎他是一个非常忙碌的人，艾德这样想，根本没有时间和谁浪费。

艾德现在感觉好多了，他已经有力气搜回自己的装备，准备起程回家了。他高兴地看到老汤姆还在那儿等着他。这只猫在木屋门遭到攻击时就跑到了树林中，它不喜欢打打杀杀的，艾德之前还担心哈恩或许已经逮到了它。

艾德一直睡到第二天中午，起床后煎了几个烙饼和一盘培根。吃完早餐，他悠闲地坐在椅子上喝咖啡，大概喝了有一个钟头。剩下的整个下午，他就在木屋里随便走走。

他把防蛇裤收起来，拆散了火焰球，又去洞口那里带走了设置的所有陷阱。

老汤姆好像消灭了棚屋底下所有的老鼠。艾德拿起铁锹，朝那些汤姆捉鼠的洞里填上土。

这一天他睡得很早。明天，他要去新世界进行一番长途探索，去搜寻猎物，设置捕猎路线，并且考察一下可以建造木屋的地点。

可是，第二天早晨，通往另一个世界的洞消失不见了。

他用来标记洞口的棍棒被拔去了一半。那道门还悬挂在那里，低垂着，已是破烂不堪；打开它，另一边仍然是阿拉斯加，别无他物，艾德跨过去，发现自己身边还是那棵倾斜的老桦树。

他就这样来来回回又试了几次，最后终于相信了。

他步伐缓慢地朝木屋走去，怅然若失，老朽的感觉席卷而来，他不知道该做些什么安慰自己。老汤姆在棚屋下的任务完成了，正在艾德填上的鲜土那儿不时探嗅刨挖。它看到艾德回来，于是走过来磨蹭着艾德的腿。

他俩走进木屋，艾德开始做起早饭。

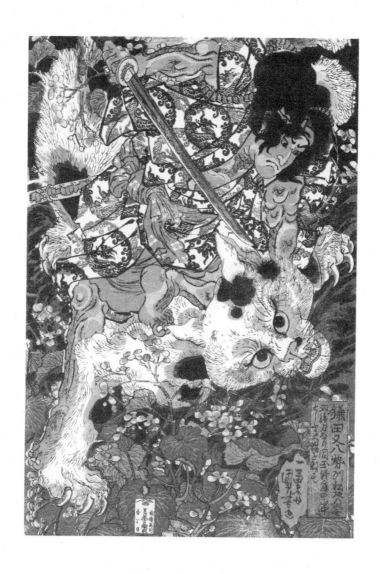

镰田又八　歌川国芳　浮世绘